BESTSELLERWORLDBOOK 79

백야

도스또예프스끼 지음 | 이은연 옮김

소담출판사

이은연

헝가리 국립대학교 노어노문학과를 졸업했다. 동 대학원 석사학위를 취득했으며, 러시아 학술원 비노그라도프 러시아어 연구소 박사학위를 취득했다. 현재 수원대학교 러시아과 강사, 육군정보학교 강사이다. 번역 작가로 활동 중이며 주요 역서로는 『사람은 무엇으로 사는가』 『톨스토이와 떠나는 내 마음으로의 여행』 『대위의 딸』 등이 있다.

BESTSELLER WORLDBOOK 79
백야

펴낸날 | 2005년 4월 30일 초판 1쇄
　　　　2012년 1월 10일 초판 4쇄

지은이 | 도스또예프스끼
옮긴이 | 이은연
펴낸이 | 이태권
펴낸곳 | (주)태일소담
　　　　서울시 성북구 성북동 178-2 (우)136-020
　　　　전화 | 745-8566~7　팩스 | 747-3238
　　　　e-mail | sodam@dreamsodam.co.kr
　　　　등록번호 | 제2-42호(1979년 11월 14일)
　　　　홈페이지 | www.dreamsodam.co.kr

ISBN 978-89-7381-841-9　03890

- 책값은 뒤표지에 있습니다.
- 잘못된 책은 구입하신 곳에서 교환해드립니다.

BESTSELLERWORLDBOOK 79

БЕЛЫЕ НОЧИ

Ф.М.ДОСТОЕВСКИЙ

한 사람도, 어느 한 사람도 나를 초대하는 사람이 없었다.
마치 나를 잊어버린 것처럼, 그들에게 있어
나는 이방인에 불과한 것처럼 느껴졌던 것이다.

БЕЛЫЕ НОЧИ

백야 <u>8page</u>

남의 아내와 침대 밑 사나이 <u>106page</u>

첫사랑 <u>184page</u>

작가와 작품 해설 <u>248page</u>

역자 후기 <u>254page</u>

백야 〈감상적 소설〉

어느 몽상가의 회상 중에서

첫 번째 밤

정녕 그는 단 한 순간이라도 네 가슴에 가까이 있으려 태어났던 것인가……!
(이반 뚜르게네프(1818~1883)의 시 '꽃'에서 따온 구절로 약간 변형시켰음_역주)

참으로 아름다운 밤이었다. 친애하는 독자여러분, 그것은 실로 젊었을 때만 가능한 그런 밤이었다. 수많은 별들이 아로새겨진 밝은 밤하늘을 바라보면 어떻게 이렇게 아름다운 하늘 아래 온갖 성마른 사람들과 변덕스러운 사람들이 살 수 있는지 자신에게 묻지 않을 수 없었다. 독자 여러분, 이 또한 지극히 젊은이다운 질문이지만 신께서 여러분들의 영혼에 이러한 의문을 좀 더 자주 환기시켜 주시길! 변덕스러운 사람들과 여러 부류의 성마른 사람들에 대한 이야기라면 나는 오늘 온종일 내가 보여 준 훌륭한 품행에 대해 상기하지 않을 수 없다. 이른 아침부터 어떤 기이한 울적함이 나를 괴롭히기 시작했다. 갑자기 모든 사람들이 외로운 나를 버리고 멀어져가고 있는 것 같았다. 대체 모든 사람이란 누구를 가리키는 것이냐고 누구에게나 물을 권리가 있다. 나는 벌써 8년 동안이나 뻬쩨르부르그에 살고 있지만 거의 한 사람과도 제대로 사귀지 못했기 때문이다. 하지만 내가 왜 사람들을 사귀어야한단 말인가? 그렇지 않아도 나는 뻬쩨르부르그에 사는 모든 사람들을 알고 있다. 뻬쩨르부르그에 사는 모든 사람들이 갑자기 다챠(교외에 위치한 여름 별장_역주)로 떠났을 때 왠지 모든 사람들이 나를 떠나고 있다는 느낌이 들었던 것도 그 때문이었다. 혼자 남겨진 것이 무서워 꼬박 사흘 동안 깊은 우수에 잠겨 내게 무슨 일이 일어나고 있는 건지 분명히 이해하지 못한 채 시내를 이리저리 돌아다녔다. 네프스끼 대로에 가 보아도, 공원에 가 보아도, 강변을 거닐어 보아도, 일 년 내내 일정한 시간에 일정한 장소에서 마주치곤 했던 사람들이 한 사람도 보이지 않았다. 물론 그들은 나를 모르지만 나는 그들을 알고 있다. 나는 그들의 얼굴 생김새를 거의 다 연구해 버렸기 때문에 그들이 기분이 좋으면 나도 기분이 좋았고, 그들의 표정이 우울하면 나도 어느덧 우울해지고 만다. 나는 폰딴까(상뜨 뻬쩨르부르그의 중심부를 흐르는 운하_역주)에서 매일 일정한 시간에 만나는 한 노인과는 거의 친구가 될 정도였다. 노인의 표정은 근엄하고 생각이 많아 보였는데 그는 계속 무언가 중얼거리면서 오른손에는 금빛 손잡이가 달린 길고 마디가 많은 단장을 쥐고 왼손을 휘저으며 걸었다. 그도 내 존재를 눈치챘고 내게 관심을 가지고 있었다. 만약 내가 정해진 시간에 폰딴까의 정해진 장소에 나타나지 않는다면 그는 우울해져 버릴 것이 틀림없었다. 그래서 우리는 때때로, 특히 우리 두 사람 모두 기분이 좋을 때, 서로 인사를 나눌 뻔한 적이 있다. 최근에 꼬박 이틀이나 서로 보지 못하다가 사흘 만에 마주쳤을 때 우리는 하마터면 모자를 벗어 인사를 나눌 뻔했으나 다행히도 때맞춰 그것을 깨닫고 슬그머니 손을 내리곤 서로를 지나쳐 버렸다. 건물도 역시 내게는 낯설지 않다. 길을 걷고 있으면 집 하나하나가 내 앞으로 달려와선 모든 창문으로 나를 보며 "안녕하세요? 기분은 어떠세요? 저도 덕택에 건강해요. 5월에 한 층을 더 올린다는군요."라든지 "건강하신가요? 내일은 수리를 한데요." 또는 "하마터면 나는 몽땅 타버릴 뻔했어요. 얼마나 놀랐는지." 하고 말하는 것 같다. 그 건물들 중에는 내 마음에 드는 것도 있고, 친한 친구도 있다. 그 중의 하나는 이번 여름에 건축가의 치료를 받기로 되어 있다. 엉뚱하게 잘못 치료하지 않도록 나는 매일 일부러 가서 지켜 볼 작정이다. 하느님 그 집을 지켜주소서……! 나는 밝은 장밋빛으로 칠해진 아름다운 작은 집에서 일어난 사건을 결코 잊을 수 없다. 그 집은 너무도 사랑스럽고 작은 석조 집이었는데 자기 이웃들은 거만하게 바라보면서 나를 바라볼 땐 언제나 상냥한 태도를 보였기 때문에 그 집을 지날 때면 내 마음은 언제나 기쁨에 설레곤했다. 그런데 갑자기 지난 주에 그 집을 지나다가 그 친구 쪽을 바라보니 "나를 노란색으로 칠하고 있어요!"라고 불평하며 외치는 소리가 들려 왔다. 악당들! 야만인! 이 사람들은 기둥도, 서까래도 상관하지 않는 것이다. 내 친구는 마치 카나리아처럼 노랗게 칠해져 버렸다. 이 사건 때문에 나는 울화통을 터뜨릴 뻔했다. 나는 지금까지도 중국색(1912년 이전의 청나라 국기가 노란 바탕에 용이 그려진 것이었으므로 중국색은 노란색을 의미하는 것임_역주)으로 칠해져 불구가 되어 버린 불쌍한 내 친구를 볼 용기가 나지 않는다.

자, 독자 여러분, 내가 어떤 방법으로 뻬쩨르부르그의 온 시가를 그토록 잘 알고 있는지 이제는 이해했을 것이다.

앞에서도 말했듯이 나는 불안의 원인을 알아차리기 전까지 꼬박 사흘 동안을 안절부절 어쩔 바를 몰랐다. 밖에 나가도 왠지 기분이 언짢고 '저 사람도 없고, 이 사람도 없군. 도대체 어디로 간 거야!' 집에서도 마음을 잡지 못하고 있었다. 불편한 마음으로 이틀 밤을 지새웠다. '이 방안에 부족한 게 뭐가 있을까? 나는 왜 이 방에 있으면 이토록 불편한 거지?' 나는 그렇게 의혹을 품은 채 그을린 녹색의 벽이며, 하녀 마뜨료나의 덕택으로 거미줄이 무성한 천장을 둘러보고, 모든 가구들을 몇 번씩이나 다시 훑어보고선 불행의 원인은 여기에 있지나 않을까 하고 생각하면서 의자까지 일일이 살펴 보았다. 왜냐하면 만약 의자 하나라도 어제와 같은 위치에 놓여 있지 않으면, 나는 마음이 불안해지기 때문이다. 그리고 창문도 살펴 보았지만, 아무런 소용이 없었다. 마음은 조금도 편해지지 않았다. 나는 마뜨료나를 불러다가 거미줄과 그녀의 불결함에 대해서 아버지 같은 잔소리를 해줄 생각까지 했던 것이다. 그러나 그녀는 알 수 없다는 듯이 내 얼굴을 쳐다보더니 아무런 대답도 하지 않고 나가 버렸다. 거미줄은 지금도 여전히 그 자리에 걸려 있다. 그리고 겨우 오늘 아침에서야 무엇이 문제인지 알게 되었다. 사람들이 나를 두고 별장으로 튀었기 때문이 아닌가! 부디 진부한 표현을 용서해 주기 바란다. 지금으로선 고상한 문체를 사용할 여유가 없다. 뻬쩨르부르그에 사는 모든 사람이 이미 다챠로 떠나 버렸던지, 아니면 떠나고 있기 때문이다. 위풍당당한 훌륭한 신사들은 마차를 빌려선 내 눈 앞에서 바로 한 집안의 존경스런 가장이 되어 버렸다. 그들은 일상적인 관청 일에서 벗어나 가정의 안식처로, 다챠로 짐을 싸 가지고 출발하고 있다. 이제 모든 행인들은 매우 특별한 표정을 지으며 만나는 사람마다 "여러분, 우리가 이곳에 있는 것은 잠깐이고, 이제 두 시간 지나면 다챠로 떠난답니다."라고 말하려는 듯했다. 백설탕처럼 하얗고 갸름한 손가락으로 먼저 똑똑 두드리면 창문이 활짝 열리고, 예쁜 소녀가 얼굴을 내밀어 화분에 심은 꽃을 팔고 있는 장사꾼을 부를 때 나는 즉시 이런 생각이 떠올랐다. '이런 꽃을 사들이는 것은 답답한 도시의 아파트에서 봄과 꽃을 즐기려는 것이 아니라, 곧 온가족이 다챠로 떠날 때 꽃도 함께 가지고 가기 위해서일 것이다.' 그뿐 아니라 나는 이미 어떤 새로운 색다른 발견에서 성공을 거두었기 때문에 누가 어떤 다챠에서 살고 있는지 실수 없이 한눈에 알 수 있었다. 까멘니 섬이나 아프쩨까르스끼 섬, 혹은 뻬쩨르고프스까야 거리에 살고 있는 사람들은 우아한 몸가짐과 세련된 여름 의상 그리고 시내로 올 때 이용하는 멋진 마차로 구별되었다. 빠르골로프나 그 근처에 살고 있는 사람들은 사려가 깊고 당당한 태도로 첫눈에 사람을 사로잡는다. 끄레스또프스끼 섬을 방문하는 사람은 침착한 명랑함으로 사람들의 주의를 끈다. 나는 짐마차 옆에서 고삐를 쥐고 느릿느릿 가는 긴 행렬의 마부들과 마주칠 때가 있었는데 마차엔 온갖 가구며, 탁자, 의자, 터키식과 터키식이 아닌 소파, 그 밖의 여러 가지 살림도구가 산처럼 쌓여 있고 짐의 맨 위엔 주인나리의 재산을 소중히 지키는 삐쩍 마른 하인이 앉아 있었다. 그리고 가재도구를 잔뜩 실은 작은 배가 네바 강이나 폰딴까를 따라 쵸르나야 강이나 섬들에까지 미끄러지듯 지나가는 것을 바라보곤 하는데 그럴 때면 짐마차며 작은 배가 내 눈앞에서 열 배로, 백 배로 마구 늘어나는 것이다. 갑자기 모든 것이 벌떡 일어나 떠나 버리는 것처럼, 모든 것이 다챠로 이사가고 있는 것처럼 느껴졌다. 온 뻬쩨르부르그 시가 황폐해질 위험에 처해 있는 것처럼 느껴지자 나는 마침내 부끄럽고 화가 나고 슬펐다. 내게는 갈 만한 별장도 없었고, 또 가야 할 이유도 없었다. 나는 모든 짐마차와 함께, 그리고 마차를 세낸 존경받을 만한 풍채를 지닌 모든 신사 양반들과 함께 떠나고 싶은 심정이었다. 그러나 한 사람도, 어느 한 사람도 나를 초대하는 사람이 없었다. 마치 나를 잊어버린 것처럼, 그들에게 있어 나는 이방인에 불과한 것처럼 느껴졌던 것이다.

나는 오랫동안 이리저리 돌아다녔다. 그리고 언제나처럼 내가 어디에 있는지 완전히 잊어버렸으나, 문득 정신을 차려보니 다른 도시로 드나드는 짐과 행인을 통제하는 교차지점에 와 있었다. 그 순간 기분이 좋아져서 나는 차단기를 뛰어넘어 파종된 밭과 초목 사이를 걷기 시작했다. 나는 전혀 피곤하지 않았다. 오히려 어떤 무거운 짐이 마음속에서 쑥 빠져 나가는 것 같은 느낌이었다. 마차를 타고 지나가는 모든 사람들은 상냥하게 나를 바라보았는데 거의 머리 숙여 인사할 정도였다. 모든 사람들이 왠지 매우 기쁜 듯이 보였고, 모두 하나같이 시가를 피우고 있었다. 나 역시 전에 한 번도 느껴보지 못했던 기쁨을 느꼈다. 마치 이탈리아에 온 것 같은 느낌이었다. 도시의 벽에 둘러싸여 질식할 것만 같았던 반 병자나 다름없는 나에게 자연은 엄청난 감동을 주었던 것이다.

우리 뻬쩨르부르그의 자연에는 설명할 수 없는 감동이 주는 어떤 것이 담겨 있다. 봄이 찾아 오면 하늘에서 내려 주신 그 모든 힘을 발휘하고, 새싹이 돋아나고, 화려하게 알록달록 몸을 치장한다. 이러한 자연은 내게 병약하고 야윈 처녀를 생각나게 한다. 당신이 때로는 가엾은 눈으로, 때로는 동정어린 애정을 품고, 또 때로는 그녀의 존재를 전혀 깨닫지 못하다가 갑자기 한순간 설명할 수 없는 미녀가 되는 그런 처녀 말이다. 그러면 당신은 너무나 놀라 넋을 잃고, 자기도 모르게 이런 질문을 던진다. 저토록 깊고 슬픈 눈을 저 같은 불꽃으로 빛나게 하는 힘은 무엇일까? 저 창백하고 야윈 뺨에 핏기를 돌게 한 것은 무엇일까? 저 부드러운 표정에 열정을 채워주는 것은 무엇일까? 어떤 흥분이 저리도 가슴을 부풀게 하는 것일까? 가엾은 처녀의 얼굴에 갑작스런 힘과 생명과 아름다움을 불어넣고, 환한 미소와 불꽃같은 웃음으로 생기를 불어넣은 것은 과연 무엇일까? 당신은 주위를 둘러보고 누군가를 찾고, 깨닫게 된다……. 그러나 순간은 지나가 버린다. 어쩌면 다음 날에도 당신은 예전과 똑같은 슬프고 산만한 눈길과 여전히 변함없는 창백한 얼굴, 그리고 움직임에 나타나는 온순함과 소심함, 뿐만 아니라 회한과 순간적인 열정에 대한 생기를 잃은 비애와 노여움의 흔적마저 보게 될 것이다. 당신은 당신 앞에서 거짓되고 무의미하게 광채를 발하던 순간적인 아름다움이 되돌릴 수 없이 빨리 시들어 버린 것에 대해 한탄할 것이며, 아름다움을 사랑할 시간조차 없었다는 것에 대해 안타깝게 여길 것이다.

그래도 나의 밤은 낮보다 훌륭했다. 그것은 이러한 이유에서이다.

내가 시내로 돌아왔을 땐 늦은 시간이었고 집에 거의 다다랐을 땐 이미 시계는 10시를 알리는 종을 치고 있었다. 나는 운하를 따라 난 길을 걷고 있었다. 그 시각에 지나가다 만나는 사람은 아무도 없었다. 사실 나는 시내에서 꽤 떨어진 변두리에 살고 있다. 나는 걸으면서 노래를 흥얼거렸다. 친한 친구도 없고 아는 사람도 없고, 기쁨을 함께 할 사람도 없는 행복한 인간이면 누구나 그러듯이 나도 기분이 좋으면 혼자서 작은 목소리로 흥얼거렸다. 그런데 갑자기 전혀 예상치 못한 사건이 내게 일어난 것이다.

조금 떨어진 곳 운하의 난간에 한 여자가 몸을 기대고 서 있었다. 난간 격자에 팔을 괴고 혼탁한 운하의 물을 열심히 바라보고 있는 것이 틀림없었다. 그녀는 매우 깜찍한 노란 모자에 화려한 검은 망토를 걸치고 있었다. 나는 '저 처녀는 틀림없이 갈색머리일 거야.'라고 생각했다. 그녀는 내가 두근거리는 가슴을 안고 숨을 죽이며 그 옆을 지나쳤을 때에도 내 발자국 소리가 들리지 않는 듯 미동도 하지 않았다. 나는 '이상한 일이야! 뭔가 깊은 생각에 빠져 있는 모양이군.'이라고 생각했다. 그런데 갑자기 나는 장승처럼 그 자리에 멈춰서고 말았다. 억눌린 흐느낌이 내 귀에 들려 왔던 것이다. 그렇다! 그것은 결코 내가 잘못 들은 것이 아니었다. 처녀는 울고 있었다. 그리고 잠시 뒤에 흐느껴 우는 소리가 계속 이어졌다. 하느님 맙소사! 가슴이 죄어오는 것 같았다. 나는 여성에 대해 두려움이 많은 편이지만 이런 상황에서야…… 나는 되돌아서서 그녀의 곁으로 다가갔다. 그리고 만약 이러한 호칭이 러시아의 상류사회를 묘사한 소설 속에 이미 수천 번 쓰여졌었다는 사실을 알지 못했다면 나는 틀림없이 "아가씨!" 하고 불렀을 것이다. 단지 그 한 가지 이유 때문에 내가 머뭇거리며 적당한 말을 찾고 있는 동안 그녀는 정신을 차리고 주변을 둘러본 후 갑자기 무엇이 생각났다는 듯이 고개를 숙이고 내 옆을 미끄러지듯 빠져 나가선 운하를 따라 난 길을 걷기 시작했다. 나는 바로 그녀의 뒤를 쫓았다. 그녀는 그것을 알아차리곤 운하를 따라 걷기를 그만두고 길을 건너 반대편 인도를 걸었다. 나는 길을 건널 용기가 나지 않았다. 내 가슴은 붙잡힌 새처럼 떨고 있었다. 그때 뜻밖에도 한 사건이 나를 도와주었다.

그 미지의 여성에게서 그다지 멀지 않은 반대쪽 인도에 난데없이 예복을 차려 입은 한 신사가 나타난 것이다. 나이가 지긋한 남자였지만 걸음걸이가 의젓하다고 말할 수는 없다. 그는 비틀거리면서 조심스럽게 벽에 의지하여 걷고 있었다. 그녀는 한밤중에 집까지 바래다 주겠다는 남자의 제의를 원치 않을 때 모든 처녀들이 걷는 것처럼 겁먹은 듯 서둘러 마치 화살처럼 빨리 걷고 있었다. 만약 내 편에 선 고마운 운명이 그 남자에게 부자연스런 방법을 찾도록 알려주지 않았더라면 당연히 이 비틀거리는 신사는 그녀를 따라 잡으려고 하지 않았을 것이다. 갑자기 신사는 아무 말도 없이 자리를 차고 뛰기 시작하더니 나의 미지의 여성의 뒤를 전속력으로 쫓는 것이었다. 처녀는 바람처럼 달렸으나 비틀거리는 신사는 점점 거리를 좁혀 드디어 그녀에게 따라 붙었다. 처녀는 비명을 질렀다. 그 순간 나는 마디가 많은 멋진 지팡이를 오른손에 움켜쥐고 있는 내 운명에 감사했다. 잠시 뒤 나는 이미 반대쪽 인도에 서 있었다. 불청객은 순간 어쩔 수 없는 상황에 처했다는 것을 파악하곤 아무 말 없이 물러섰다. 그리고 우리로부터 멀리 떨어지고 나서야 상당히 과격한 표현을 쓰며 나에게 항의했다. 그러나 그 말도 우리가 있는 곳에선 겨우 들릴 정도였다.

"자아, 손을 내미세요." 나는 미지의 여성에게 말했다. "이제는 더 이상 귀찮게 따라 붙지 못할 겁니다."

그녀는 아무런 말 없이 흥분과 공포로 여전히 떨리고 있는 손을 나에게 내밀었다. 오, 불청객이여! 이 순간 나는 얼마나 당신에게 감사했던가! 나는 슬쩍 그녀의 얼굴을 보았다. 내 추측이 맞았다. 참으로 귀엽게 생긴 갈색머리 여성이었다. 그 검은 속눈썹에는 조금 전의 놀라움 때문인지, 아니면 그 이전의 슬픔의 눈물 때문인지 알 수는 없지만 아직도 눈물방울이 반짝거리고 있었다. 그러나 그녀의 입술엔 이미 미소가 떠올랐다. 그녀도 나에게 살며시 눈길을 보내곤 얼굴을 붉히며 고개를 숙였다.

"그것 보세요. 왜 당신은 아까 나를 쫓아 버렸어요? 내가 있었으면 아무 일도 일어나지 않았을 텐데……."

"하지만 전 당신이 누군지 몰랐는 걸요. 전 당신도 역시……."

"그럼 지금은 나를 아신다는 건가요?"

"조금은요. 예를 들면, 어째서 당신은 떨고 계시나요?"

"아, 당신은 한눈에 알아차리셨군요!" 나는 나의 숙녀가 영리한 여자라는 사실에 기뻐하며 대답했다. 영리함은 아름다움에 절대 방해되지 않는다. "맞아요, 당신은 단번에 상대를 알아보셨어요. 확실히 나는 여성과 함께 있을 때 매우 소심합니다. 부정할 수 없는 사실입니다. 바로 조금 전 그 사나이가 당신을 놀라게 했을 때 당신이 느꼈던 흥분 이상으로 나는 지금 흥분하고 있으니까요. 나는 두렵습니다. 마치 꿈속에 있는 것 같아요. 아니, 나는 꿈에서조차도 어떤 여자와 이야기를 나눌 수 있을 것이라고 생각한 적이 없습니다."

"어떻게요! 정말요?"

"사실입니다. 만약 내 손이 떨리고 있다면, 그것은 당신 손처럼 예쁘고 작은 손을 한 번도 잡아 본 적이 없기 때문일 겁니다. 나는 여자와 인연이 없어요. 다시 말하면, 나는 여자와 친하게 지내 본 적이 없습니다. 어쨌든 나는 혼자이고…… 나는 여자와 어떻게 이야기하는지도 몰라요. 지금도 당신에게 쓸데없는 말을 하지 않았는지 모르겠습니다. 제발 솔직히 말씀해 주십시오. 미리 말씀드리지만 저는 화를 잘 내는 사람이 아닙니다."

"아니에요, 괜찮아요. 오히려 그 반대인 걸요. 그렇지만 솔직히 말하라고 하신다면, 여자는 그런 소심한 사람을 좋아한다고 말씀드리고 싶군요. 좀 더 알고 싶으시다면 저도 역시 그런 분이 좋아요. 그러니까 집에 도착할 때까지 당신을 쫓아 보내지는 않을 거예요."

"그러시다면," 나는 너무 기뻐서 숨을 헐떡이며 말하기 시작했다. "나는 이제 수줍어하지 않아도 되겠군요. 나의 모든 방법도 끝난 셈이네요."

"방법이라구요? 어떤 방법이죠? 무엇을 위한 방법 말이죠? 그건 좋지 않아요."

"미안합니다. 안 그럴게요. 어쩌다 튀어나왔어요. 그렇지만 어떻게 이런 순간에 희망을 갖지 말라 하실 수 있으세요……."

"마음에 들고 싶으신 건가요?"

"그래요. 제발 부탁입니다. 내가 어떤 사람인지 판단해 보세요. 나는 이미 스물여섯 살이나 되었는데도 아무도 만난 적이 없습니다. 그러니 도대체 어떻게 능숙하게 막힘없이 말을 잘 할 수 있겠어요? 모든 것을 있는 그대로 숨김없이 털어 놓는 편이 당신에게 이로울 겁니다. 나는 마음에서 요구하는 것을 아무런 말 없이 잠자코 있지는 못합니다. 그런 것은 아무래도 좋아요. 믿으실지 모르지만, 한 번도, 단 한 번도 어떤 여성과 교제해 본 적이 없습니다. 단지 매일 언젠가는 결국 누군가를 만나게 될 것이라고 꿈을 꾸었을 따름이죠. 아아, 당신이 만약 그런 식으로 내가 몇 번이나 사랑에 빠지곤 했는지 아신다면……!"

"어떻게 그럴 수 있어요. 대체 누구를 사랑하신 거죠?"

"대상이 있었던 건 아니고, 꿈에 나타나는 이상적인 여성에게입니다. 나는 상상속에서 무수한 소설을 만들어냅니다. 아아, 당신은 나를 알지 못합니다. 사실 나도 두세 명의 여자를 만난 적은 있습니다. 어떤 여성이냐구요? 모두들 대단한 아줌마들이어서…… 아니 그보다 좀 더 우스운 이야기를 해보겠습니다. 실은 나도 거리에서 어느 귀족 아가씨에게든, 물론 그녀가 혼자 있을 때, 말을 걸어 볼까하고 생각한 적이 몇 번 있습니다. 물론 말을 거는 것은 수줍은 듯 정중하고 정열적으로 시작하는 겁니다. 그리고 쫓아 버리지 못하도록 나는 혼자서 죽어가고 있고, 어떤 여성이라도 사귀고 싶지만 그럴 방법이 없다고 말하는 겁니다. 그리고 나 같은 불행한 남자의 부끄러운 애원을 물리치지 않는 것도 여성의 의무라고 상대를 설득하는 거지요. 결국 내가 요구하는 것은 두 마디라도 좋으니 동정심을 갖고 친근한 말을 해줄 것과 첫 마디에 쫓아 버리지 말 것, 그리고 내 말을 믿고, 내가 하는 말을 끝까지 들어주는 겁니다. 만약 웃고 싶으면 웃는 거겠죠. 그렇지만 내게 희망을 갖게 해 주고, 두 번 다시 만나지 않는다 하더라도 두 마디만 걸어달라는 것뿐입니다. 아니, 웃고 계시는군요! 하기야 그 때문에 이런 이야기를 하고 있지만……."

"제발 화내지 마세요. 제가 웃은 것은 당신이 스스로를 괴롭히고 있기 때문이에요. 만약에 당신이 실제로 그렇게 해보셨다면, 비록 그것이 거리 한복판에서 일어난 일이라 하더라도 성공하셨을는지도 모르겠어요. 단순할수록 좋은 거지요…… 마음씨가 고운 여자라면, 바보가 아니고, 그때 무슨 일로 화가 나 있지만 않다면, 당신이 그토록 애원하고 있는데 한 마디도 하지 않고 당신을 물리칠 생각은 하지 않을 거예요……. 그런데 내가 무슨 말을 하는 거죠! 내 입장에서 판단해 보자면 그렇다는 거죠. 물론 당신을 미쳤다고 생각할 거예요. 저는 세상 사람들이 어떻게 살아 나가고 있는지 여러 가지로 잘 알고 있으니까요!'

"아아! 고맙습니다. 지금 당신이 나를 위해 어떤 일을 해 주셨는지 당신은 모르실 겁니다!' 나는 외쳤다.

"알았어요, 그만하세요! 하지만 한 가지만 여쭈어 보겠는데 말예요. 어떻게 당신은 제가 그런 여자인줄 아셨죠? 당신이 주의를 기울이고 우정을 맺을 만한 가치가 있다고 여긴…… 한 마디로 말하면, 말씀하신 것처럼 아줌마 타입의 여자가 아니라는 걸 말예요. 왜 당신은 내게로 다가올 생각을 하셨죠?'

"왜요? 왜라니요? 당신은 혼자였고, 그 신사는 너무 용기가 지나친데다가 한밤중이잖아요? 이건 일종의 여자에 대한 남자의 의무란 것을 당신도 인정하실 겁니다."

"아니, 그렇지 않아요. 그 이전에 당신은 이미 길 건너편에 서 계셨어요. 그리고 내게 다가오려고 하셨죠?"

"길 건너편에서요? 사실 나는 어떻게 대답해야 할지 모르겠습니다. 두렵군요……. 오늘은 매우 행복한 하루였습니다. 그래서 걸으면서 노래를 부르고 있었죠. 교외에 나갔었습니다. 내 삶에서 그렇게 행복한 기분은 처음이었습니다. 그런데 당신이…… 어쩌면 그렇게 보인 것뿐이었는지도 모르겠지만…… 만약 제가 언짢은 일을 상기시켜 드린다면 제발 용서하십시오. 당신이 울고 계시는 것처럼 느껴졌습니다. 나는…… 나는 가슴이 죄어오는 것 같아서 듣고 있을 수가 없었습니다. 오, 세상에! 내가 당신을 걱정해서는 안 되는 것이었을까요? 당신에게 친근한 동정을 느끼는 것이 과연 죄가 되는 것이었을까요? 동정이라는 단어를 써서 죄송합니다. 한마디로 말해서, 내가 무의식 중에 당신 곁으로 다가가려는 마음이 생긴 것이 당신을 화나게 할 만한 일이었을까요?"

"그만, 이젠 됐어요. 아무 말씀도 하지 마세요." 처녀는 고개를 숙이고, 내 손을 꼭 잡으며 말했다. "이런 말을 시작한 제 잘못이에요. 하지만 당신을 잘못 본 게 아니라 기뻐요. 벌써 집에 다 왔네요. 전 이 골목으로 가야 해요. 겨우 두어 걸음밖에 되지 않아요. 안녕히 가세요. 고맙습니다."

"설마 이렇게 다시 못 만나는 것은 아니겠지요……? 설마 이것이 마지막은 아니겠지요?"

"그것 보세요!" 처녀는 웃으면서 말했다. "처음에 당신은 두 마디만 원한다고 하셨죠. 근데 이번엔…… 좋아요. 아무 말씀도 드리지 않겠어요…… 어쩌면 만나 뵙게 될 거예요……."

"저는 내일 이곳에 오겠습니다. 오, 용서하십시오. 나는 벌써 강요하고 있군요……." 나는 말했다.

"맞아요, 조급하시군요. 당신은 거의 강요하고 계시네요……."

"내 말 좀 들어 보십시오!" 나는 그녀의 말을 가로챘다. "다시 이런 말을 하게 돼서 죄송합니다. 하지만 나는 공상가이기 때문에 내일 밤 여기 다시 오지 않을 수가 없습니다. 현실 속에서의 생활이 너무도 적기 때문에 지금과 같은 순간은 내게는 드문 일이랍니다. 그러니 그것을 상상속에서 되풀이하지 않을 수가 없습니다. 나는 꼬박 하루 밤을, 아니 일주일 내내, 또는 일 년 내내 당신에 대해 꿈을 꿀 거예요. 나는 내일 틀림없이 바로 이 자리에 똑같은 시간에 올 겁니다. 그리고 어제의 일을 생각하면서 행복에 잠길 거예요. 이 자리도 제게는 이미 친근한 장소입니다. 나는 뻬쩨르부르그에 이미 두세 곳 이러한 장소를 알고 있습니다. 언젠가 한 번은 당신처럼…… 추억에 잠겨 눈물을 흘린 적도 있어요. 당신도 어쩌면 몇 십 분 전에 옛날 일을 회상하며 울고 계셨는지도 모르죠……. 용서하십시오. 또 쓸데없는 말을 했군요. 어쩌면 당신이 언젠가 이곳에서 특별한 행복감을 맛보셨는지도 모르겠군요……."

"좋아요." 그녀는 말했다. "내일 밤 열 시에 오는 것으로 하죠. 어쩐지 당신을 말릴 수 없을 것 같군요. 하지만 내가 여기에 오는 건 오지 않으면 안 될 이유가 있기 때문이에요. 그러니까 당신과 만날 약속을 정한 거라고 생각하지 마세요. 미리 말씀드리지만 저는 제 일이 있어서 여기에 와야 해요. 저…… 좀 더 분명히 말씀드리지만, 당신이 오시더라도 별다른 일은 없을 거예요. 그 첫 번째 이유는 어쩌면 오늘밤과 같은 불쾌한 일이 생길지도 모르죠. 이건 다른 말이구요. 한 마디로 말해서, 당신에게 두 마디를 해 주기 위해서 당신을 뵙고 싶어요. 제가 만날 약속을 너무 쉽게 정한다고 비난하시는 건 아니겠죠? 제가 직접 만날 약속을 정할 수도 있을 테지만 만약…… 하지만 이것은 저의 비밀로 해 두겠어요! 다만 미리 약속해 주시면……."

"약속이요! 말씀하세요, 말씀하십시오. 미리 모두 말씀해 주세요. 저는 아무래도 좋습니다. 뭐든지 다 할 준비가 되어 있습니다. 나는 자신에 대해서 책임을 질 겁니다……. 당신이 말씀하시는 대로 하고, 예의를 지키겠습니다……. 당신은 날 아시잖습니까?" 나는 너무 기뻐서 외쳤다.

"바로 당신이 어떤 사람인지 알기 때문에 내일 오시라고 하는 거예요." 처녀는 웃으며 말했다. "저는 당신이라는 분을 잘 알아요. 하지만 오시는 데에는 한 가지 조건이 있어요. 첫째, 제발 제가 부탁드리는 것을 반드시 실행해 주세요. 보세요, 전 모든 것을 솔직히 말씀드리고 있어요. 저를 사랑해선 안 돼요. 분명히 말씀드리지만 사랑은 절대 안 돼요. 친구는 언제든지 좋아요. 자, 악수해요. 다만 사랑은 절대 안 돼요. 제발 부탁이에요!"

"맹세하죠." 그녀의 작은 손을 꼭 잡고 나는 큰 소리로 외쳤다.

"맹세는 하지 마세요. 저는 이미 당신이 화약처럼 폭발하기 쉬운 분이라는 걸 잘 알고 있는 걸요. 이런 말을 한다고 절 나무라진 마세요. 사실 저 역시 이야기를 하거나 의논할 사람이 한 사람도 없어요. 물론 의논 상대를 길에서 찾는 건 아니죠. 당신은 예외예요. 마치 20년 지기 친구처럼 나는 당신을 잘 알아요. 설마 배신 같은 것은 하지 않으시겠죠……."

"알게 되실 거예요. 다만 하루를 어떻게 견딜 수 있을지 모르겠습니다."

"편안히 푹 주무세요. 제가 당신을 믿고 있다는 걸 잊지 마세요. 조금 전 당신의 외침은 정말 좋았어요. 친근한 동정의 표현일지라도 어떻게 감정 하나 하나를 분석할 수 있을까요! 아세요? 참으로 좋은 말이었기 때문에 이분이라면 믿을 수 있겠다는 생각이 순간 머리를 스쳤어요……."

"제발, 무슨 말씀이세요? 그게 뭔데요?"

"내일 뵙겠습니다. 아직 비밀로 해 두죠. 그게 당신에게도 좋을 거예요. 옆에서 보면 소설 같겠죠. 어쩌면 내일 당신에게 이야기할지도 모르겠어요. 어쩌면 아닐지도 모르죠. 아무튼 앞으로 당신과 좀 더 많은 이야기를 나누겠어요. 서로에 관해서 좀 더 잘 알 수 있도록 말이에요."

"오, 나는 내일 당장 나에 대해서 모두 당신에게 말할 겁니다! 그런데 이게 무슨 일이죠? 내게 기적이 일어나고 있어요. 하느님 맙소사! 지금 난 어디에 있는 거죠? 말씀해 주세요. 당신은 다른 여자가 그런 것처럼 처음부터 나를 물리치지도, 화를 내지도 않은 것이 불만스러운 건 아니겠지요? 당신은 2분 만에 나를 영원히 행복한 사람으로 만들었습니다. 그래요, 행복한 사람 말이에요! 어쩌면 당신은 나를 내 자신과 화해시키고, 내 안에 있는 의문을 풀어주셨는지도 모릅니다. 혹은 그러한 순간이 내게 찾아 오고 있는지도 모르겠어요. 아무튼 내일 모든 것을 말씀드릴 거예요. 그러면 모든 것을 알게 되실 테죠. 모든 것을 말입니다……."

"좋아요, 그렇게 하겠어요. 당신이 먼저 시작하는 것으로 하죠."

"그렇게 합시다."

"안녕히 가세요!"

"안녕히 가세요!"

이렇게 우리는 헤어졌다. 나는 밤새도록 거리를 돌아다녔다. 집으로 돌아갈 마음이 생기지 않았다. 나는 너무도 행복했다. 내일까지 무사히……!

두 번째 밤

"그것 보세요. 견뎌내셨잖아요!" 그녀는 웃으며 내 손을 잡고 말했다.

"나는 이미 두 시간이나 여기에 있었어요. 온종일 내가 어떻게 지냈는지 당신은 모르실 거예요!"

"알아요, 알고 말고요. 그럼 본론으로 들어가서, 제가 여기에 왜 왔는지 아시겠어요? 어제처럼 쓸데없는 말을 하기 위해서가 아니에요. 그런데 말이에요. 이제부터는 좀 더 현명하게 행동해야겠어요. 나는 어제 이 일에 대해서 오랫동안 생각해 보았어요."

"어떤 면에서 말입니까? 어떤 면에서 더 현명해져야 한다는 겁니까? 저는 준비되어 있습니다. 하지만 제가 살면서 지금처럼 현명하게 처신한 것도 처음일 겁니다."

"정말이세요? 그럼 부탁이에요. 첫 번째는 제 손을 그렇게 잡지 말아 주세요. 그리고 두 번째는 오늘 당신에 대해서 오랫동안 곰곰이 생각해 보았다는 걸 말씀드리고 싶군요."

"그래서, 어떤 결론에 도달하셨습니까?"

"어떤 결론이냐구요? 처음부터 다시 시작해야 한다는 거예요. 왜냐하면 당신은 나로선 전혀 알지 못하는 사람이고, 또 어제 나는 마치 어린아이나 소녀처럼 행동했기 때문이에요. 물론 모든 잘못은 나의 착한 마음 때문이에요. 즉 자신을 비판하려고 하면, 결국 스스로 자신을 칭찬하는 것으로 항상 끝나더군요. 그래서 잘못을 바로잡기 위해 당신에 대한 가장 상세한 것까지 모두 알아내기로 결심했어요. 하지만 당신에 대해 특별히 물어 볼 사람이 없으니, 당신 자신이 그 모든 것을 자세히 말씀해 주셔야겠어요. 당신은 도대체 어떤 분이신가요? 자아, 빨리 시작하세요. 모든 것을 말씀해 주세요."

"내 이야기라구요!" 나는 깜짝 놀라서 외쳤다. "내 이야기라뇨! 나에 대해 입에 올릴 만한 이야기가 있다고 누가 말을 하던가요? 할 만한 이야기가 아무것도 없는데 말입니다."

"과거 없이 어떻게 살아 오셨다는 거예요?" 그녀는 웃으며 말을 가로막았다.

"전혀 그런 과거가 없습니다. 흔히 말하는 것처럼 난 독신으로 살았어요. 완전히 혼자서 말이에요. 외톨이로요. 외톨이라는 게 어떤 건지 아세요?"

"그래도 어떻게 혼자일 수 있어요? 그럼 여태까지 아무도 만난 일이 없으시다는 건가요?"

"아니, 그렇지는 않습니다. 만나기야 만나지요. 그래도 나는 혼자입니다."

"그럼 당신은 누구와도 대화를 나누지 않는다는 말이에요?"

"엄밀하게 말하면 그렇다고 할 수 있습니다."

"그럼 도대체 당신은 어떤 분이시죠? 제발 설명해 주세요! 잠깐만요. 알 것 같아요. 당신은 나처럼 분명히 할머니와 함께 살고 계세요. 우리 할머니는 장님이신데 평생 나를 밖에 못 나가게 하셔서 나는 말하는 것을 거의 잊어버릴 뻔했어요. 2년 전쯤에 내가 심하게 장난을 쳤더니 더 이상 나를 잡아둘 수 없다고 여기시곤 나를 불러선 내 옷에 할머니 옷을 핀으로 고정시켜 버리신 거예요. 그때부터 우리는 매일 함께 앉아 있어요. 할머니는 눈은 보이지 않지만 양말을 뜨시고 나는 옆에 앉아서 바느질을 하든지 아니면 책을 읽어 드려요. 정말 이상한 일이에요. 벌써 2년 동안이나 붙어 있으니 말예요……."

"하느님 맙소사, 정말 안 됐군요! 아니, 없습니다. 내겐 그런 할머니가 안 계십니다.

"만약 안 계시다면, 어떻게 집에만 계셨단 말예요!"

"당신은 내가 어떤 사람인지 정말 알고 싶으신 겁니까?"

"그럼요, 그래요. 그래!"

"정확한 의미로 말입니까!"

"가장 엄밀한 의미로 말예요!"

"그럼 말씀드리죠. 나는 이러한 타입의 사람입니다."

"타입, 타입! 어떤 타입이요?" 그녀는 마치 일 년 내내 웃지 못한 사람처럼 깔깔대며 웃더니 큰 소리로 물었다. "당신과 있는 게 재미있군요! 여기 벤치가 있네요. 앉는 게 좋겠어요! 여기는 아무도 지나다니지 않으니까 우리가 하는 이야기를 들을 사람도 없을 거예요. 이제 빨리 당신 이야기를 시작하세요! 아무리 없다고 해도 당신은 할 이야기가 있을 거예요. 숨기고 있을 뿐이죠. 먼저 그 타입이란 게 뭐지요?"

"타입이라? 타입은 좀 특이하고, 매우 우스꽝스럽다는 말이에요."
그녀가 아이같이 깔깔대고 웃자 나도 덩달아 큰 소리로 웃으면서 대답했다. "그건 그러한 성격이라는 겁니다. 그런데 당신은 공상가란 어떤 사람인지 아세요?"

"공상가 말이에요! 어머나! 어떻게 모를 수가 있어요? 저도 공상가인 걸요! 할머니 옆에 앉아 있으면 온갖 잡념이 머릿속을 분주히 돌아다녀요. 그리고 일단 공상에 빠져들기 시작하면 중국 왕자님에게 시집가기도 해요. 공상한다는 건 좋은 일이에요! 아니, 아닐 수도 있어요. 하느님만 아실 일이죠. 특히 그것 없이도 생각할 것이 있을 경우엔 말예요." 이번에는 꽤 심각한 어조로 그녀는 말했다.

"대단한 일이에요! 당신도 중국 황제에게 시집가 봤다면 내 기분을 완전히 이해할 수 있을 거예요. 그런데 말입니다. 실례지만, 아직 당신의 이름을 모르고 있네요."

"어마나, 일찍도 생각나셨군요!"

"맙소사! 물어볼 생각을 전혀 못했군요. 너무 기분이 좋아서······."

"제 이름은 나스쩬까예요."

"나스쩬까! 그게 다예요?"

"그게 다라니요! 그것만으론 부족하다는 말씀인가요? 욕심이 많으시군요!"

"부족하다니요? 충분합니다. 충분해요. 정반대인 걸요. 넘칠 만큼 충분합니다. 나스쩬까, 당신은 처음부터 애칭으로 이름을 알려주시는군요. 당신은 참으로 착한 아가씨입니다."

"아셨어요! 제가 말했잖아요!"

"자, 나스쩬까, 이제부터 우스꽝스러운 이야기 하나 할 테니 들어 보세요." 나는 그녀의 곁에 앉아서 진지한 자세를 취하곤 마치 써 놓은 것을 읽듯이 말했다. "나스쩬까, 당신도 아실지 모르지만 뻬쩨르부르그에는 이상한 곳이 있어요. 그곳에 뜨는 태양은 뻬쩨르부르그에 살고 있는 우리를 비추는 태양과는 전혀 다른 것입니다. 이 새로운 태양은 마치 그곳만을 위해 특별히 주문된 것처럼 색다르고 독특한 빛을 냅니다. 그러한 곳에서는 말이죠, 나스쩬까, 우리 주변에서 살아가는 모습과는 전혀 다른 삶이 있습니다. 그것은 심각하고도 심각한 우리시대의 삶과는 다른 아주 먼 어딘지 모르는 나라에만 있을 수 있는 삶입니다. 더욱이 그 삶은 어떤 순수한 환상과 뜨거운 이상이 혼합된 것입니다. 그와 함께 '오, 나스쩬까!' 생기 없이 산문적이고 평범한, 아니 믿어지지 않을 만큼 저속한 것의 혼합물이라고까지 말할 수 있습니다."

"휴! 하느님 맙소사! 무슨 서론이 그래요! 앞으로 무슨 이야기를 더 들을지 모르겠군요."

"나스쪤까, '나스쪤까, 당신 이름은 아무리 불러도 싫증나지 않을 것 같습니다.' 그건 말입니다. 그곳에는 이상한 사람들, 즉 공상가들이 살고 있다는 겁니다. 공상가란, 만약 상세한 정의가 필요하다면, 그것은 인간이 아니라, 일종의 중성적인 존재입니다. 아시겠어요? 그는 주로 어딘가 인간이 접근하기 어려운 곳에 마치 대낮의 햇빛조차도 피하는 것처럼 숨어서 지냅니다. 그곳에 한번 눌러 앉으면, 달팽이처럼 그곳에 자리를 잡고 살아가는 겁니다. 달팽이가 아니라면, 그런 점에서 그는 적어도 집과 몸통이 하나인 저 흥미로운 동물, 거북이와 흡사합니다. 당신은 어떻게 생각하시나요? 그는 왜 그을음이 끼어 있는 음산하고 담배 연기가 자욱한 사면이 녹색으로 칠해져 있는 벽을 그토록 좋아할까요? 이 우스꽝스러운 신사는 왜 몇 안 되는 아는 사람들 가운데 누군가 찾아 오면, '그 사람들도 결국엔 모두 사라지고 맙니다만' 왜 이 우스꽝스러운 사람은 당황하여 얼굴빛까지 변하는 걸까요? 마치 방금 막 이 사면의 벽안에서 범죄라도 저지른 사람처럼, 그리고 마치 위조지폐를 만들거나, 또는 시인은 죽었지만 시인의 시를 발표하는 것이 친구로서의 신성한 의무라고 생각한다는 내용이 담겨 있는 익명의 편지와 함께 잡지사에 보낼 시를 만든 사람처럼 말입니다. 나스쪤까, 왜 이 두 사람 사이에는 대화가 잘 이루어지지 않는 걸까요? 갑자기 들어온 친구가 어리둥절해하며 웃지도 않고 재치 있는 말도 하지 않는 이유는 무엇일까요? 다른 때라면 웃기도 잘하고 말도 잘하며 아름다운 들판에 관한 이야기와 유쾌한 대화를 좋아하는 친구가 말입니다. 대체 분명 최근에 알게 된 이 친구는 결국 첫 방문에서—이런 경우엔 두 번째 방문은 없을 것이기 때문에—재치를 가지고 '만약 그런 것이 있다면 말입니다.' 대화를 부드럽고 재미있게 풀려고 사교계의 지식을 자랑한다거나 아름다운 들판에 관해 말을 하며 온갖 노력을 기울이지만 아무런 소용이 없게 되자 우울해져 버린 주인의 얼굴을 바라보며 어째서 당황스러워하여 굳어버리는 것일까요? 잘못 들어온 불쌍한 손님의 마음에라도 들려고 매우 공손한 태도로 애를 쓰는데 말입니다. 결국 손님은 불현듯 모자를 움켜쥐고, 결코 있지도 않은 중대한 일이 갑자기 생각났다고 하면서, 그냥 가는 손님에게 미안해하며 자신의 실수를 바로잡으려고 하는 주인의 열렬한 악수를 뿌리치는 이유는 무엇일까요? 또 문 밖으로 나가며 웃는 친구가 이런 괴짜에게는 두 번 다시 찾아 오지 않겠다고 굳게 다짐하는 이유는 무엇일까요? 그런데 이 괴짜는 실제로 정말 멋진 남자이며 공상속의 작은 변덕을 거부하지 못하는 겁니다. 이를테면 약간 거리가 있지만 조금 전 대화하는 동안 상대의 표정을 불쌍한 고양이 새끼의 모습과 비교하는 것입니다. 아이들에게 갑자기 붙잡혀 괴롭힘을 당한 놀란 고양이 새끼는 완전히 혼이 빠져 의자 밑 어두운 곳으로 숨어 들어가는 것입니다. 그리고 그 곳에서 한 시간 내내 털을 곤두세우고 야옹거리며 모욕당한 주둥이를 두 발로 씻어 내립니다. 또 그 후로 오랫동안 자연과 생활, 그리고 인정 많은 하녀가 주인의 식탁에서 가져다 준 음식까지도 적의에 찬 눈으로 바라보게 되는 겁니다."

"잠깐만요." 내내 눈을 커다랗게 뜨고 조그마한 입을 벌린 채 놀라워하며 내 말을 듣고 있던 나스쩬까가 내 말을 가로막았다. "잠깐만요. 어쩌다 이런 말이 나오게 된 거죠? 왜 당신이 이런 우스꽝스런 질문을 하시는지 도무지 이해할 수 없군요. 하지만 한 가지 알 수 있는 건 한 마디도 빼놓지 않고 이러한 모든 사건들이 당신에게 일어났었다는 거죠."

"물론 의심할 여지없이 그렇습니다." 나는 매우 진지한 표정으로 대답했다.

"그렇다면, 만약 의심의 여지가 없다면 이야기를 계속해 주세요. 이야기가 어떻게 끝날지 무척 알고 싶군요." 나스쩬까가 말했다.

"나스쩬까, 당신은 우리의 주인공, 아니 그보다도 나라고 하는 편이 좋겠죠. 왜냐하면 사건의 주인공은 겸손하고 특별한 나니까요. 내가 한쪽 구석에서 무엇을 했는지 알고 싶으세요? 내가 어째서 친구의 갑작스런 방문 때문에 온종일 깜짝 놀라 그토록 어쩔 줄 몰라 했는지 알고 싶으십니까? 내 방문이 열렸을 때 내가 왜 갑자기 벌떡 일어났고, 어째서 얼굴을 붉혔는지, 그리고 어째서 나는 손님을 접대할 줄도 모르고 자기 자신의 손님 접대에 억눌려 그토록 창피스러워하는지 알고 싶습니까?"

"네, 그래요 그렇단 말예요!" 나스쩬까는 대답했다. "그 점이 문제예요. 제 말을 들어 보세요. 당신은 말씀을 훌륭하게 잘 하시는군요. 하지만 그렇게 유창하게 이야기하지 않으면 안 되나요? 당신은 마치 책을 읽고 있는 것처럼 이야기 하시는군요."

"나스쩬까!" 나는 웃음을 간신히 참으며 위엄 있는 목소리로 대답했다.

"사랑스런 나스쩬까, 나도 내가 유창하게 말한다는 것을 알고 있습니다. 제 잘못입니다만 나는 다른 식으로 말하는 법을 모릅니다. 사랑스런 나스쩬까, 이제 나는 일곱 개의 봉인이 찍혀 천년 동안 항아리에 갇혀 있다가 간신히 일곱 개의 봉인이 뜯겨 자유를 찾은 솔로몬의 영혼과도 같습니다. 나스쩬까, 우리는 오랜 이별 끝에 만나게 되었습니다. 왜냐하면 이미 오래 전부터 당신을 알고 있었기 때문입니다. 나스쩬까, 나는 오랫동안 누군가를 찾아왔습니다. 이것이 바로 다른 사람이 아닌 당신을 찾고 있었다는 증거이며 우리가 만나도록 되어 있었다는 증거입니다. 이제야 내 머릿속에 있는 수천 개의 막이 열린 것입니다. 지금 나는 마음속에 담고 있는 강물처럼 흐르는 모든 말을 뱉어내지 않으면 숨이 막혀 버릴 겁니다. 그러니 제발 나의 이야기를 끊지 말아 주십시오. 나스쩬까, 얌전히 내 말을 들어주십시오. 그렇지 않으면 나는 입을 다물어 버릴 것입니다."

"아니, 절대로 그러지 않을게요! 말씀하세요."

"계속하겠습니다. 친애하는 나스쩬까! 나는 하루 중에 가장 좋아하는 시간이 있습니다. 거의 모든 종류의 일이나 근무나 의무가 끝나고 모든 사람들이 식사하고 편히 누워서 휴식을 취하기 위해 제각기 집으로 서둘러 갑니다. 그리고 걸어가는 동안에 저녁과 밤 그리고 남아있는 여가 시간에 대한 다른 유쾌한 화제를 생각해 내는 바로 그 시간입니다. 그 시간이 되면 우리의 주인공도—나스쩬까, 괜찮으시다면 이제부터는 삼인칭으로 이야기하도록 하겠습니다. 이런 이야기를 일인칭으로 한다는 것이 몹시 쑥스럽군요.—그래서 일을 하던 우리의 주인공도 이 시간이 되면 다른 사람들의 뒤를 따라 걷습니다. 약간 지친 듯 창백한 얼굴에는 야릇한 만족감이 떠오릅니다. 서서히 꺼져가는 차가운 뻬쩨르부르그 하늘의 저녁노을을 주의 깊게 바라봅니다. 아니 바라본다는 것은 거짓말입니다. 그는 바라보는 것이 아니라 무의식적으로 멍하니 응시하고 있습니다. 마치 피곤하다든가 혹은 다른 좀 더 흥미로운 것에 마음을 빼앗기고 있어서 거의 무의식적으로 주위의 것들에 잠시 눈길을 돌릴 때처럼 말입니다. 그는 교실의 의자에서 해방되어 좋아하는 놀이나 장난을 하도록 허락받은 초등학교 학생처럼 짜증스런 일로부터 내일까지 자유스러운 것에 만족하며 기뻐합니다. 나스쩬까, 그의 모습을 옆에서 바라보십시오. 그 기쁨의 감정이 그의 약한 신경과 병적으로 예민한 상상력에 벌써 행복한 작용을 하고 있는 것을 당신은 곧 아시게 될 겁니다. 보십시오. 그는 깊은 생각에 잠겨 있습니다. 점심식사에 대한 일이라고 생각하시나요? 오늘 저녁에 대한 생각일까요? 그는 대체 무엇을 보고 있는 것일까요? 빨리 달리는 말이 끄는 화려한 마차를 타고 옆을 지나가는 부인에게 연극하는 것처럼 멋을 부리며 인사하는 풍채 좋은 신사를 바라보는 것일까요? 아닙니다, 나스쩬까. 지금 그런 사소한 일은 그에게 중요하지 않습니다. 그는 이제 자기만의 독특한 생활로 부자가 된 겁니다. 저무는 태양의 마지막 광채가 밝게 타오르며 뜨겁게 달구어진 심장으로부터 다양한 감동을 불러일으키는 것이 괜한 일은 아닙니다. 그는 전에는 가장 하찮은 것에도 감동을 받던 그 길에 이제는 겨우 눈길을 줍니다. 사랑스런 나스쩬까, 만약 당신이 주꼬프스끼(바실리이 안드레예비치 주꼬프스끼(1783~1852), 러시아 낭만파의 대표적 서정시인_역주)를 읽었다면 말입니다. 이제 '환상의 여신'은 변덕스러운 손으로 황금 날실을 짜기 시작하고 한 번도 본 적 없는 기괴한 삶의 문양을 그의 앞에 펼쳐 놓는 겁니다. 어쩌면 여신은 그가 자기 집으로 돌아가고 있는 멋진 화강암이 깔린 보도에서 변덕스러운 손으로 그를 안아 일곱 번째 수정천국으로 데리고 갔는지도 모릅니다. 당신은 이제 그를 불러 세워 지금 그가 어디에 있는지 어떤 길을 따라 걸었는지 불쑥 물어 보십시오. 아마도 그는 화가 나서 얼굴을 붉히며 어디를 걸었는지 어디에 서 있는지 전혀 기억해 내지 못할 것입니다. 틀림없이 체면을 세우기 위해 거짓말을 할 것입니다. 그래서 매우 고상한 한 할머니가 도로 한복판에서 공손하게 그를 불러 세워 길을 잃어버렸다며 길을 물었을 때 그가 깜짝 놀라 주위를 둘러보곤 떨면서 소리를 지를 뻔한 것도 그 때문입니다. 그는 화가 나서 얼굴을 찡그리며 계속 걷습니다. 지나가는 몇몇 행인들이 돌아보며 그를 쳐다보고 웃는 것을 겨우 의식하며 걷습니다. 또 겁먹고 그에게 길을 양보한 작은 소녀가 놀라서 눈을 크게 뜨고 그의 명상적인 미소와 손놀림을 보고 크게 웃는 것도 거의 깨닫지 못합니다. 그렇지만 이 모든 환상의 여신은 할머니도, 호기심에 찬 행인들도, 웃음을 터뜨린 소녀도, 그리고 폰딴까를 메우고 있는 짐배에서 야식을 먹는 사나이들도—그때 우리의 주인공이 그 곳을 지나갔었다고 가정합시다—자신의 장난스러운 날개로 낚아채어 거미줄에 걸린 파리처럼 모든 사람과 모든 사물을 장난삼아 자기의 캔버스에 짜 넣습니다. 그리고 이 괴짜는 이러한 새로운 수확을 가지고 즐거운 자기 구멍으로 들어와 식탁에 앉습니다. 그는 이미 한참 전에 식사를 마친 뒤 사색에 잠겨 늘 우울한 하녀 마뜨료나가 식탁을 치우고 그에게 파이프를 건넬 때에야 제정신을 차립니다. 그리고 어찌 된 일인지 둘러본 후 이미 식사가 끝났다는 것을 놀라워하며 깨닫습니다. 방안은 이미 어둡습니다. 그의 마음은 공허하고 슬픕니다. 온 환상의 제국이 그의 주변에서 무너져 버립니다. 아무런 흔적도, 아무런 소리도 없이 무너져 버리고 꿈처럼 사라져 버립니다. 그는 자기가 무엇을 꿈꾸었는지조차 기억하지 못합니다. 그런데 어떤 우울한 기분 때문에 그의 가슴은 가벼운 고통과 함께 동요를 일으키고 어떤 새로운 소망이 유혹적으로 그를 간질거리며 그의 상상을 자극하여 자신도 모르게 수많은 새로운 환상을 불러들입니다. 조그마한 방안에는 정적이 가득합니다. 고독과 게으름은 그의 상상을 돕습니다. 그러면 공상은 살며시 타오르다가 옆의 부엌에서 커피를 준비하며 평온하게 이리저리 움직이고 있는 늙은 하녀 마뜨료나의 커피주전자 속의 물처럼 끓어오르기 시작합니다. 그리고 공상은 이미 조금씩 폭발하고 아무런 목적도 없이 아무데나 펼쳐든 책은 세 번째 페이지도 읽기 전에 우리 공상가의 손에서 떨어져 버립니다. 그의 공상은 새롭게 정리되고 자극되어 불현듯 다시 새로운 세계, 새롭고 매혹적인 생활이 그의 앞에서 빛나는 미래 속에서 반짝였습니다. 새로운 꿈은 새로운 행복입니다. 정교하고 음탕한 독약의 새로운 복용! 오, 우리들의 현실적인 생활에서 그가 어떤 의미를 찾을 수 있을까요! 공상에 사로잡힌 그의 눈에는 나스쩬까, 우리는 게으르고, 느리며, 생기 없이 살아가고 있는 것입니다. 그의 눈에 우리 모두는 자신의 운명에 불만을 갖고 삶에 지쳐 있는 겁니다! 그래요 실제로 보십시오. 실제로 처음 본 것처럼 우리들 사이에 있는 모든 것이 차갑고 침울하고 화가 납니다……. '불쌍한 인간들!' 하고 우리의 공상가는 생각합니다. 물론 그렇게 생각한다고 해서 놀랄 일은 아닙니다. 그토록 매력적이고 그토록 변덕스러운 그리고 자기 자신의 소중한 인물로서 우리의 공상가가 당연히 전경의 중심인물로 되어 있는 마술 같이 생생한 그림 속에서 그의 앞에 광활하게 활짝 펼쳐진 마술 같은 환영을 보십시오! 어떤 다양한 모험이 있는지, 어떤 환희에 넘치는 끝없는 공상이 있는지 보십시오! 어쩌면 당신은 그가 무엇을 공상하고 있는 거냐고 물으시겠죠? 그런 것을 물으셔서 무슨 소용이 있겠습니까! 온갖 것에 대한 공상이지요……. 처음에는 인정받지 못하지만 나중에 월계관을 쓰게 되는 시인의 역할에 대해서, 호프만(E. T. A. Hoffmann(1776~1822), 독일 낭만주의 작가로 환상을 주제로 한 작품을 많이 썼으며 고골과 도스또예프스끼 등 러시아 작가에 영향을 줌_역주)과의 우정, 성 바돌로매의 밤(1572년 8월 24일 성 바돌로매 축제 밤에 파리에서 대규모 신교도 학살이 있었음_역주), 디아나 베르농(Walter Scott(1771~1832)의 소설 『롭 로이』의 등장인물_역주), 까잔 점령 시 이반 바실리예비치 뇌제의 영웅적 역할, 클라라 모브라이(Walter Scott의 소설 『성 로난의 샘』의 등장인물_역주), 에피 딘스(Walter Scott의 소설 『에딘버러의 감옥』의 등장인물_역주), 대승정의 집회와 그들 앞에 선 후스(J. Huss(1369~1415), 독자적인 체코 교회의 독립을 추진한 종교 개혁가로 콘스탄츠 종교회의에서 이단자로 몰려 화형당함_역주), 로베르트(독일 태생의 작곡가 G. Meyerbeer(1791~1864)의 오페라 『악마 로베르트』를 가리킴_역주) 나오는 죽은 자들의 폭동, 이 음악 기억하세요? 공동묘지 냄새가 풍기죠? 민나와 브렌다(Walter Scott의 소설 『해적』의 등장인물_역주), 베레지나 강의 전투, V·D백작 부인(보론초바야 다쉬꼬바야 백작부인(1818~1856)을 가리킴_역주)의 살롱에서의 낭독하는 시, 당통(G. Danton(1759~1794), 프랑스 혁명 운동가_역주), 클레오파트라와 그녀의 연인들(A. Pushkin(1799~1837)의 소설 『이집트의 밤』에서 한 미인이 시인에게 제시한 주제_역주), 꼴롬나의 작은 집(뿌쉬낀의 장시 제목_역주), 자신의 작은 공간, 그리고 그 옆에 당신이 지금 내 이야기를 듣고 있듯이 겨울 밤 눈을 크게 뜨고 자그마한 입을 벌린 채 이야기를 듣고 있는 아름다운 소녀에 대해서 공상하는 겁니다. 나의 사랑스런 천사여……. 아닙니다. 나스쩬까, 음탕하고 게으른 그에게 우리가 그토록 원하는 그런 삶이 무슨 의미가 있겠습니까? 그는 자기에게도 언젠가 슬픔의 시간이 올 수 있다는 것을 예측하지 못하고 그런 삶은 가난하고 불쌍하다고 생각합니다. 그래서 그는 기쁨을 위해서도 행복을 위해서도 아닌 이 비참한 생활의 단 하루를 위해 자기의 모든 환상적인 세월을 버려야 할 겁니다. 그리고 그 순간에는 슬픔과 후회와 돌이킬 수 없는 한탄을 선택하고 싶은 마음이 생기지 않을 겁니다. 그러나 아직 그 위협적인 시간은 도래하지 않았습니다. 그래서 그는 아무것도 바라지 않습니다. 왜냐하면 그는 욕망을 초월했고 모든 것을 갖추고 있으며 배부른 삶을 살고 있기 때문입니다. 또 그는 자기 생활의 예술가이며 자신의 삶을 매시간 새롭게 제멋대로 창조하고 있으니까요. 동화 속에 나오는 환상의 세계가 정말 이토록 쉽고 자연스럽게 창조되는군요! 이 모든 것이 전혀 환영이 아닌 것 같습니다! 사실 어떤 때는 이 삶 전체가 감정의 자극도, 신기루도, 상상의 착각도 아닌 정말 현실에 실제로 존재하는 것으로 믿고 싶은 겁니다! 말씀해 주십시오, 나스쩬까. 왜 그런 순간에는 영혼이 짓눌리는 기분일까요? 어떤 마법에 걸리기라도 한 듯, 어떤 알 수 없는 변덕에 의해 맥박이 빨라지면서 공상가의 눈에서 눈물이 솟구치고, 눈물에 젖은 창백한 뺨이 달아오르며, 그의 존재 전체가 형언할 수 없는 기쁨으로 충만한 까닭은 무엇일까요? 어째서 불면의 기나긴 밤이 고갈되지 않는 즐거움과 행복속에서 일순간 지나가 버리는 것일까요? 왜 장밋빛 여명이 창문에 속살거리고, 우리의 뻬쩨르부르그에서는 늘 그렇듯이 새벽 햇살이 믿기 어려운 환상적인 빛으로 음침한 방안을 비출 때, 피곤에 지치고 괴로운 우리 공상가가 침대에 몸을 던지고 병적으로 전율하는 영혼의 환희로 가슴을 조이며 괴롭고 감미로운 고통을 가슴에 안은 채 잠에 빠져드는 것일까요? 그래요, 나스쩬까, 그만 속아 넘어가서는, 남의 일이지만 진실되고 진정한 정열이 그의 영혼을 뒤흔든다고 무의식적으로 믿게 될 겁니다. 무익한 그의 환상 중에 손으로 느낄 수 있는 생생한 어떤 것이 존재한다고 본능적으로 믿게 될 겁니다! 이것이야말로 속임수입니다. 예를 들어, 고갈되지 않는 기쁨과 괴로운 고통을 동반한 사랑이 그의 가슴에 자리잡습니다. 단지 그를 보기만 해도 확신할 수 있을 겁니다! 사랑스런 나스쩬까, 그가 자신의 광적인 공상속에서 그토록 사랑했던 여인을 현실 세계에선 한 번도 본 적이 없다는 것을 그를 보면 당신은 믿을 수 있겠습니까? 과연 그는 단지 매혹적인 어떤 환상속에서 그 여인을 본 것일까요? 그 정열조차도 한낱 꿈꾼 것에 불과한 것일까요? 실제로 그들은 서로 손을 맞잡고 수년 간, 단둘이서만 이 세상을 등지고 서서 각자의 세계, 각자의 삶을 상대의 삶에 연결시키며 살아온 것은 아닐까요? 늦은 밤 헤어져야 할 시간이 다가왔을 때 잔뜩 찌푸린 하늘 밑에서 폭풍 소리도, 자신의 검은 속눈썹에 달려 있는 눈물을 날려 버리는 바람 소리도 듣지 못하고 그의 가슴에 안겨 슬피 흐느끼던 여인은 정말 그녀가 아니던가요? 정말로 이 모든 것이 한낱 꿈에 지나지 않는 건가요? 이끼 낀 작은 오솔길이 있는 외롭고 음침하게 방치된 조잡한 정원. 거기서 그들은 단둘이 산책하며 희망을 품기도 하고, 슬픔에 잠기기도 하고, 그토록 오랫동안 '그토록 길고 감미롭게' 서로를 사랑했습니다. 이 이상한 증조부의 집에서 그녀는 의기소침하고 겁에 질려 서로에 대한 사랑의 감정조차 숨기고 있던 아이처럼 소심한 두 사람을 위협한 우울하고 말수가 없으며 성마른 늙은 남편과 그토록 오랫동안 외롭게 살았습니다. 그들은 얼마나 괴로워하고 얼마나 두려워했으며, 그들의 사랑은 또 얼마나 순수했던가요! 물론 나스쩬까, 사람들은 얼마나 악의적이었나요! 오, 하느님, 나중에 그가 만났던 사람은 정말 그녀가 아니었단 말인가요. 조국의 해변에서 멀리 떨어져 한낮의 태양이 작열하는 낯선 하늘 아래서, 경이로운 영원의 도시 로마에서, 무도회의 찬란함속에서, 울려 퍼지는 음악 소리를 들으며, 불빛이 바다에 잠긴 궁전에서 ―반드시 궁전이라야 합니다―도금양桃金孃나무와 장미가 가득한 발코니에서 그녀는 그를 알아보고 서둘러 가면을 벗으며 속삭였습니다. '저는 자유의 몸이에요.' 그녀는 온몸을 떨면서 그의 품에 안겼습니다. 그리고 기쁨의 비명을 지르며 서로 부둥켜안자 그들은 순간 슬픔도, 이별도, 모든 괴로움도, 그리고 머나먼 조국의 음침한 집도, 노인도, 쓸쓸한 정원도, 열정적인 마지막 키스를 나누고 절망적인 괴로움으로 굳어져 버린 그의 품안에서 몸을 빼던 그 벤치도 모두 잊어버렸습니다. 그런데 말입니다, 나스쩬까. 키 크고 건장하며 쾌활하고 수다스러운 초대받지 않은 당신의 친구가 문을 열고 들어와 '여보게, 방금 빠블로프스끄에서 오는 길일세!' 하고 마치 아무 일도 없었다는 듯이 외친다면, 당신도 옆집 정원에서 훔친 사과를 막 호주머니에 쑤셔 넣은 꼬마처럼 벌떡 일어나서 당황하며 얼굴을 붉힐 것입니다. 맙소사! 늙은 백작이 사망하고 형언할 수 없는 행복이 찾아왔는데 빠블로프스끄에서 사람들이 찾아 오는 겁니다!"

나는 이렇게 애절하게 외치고 나서 애절한 표정으로 입을 다물었다. 내 기억으로는 나는 어떻게 해서든지 억지로라도 웃음을 터뜨리고 싶어서 견딜 수 없었다. 왜냐하면 나는 내 안에서 이미 심술궂은 작은 악마가 꿈틀거리고 있음을, 목구멍이 간질거리며 턱에 경련이 일어나기 시작하고 있음을, 그리고 눈엔 점점 더 눈물이 글썽거리고 있음을 느끼고 있었기 때문이다. 나는 영리해 보이는 두 눈을 크게 뜨고, 내 이야기를 듣고 있던 나스쩬까가 참을 수 없는 아이 같은 쾌활한 웃음을 터뜨릴 것이라 여기고 있었다. 그래서 오래 전부터 마음속에 쌓여 있어서 마치 적혀 있는 것을 읽는 것처럼 말할 수 있었던 이야기를 너무 깊게 말해 버렸다는 데 대해 이미 후회하고 있었다. 나는 훨씬 오래 전부터 나 자신에 대한 판결을 내리고 있었기 때문에 이제 그것을 읽지 않고는 견딜 수 없었던 것이다. 솔직히 말해서, 나를 이해할 것이라고는 기대하지 않았다. 그런데 놀랍게도 그녀는 침묵을 지키고 있었다. 그리고 잠시 뒤 내 손을 잡고 조심스런 동정을 갖고 물었다.

"정말로 당신은 줄곧 그렇게 살아오셨나요?"

"네, 지금까지 줄곧, 나스쩬까." 나는 대답했다. "어쩐지 앞으로도 내내 이렇게 살다 끝날 것 같군요!"

"아니요, 그건 안 돼요." 그녀는 불안한 목소리로 말했다. "그렇게 되지 않을 거예요. 그렇다면 저도 할머니 옆에서 평생 살게 될지도 모르겠어요. 그런데요, 그렇게 사는 것은 정말 좋지 않다고 생각하지 않으세요?"

"알고 있어요. 나스쩬까, 알고 있습니다!" 더 이상 감정을 억제할 수 없어서 나는 외쳤다. "이제야 그 어느 때보다도 더 확실히 내 인생의 황금기를 무의미하게 놓쳐 버렸다는 것을 깨닫고 있습니다. 이제야 그것을 알았습니다. 그리고 그 의식 때문에 더욱 고통을 느낍니다. 신께서 그것을 내게 이야기하고 증명하도록 당신을, 착한 나의 천사를 내게 보내 주셨으니까요. 지금 이렇게 당신 옆에 앉아서, 당신과 대화를 하며 미래에 대한 생각을 하니 어쩐지 두렵습니다. 앞으로 또다시 고독과 또다시 곰팡내나는 아무런 쓸모없는 삶이 계속될 테니까요. 당신 옆에 있으면 현실에서 이렇게 행복한데, 무슨 꿈을 꾸겠습니까! 오, 사랑스런 아가씨, 당신은 축복받을 겁니다. 단번에 나를 물리치질 않았으니까요. 그리고 나는 태어나서 적어도 두 밤은 제대로 살았다고 말할 수 있으니까요!"

"오, 아녜요. 그렇지 않아요!" 나스쩬까는 외쳤다. 그녀의 두 눈에 눈물이 반짝였다.

"아녜요, 더 이상 그런 일은 없을 거예요. 우리는 헤어지지 않을 거예요! 이틀 밤이라니요!"

"아, 나스쩬까, 나스쩬까! 알고 계시나요? 당신이 얼마나 오래 내가 나 자신과 화해하도록 해 주었는지 아십니까? 이제부터 나는 나 자신에 대해 여태까지 생각했던 것처럼 나쁘게 생각하지 않을 겁니다. 어쩌면 이제부터는 내 삶에서 범죄라든가, 죄를 지었다고 하며 더 이상 괴로워하지 않을지도 모릅니다. 이러한 삶은 범죄이고 죄악이니까요. 내가 무언가 과장하고 있다고 제발 생각지 말아 주십시오. 그렇게 생각지 말아 주십시오, 나스쩬까. 때때로 슬픔에, 말할 수 없는 슬픔에 사로잡힐 때가 있습니다. 그런 순간엔 진짜 삶을 시작할 능력이 전혀 없는 것처럼 여겨지기 때문입니다. 진짜, 현실적인 것에 대한 요령이나 감각을 이미 잃어버린 것 같은 기분이 들기 때문입니다. 그리고 결국은 자기 스스로를 저주하는 겁니다. 왜냐하면 환상의 밤들이 지난 후 소름끼치도록 무서운 각성의 시간이 다가오기 때문입니다. 더욱이 자신의 주변에서 사람들의 무리가 삶의 회오리바람 속에서 커다란 굉음을 내며 돌아가고 있는 소리가 들립니다. 사람들이 어떻게 살아가는지, 그들이 현실 속에서 살아가고 있는 것이 들리고 보입니다. 그들에게 있어서 삶은 주문되었다거나 또는 꿈이나 환상처럼 흩어져 버리는 것이 아니라 영원히 재생되고 영원히 젊으며 단 한 시간도 다른 한 시간과 비슷하지 않다는 것을 알게 됩니다. 그런데 한편으론, 그림자의 노예, 관념의 노예, 갑자기 태양을 뒤덮고 자신의 태양을 소중히 여기는 진정한 뻬쩨르부르그의 마음을 짓누르는 첫 구름의 노예, 소심한 환상이 저속할 만큼 단조롭고 우울합니다.

하지만 우수속에 무슨 환상이 있을까요! 마침내 끊임없는 긴장속에서 환상은 지치고, 이 피폐해져가는 환상이 고갈되어가는 것이 느껴집니다. 그것은 성인이 되면 과거의 이상으로부터 벗어나기 때문입니다. 그 이상들은 산산이 부서져 가루가 되고 맙니다. 만약 다른 삶이 없다면, 그 파편 조각으로 삶을 만들 수밖에 없습니다. 그런데 마음은 어떤 다른 것을 바라고 요구합니다! 그래서 공상가는 재 속을 헤집듯이 자기의 오래된 공상을 파헤칩니다. 재 속에서 불씨라도 찾아내어, 불씨를 살려서 새롭게 타오르는 불꽃으로 자신의 식어 버린 가슴을 따뜻하게 데우고, 예전에 그토록 사랑스럽고 감동스러웠던 것, 피를 끓게 하고 눈물을 샘솟게 했던 것, 멋지게 속였던 모든 것들을 가슴속에서 부활시키기 위해서입니다! 나스쩬까, 내가 어떤 상황까지 갔는지 아십니까? 나는 이제 내 감각의 기념일을 지내야 할 정도입니다. 전에는 그토록 사랑스러웠던 것, 그러나 실제로 존재한 적이 없었던 것의 기념일을 말입니다. 왜냐하면 이 기념일은 어리석고 무의미한 공상에 따라 거행되기 때문입니다. 그래도 그것을 해야 하는 이유는 이 어리석은 공상은 실제로 존재하는 것이 아니며 무엇으로도 쫓아 낼 수 없다는 겁니다. 공상은 사라져 버리잖아요! 그래서 나는 나름대로 행복했던 장소를 생각해 낸 다음 일정한 시간에 그곳을 방문하는 것을 좋아합니다. 다시 돌아오지 않는 과거에 맞추어 현재를 세우는 것을 좋아합니다. 그래서 목적도 없고, 또한 필요도 없는데 그림자처럼 우울하고 의기소침한 모습으로 나는 뻬쩨르부르그의 골목과 거리를 헤매고 다닙니다. 이 모든 추억이여! 예를 들면, 꼭 1년 전 바로 이맘때, 이 시간에 바로 이 길을 지금과 똑같이 외롭고 우울하게 헤매고 다녔던 것이 기억나는군요. 당시 공상은 슬펐고, 또한 전보다 나을 것은 없었지만 지금 내 마음을 서성이고 있는 어두운 생각 없이 훨씬 편안한 마음으로 살았었습니다. 지금처럼 밤낮을 가리지 않고 나를 불안하게 만드는 양심의 가책, 침울하고 음침한 가책이 없었기 때문입니다. 스스로에게 묻습니다. 대체 너의 꿈은 어디에 있단 말인가? 그리고는 머리를 내저으며 말합니다. 세월은 얼마나 빠르게 지나가는가! 그리고 다시 스스로에게 묻습니다. 도대체 너는 너의 좋은 세월에 무엇을 하였던가? 너는 너의 가장 좋은 세월을 어디에 묻어 버렸는가? 과연 너는 살아 있었던 것인가, 아닌가? 그리고 자신에게 말합니다. 세상이 얼마나 냉담해지는지 지켜 보아라! 또 다시 몇 해가 지나고 고독이 찾아 올 테지. 지팡이를 짚고 비틀거리는 노년기가 올 테고 그 뒤엔 쓸쓸함과 슬픔이 찾아 오겠지. 너의 환상도 빛을 잃고 너의 꿈은 시들어 나무에서 떨어진 낙엽처럼 흩어져 버릴 거야. 아, 나스쩬까! 정말로 혼자서, 완전히 혼자서 살아가는 것은 정말 슬픈 일입니다. 심지어 아쉽게 여길 것조차 아무것도, 아무것도 없다는 것은……. 잃어버린 모든 것, 그 모든 것은 어리석고 무의미하며 전혀 가치 없는 단지 하나의 꿈에 지나지 않았으니까요!"

"제발 더 이상 눈물나게 하지 마세요!" 흘러내리는 눈물을 닦으며 나스쩬까는 말했다. "이제 됐어요! 앞으로 우리는 함께 할 거예요. 내게 무슨 일이 있어도 우리는 절대 헤어지지 않을 거예요. 들어 보세요. 저는 평범한 여자예요. 물론 할머니가 가정교사를 구해 주시긴 했지만 저는 공부를 많이 하지 않았어요. 하지만 저는 진심으로 당신을 이해하고 있어요. 왜냐하면 당신이 이야기해 주신 모든 것은 할머니가 자기 옷과 내 옷을 핀으로 고정시켰을 때 제가 이미 직접 경험했기 때문이에요. 물론 저는 당신처럼 근사하게 말하는 재주는 없어요. 배운 것이 없으니까요." 나의 애절한 말과 고상한 말투에 존경심을 느끼며 그녀는 부끄러운 듯 덧붙였다. "하지만 당신이 내게 모든 것을 이야기해 주셨기 때문에 저는 매우 기뻐요. 이제 당신을 알았어요. 모든 것을 잘 알았어요. 저도 당신에게 저에 관해서 숨김없이 모두 이야기하고 싶어요. 그 대신 제 말을 들으신 다음 저에게 충고해 주셔야 해요. 당신은 매우 현명한 분이세요. 충고해 주시겠다고 약속해 주시는 거죠?"

"아, 나스쩬까," 나는 대답했다. "나는 한 번도 다른 사람의 조언자, 그것도 현명한 조언자 역할을 해 본 적이 없습니다. 만약 우리가 늘 이렇게 함께 살게 된다면 그것은 매우 현명한 일일 것입니다. 서로에게 매우 현명한 충고를 할 수 있을 테니까요. 착한 나의 나스쩬까, 대체 어떤 충고가 필요하십니까? 솔직히 말씀해 주십시오. 저는 지금 너무도 행복한데다가 대범하고 현명해지기까지 해서 말이 막힘없이 술술 나오네요."

"아니에요, 아니에요!" 나스쩬까는 웃으면서 말을 가로막았다. "제게 필요한 건 그냥 현명한 충고가, 백년 간 저를 줄곧 사랑했던 사람처럼 진심어린 형제와 같은 충고가 필요해요!"

"좋아요, 나스쩬까, 그렇게 해요!" 나는 기뻐서 소리쳤다. "내가 이미 당신을 20년 간 사랑해 왔다고 하더라도 지금보다 더 사랑하지는 않았을 겁니다!"

"손을 주세요!" 나스쩬까가 말했다.

"자, 여기요!" 그녀에게 손을 내밀며 나는 대답했다.

"그럼 이제 제 이야기를 시작하도록 하죠!"

나스쩬까의 이야기

"제 이야기의 절반은 당신도 이미 알고 계세요. 제게 늙으신 할머니가 계시다는 것을 아시니까……."

"만약 나머지 절반도 그렇게 간단한 이야기라면……." 나는 웃음으로써 그녀의 말을 막을 뻔했다.

"잠자코 들어주세요. 먼저 약속을 하셔야겠어요. 제 이야기를 도중에 가로막지 말아주세요. 그렇지 않으면 이야기의 흐름을 잃어버릴지도 몰라요. 그냥 조용히 들어주세요. 제게는 늙은 할머니가 계세요. 저는 매우 어렸을 적에 할머니에게 맡겨졌어요. 부모님이 모두 돌아가셨거든요. 지금도 옛날에 좋았던 시절을 회상하시는 걸 보면 옛날에 할머니는 부자였었나봐요. 할머니는 제게 프랑스어를 가르쳐 주셨고 나중엔 가정교사를 구해 주셨어요. 제가 열다섯 살이 되었을 때, 지금은 열일곱 살입니다, 학교를 마쳤어요. 제가 장난을 친 것도 그 무렵이었어요. 제가 무슨 짓을 했는지는 말하지 않겠어요. 그저 대수롭지 않은 것이었다는 것만 알아 두세요. 딘지 어느 날 아침 할머니는 저를 부르시더니 자기는 장님이라서 저를 감시할 수 없다 하시며 핀을 꺼내선 제 옷을 할머니 옷에다 꽂아 버리셨어요. 그리고 제가 착하게 행동하지 않으면 평생 그렇게 살아야 한다고 말씀하셨지요. 한 마디로 말해서 처음에는 결코 할머니 옆을 떠날 수가 없었어요. 일을 하거나 책을 읽거나 공부할 때도 항상 할머니 옆에 붙어 있어야 했어요. 한 번은 꾀를 부려서, 표끌라를 졸라 저 대신 할머니 곁에 앉게 했어요. 표끌라는 우리 집 하녀인데 귀머거리거든요. 표끌라가 제 대신 앉아 있었어요. 그때 마침 할머니는 안락의자에 앉아서 잠이 들어 있었고 저는 가까운 친구 집으로 놀러 갔어요. 그런데 좋지 않게 끝나고 말았어요. 할머니는 제가 돌아오기 전에 잠에서 깨어 제가 여전히 제자리에 앉아 있다고 생각하시곤 무언가 물으셨어요.

표끌라는 할머니가 무엇을 묻고 있는 걸 알고는 있었지만 들리지 않으니 어떻게 할까 열심히 생각하다가 핀을 빼고 달아나 버린 거예요……."

여기서 나스쩬까는 말을 멈추고 유쾌하게 웃기 시작했다. 나도 함께 따라 웃기 시작했다. 그때 바로 그녀는 웃음을 멈추었다.

"할머니를 비웃지 말아주세요. 제가 웃고 있는 것은 그저 우스꽝스럽기 때문에…… 할머니가 그러시니 어쩌겠어요. 그래도 저는 역시 할머니를 조금은 사랑하거든요. 그래서 호되게 꾸중을 듣고 바로 제자리에 다시 붙잡혀 꼼짝도 할 수 없게 되었지요.

참, 잊어버린 것이 있네요. 우리는, 아니 할머니는 작은 자기 집을 한 채 가지고 계서요. 창문이 단지 세 개밖에 없는 완전히 나무로 지어진 집인데 할머니처럼 늙은 집이지만 그래도 위에는 다락방이 있어요. 그 다락방으로 세들 사람이 이사를 온 거예요……."

"그렇다면 전에도 세입자가 있었겠군요." 나는 말참견을 했다.

"네 물론이죠, 있었어요." 나스쩬까는 대답했다. "당신보다도 더 말이 없는 사람이었어요. 사실은 겨우 입을 떼는 사람이었어요. 그는 마른데다가 벙어리고 장님인 절름발이 할아버지였어요. 결국 이 세상에서 살 수가 없었는지 죽어 버리고 말았어요. 우리는 방을 세놓지 않으면 생활할 수 없기 때문에 새로운 세입자가 필요했어요. 할머니의 연금이 우리 수입의 전부나 마찬가지니까요. 그런데 이 세입자는 특별히 고르기라도 한 것처럼 타지에서 온 사람으로 이 고장 젊은이가 아니었어요. 그 사람은 방값을 놓고 홍정하지 않았기 때문에 할머니는 그 사람을 들이기로 했지요. 그리고 나중에 '얘, 나스쩬까, 세든 사람이 젊었더냐, 아니면 늙은이더냐? 라고 물으셨어요. 저는 거짓말을 하고 싶지 않았어요. 그래서 '네, 할머니, 그렇게 젊지도 그렇다고 늙은 것도 아니에요.' 라고 대답하자 할머니가 또 다시 물으시는 거예요. '그래, 외모는 준수하더냐? 전 이번에도 거짓말을 하고 싶지 않았어요. '네, 준수한 외모를 가졌어요, 할머니!' 라고 말씀드렸더니 할머니가 말씀하시더군요. '아, 큰일이다! 내가 이런 말을 하는 건 말이다, 나스쩬까, 네가 그 사람에게 빠지지 않았으면 하는 마음에서란다. 세든 주제에 준수한 외모라니 옛날 같지 않구나!' 할머니는 옛날 타령만 하세요! 옛날에는 나이도 젊었고, 태양도 더 따뜻했고, 옛날에는 크림도 지금처럼 빨리 시어지지 않았다고 하시거든요. 할머니는 모든 면에서 옛날이 더 좋았다고 하세요! 저는 아무 말 없이 앉은 채 혼자서 생각했어요. 왜 할머니는 세입자가 젊고 좋아 보이냐고 물으시는 걸까? 하지만 아주 잠깐 그렇게 생각했을 뿐 곧 뜨개질의 코를 세어 보고 양말을 뜨기 시작하며 모든 것을 잊어버렸어요.

그런데 어느 날 아침 그 세입자는 우리를 찾아와선 방에 도배해 주기로 한 약속이 어떻게 되었는지 묻더군요. 할머니는 이야기하는 것을 무척 좋아하셨기 때문에 이런 저런 말씀을 하신 다음 제게 침실에 가서 주판을 가져오라고 하셨어요. 나는 왠지 모르게 얼굴을 붉히고, 옷이 핀에 꽂혀 있다는 것도 잊은 채 벌떡 일어난 거예요. 세입자가 눈치채지 못하도록 살짝 핀을 뽑아야 했는데 갑자기 벌떡 일어났기 때문에 할머니의 의자가 흔들렸던 거예요. 나는 세입자가 이제 우리 일을 모두 알아차렸다는 것을 알고는 더욱 얼굴이 빨개져서 못에 박힌 듯이 그 자리에 서 있다가 갑자기 울음보를 터뜨리고 말았어요. 그때 얼마나 부끄럽고 슬펐던지 살기 싫을 정도였어요! '왜 그렇게 멍청히 서 있는 거냐!' 하고 할머니가 소리치셨지만 저는 더욱 더…… 세입자는 내가 부끄러워하는 것을 알아차리곤 인사를 한 뒤 곧 나가 버렸어요!

그 뒤로는 나는 현관에서 무슨 소리만 나도 죽은 사람처럼 굳어버리는 거였어요. 그 사람이 오면 만약을 대비해서 살짝 핀을 빼야겠다고 생각했어요. 그러나 언제나 그가 아니었고 그 사람은 한 번도 찾아 오지 않았어요. 두 주일이 지났어요. 그런데 세입자는 표끌라를 시켜서 말을 전해 왔어요. 자기한테 프랑스 책이 많은데 모두 좋은 책이라서 읽으면 좋을 거라는 거였죠. 그리고 할머니에게도 심심할 때 내가 읽어 드리면 좋을 거라는 거였어요.

할머니는 고맙다는 인사를 하며 호의를 받아들였지만, 다만 도덕적인 책인지 아닌지를 여러 번 물으시더군요. 만약 부도덕한 책이라면 절대 읽어서는 안 된다는 말씀이셨어요. 나쁜 것을 배울 수 있다는 거예요. 그래서 제가 '무엇을 배운다는 거죠, 할머니? 도대체 뭐가 씌어 있는데요?' 하고 물었죠. 그랬더니 할머니가 '뭐냐구! 그런 책들엔 말이다, 젊은 남자들이 결혼하겠다는 구실을 붙여 정숙한 처녀들을 유혹해서 부모 집에서 꾀어내는 거야. 그리고 결국엔 그 가엾은 처녀들을 될 대로 되라고 내버려두는 거란다. 그리하여 처녀들은 비참한 처지에 놓이게 되는 거야.' 라고 말씀하셨어요. 그리고 또 '나는 그런 책을 많이 읽었단다. 그런 책들은 어찌나 아름다운 글로 씌어졌는지 밤을 지새워 몰래 정신없이 읽는 거지. 그러니 너도 조심해라! 그런 책은 읽으면 못쓴다. 그 젊은이는 어떤 책을 보냈더냐?' 하고 물으셨어요. 제가 '모두 월터 스콧의 소설뿐이에요, 할머니.' 라고 대답했죠. 할머니는 다시 '월터 스콧의 소설! 그거라면 됐지만 무슨 술책이라도 있는 게 아니냐? 혹시 무슨 연애편지라도 끼여 있지 않은지 잘 보아라.' 라고 말씀하셔서 '아뇨, 할머니, 편지 같은 건 없어요.' 라고 제가 말했어요. 그러자 '표지 뒷면도 잘 살펴 보거라. 그런 녀석들은 때때로 표지에 끼워 넣거든, 도둑놈들 같으니……!' 라고 당부하시는 거예요. 저는 '아녜요, 할머니, 표지 뒷면에도 아무것도 없어요.' 라고 말했죠. 결국 할머니는 '그래, 그렇다면 되었다!' 라고 하셨죠.

  이렇게 우리는 월터 스콧의 소설을 읽기 시작해서 한 달 동안 거의 절반을 읽었어요. 그리고 그 사람은 다른 책들을 계속 보내 주었지요. 뿌쉬낀의 책도 보내 주었고요. 나중에 저는 책 없이 살 수 없게 돼서 중국의 왕자님에게 시집을 가는 것 같은 생각은 더 이상 하지 않게 되었어요.

　그러던 어느 날 그 세입자와 계단에서 마주친 거예요. 무슨 용건인지 할머니가 저를 심부름 보내신 거였죠. 그 사람이 우뚝 멈춰 섰고 제 얼굴이 빨개지자 그도 얼굴을 붉혔어요. 하지만 그 사람은 웃으면서 인사를 하더니 할머니의 건강을 묻고 나서 '책은 읽으셨습니까?' 하고 물었어요. 저는 '읽었어요!' 하고 대답했죠. 그러자 '어떤 책이 가장 마음에 들었습니까?' 하고 묻더군요. 그래서 저는 '가장 마음에 든 책은 '아이반호'(1819년 월터 스콧이 쓴 역사소설_역주) 하고 '뿌쉬낀' 이었어요.' 라고 대답했어요. 그날은 그 이야기가 전부였어요.

　그리고 일주일이 지나서 저는 계단에서 또 그 사람과 마주쳤지요. 그때는 할머니 심부름 때문이 아니라 무슨 볼일이 있어서였어요. 2시가 지나서였는데 그 세든 사람은 언제나 그 시간에 집으로 돌아오곤 했어요. '안녕하십니까?' 하고 인사를 하기에 나도 '안녕하세요!' 하고 말했지요. '그런데 할머니하고 온종일 앉아 있으면 지루하지 않습니까?' 하고 그가 묻는 거예요. 그때 저는 왜 그런지 갑자기 부끄러워져서 얼굴을 붉혔어요. 또 다시 모욕당한 기분이었지요. 다른 사람들이 제 일에 대해 캐묻는 것이 분명했어요. 저는 대답하지 않고 가 버리고 싶었지만 그럴 용기가 나질 않았어요. 그때 그가 '저기요,

당신은 참으로 착한 아가씨입니다! 셴까라는 친구가 한 명 있었는데 지금은 쁘스코프로 떠나고 없어요.'라고 대답했어요. 그러자 자기와 함께 극장에 가지 않겠냐고 묻더군요. '극장에요? 할머니는 어떻게 하구요?' 라고 말하자 '그야 물론 할머니한테는 알리지 말고…….' 라고 그 사람이 말했어요. 그래서 '안 돼요. 할머니를 속이고 싶지 않아요. 안녕히 가세요!' 라고 제가 말했죠. 그 사람도 '그럼 안녕히 가세요.' 하고 말했을 뿐 아무 말도 하지 않았어요.

 그런데 식사 후에 그가 우리에게 왔더군요. 그는 앉아서 할머니와 오랫동안 이야기를 나누었어요. 어디든 외출은 하시는지, 주변에 아는 사람들은 있는지, 이것저것 묻더니 갑자기 '실은 오늘 오페라의 좌석을 잡아 놓았는데요. '세빌리아의 이발사'를 상연하고 있어요. 지인들하고 함께 가기로 했는데 그들이 못 가게 돼서 표가 남았습니다.' 하고 말하는 거예요. 그러자 할머니가 '그래요, '세빌리아의 이발사' 라구요! 옛날에 하던 바로 그 '이발사' 말인가요?' 하고 외치셨지요. 그때 그는 제 얼굴을 흘끗 보며 '예, 바로 그 '이발사' 말입니다.' 하고 말하는 거예요. 저는 모든 것을 눈치채고 얼굴을 붉혔어요. 제 가슴은 기대에 부풀어 두근거리기 시작했지요. '네, 그거라면, 어떻게 모를 수 있어요. 옛날 집에서 소연극을 했을 때 내가 바로 로지나 역을 맡았는 걸요.' 하고 할머니가 말씀하셨어요. '그럼 오늘 가시지 않겠어요? 아니면 표가 못 쓰게 돼버릴 테니까요.' 하고 그가 말하자, 할머니가 '그럼요, 못 갈것 없지요. 갑시다! 우리 나스쩬까는 아직 한 번도 극장에 간 적이 없다우.' 하고 대답하셨지요.

아, 얼마나 기뻤는지 몰라요! 우리는 곧바로 나갈 채비를 했어요. 마음껏 모양을 내고 출발했지요. 할머니는 비록 눈은 보이지 않았지만 음악이라도 듣고 싶다고 하셨어요. 게다가 할머니는 선량한 분이시거든요. 무엇보다도 할머니와 단 둘이 나들이를 한 적이 없었기 때문에 저를 위로해 주고 싶으셨던 거죠. '세빌리아의 이발사'에 대한 감동은 말씀드릴 수가 없어요. 다만 그 세입자가 그날 밤 내내 매우 다정한 눈길로 저를 바라보며 다정하게 말을 건넸어요. 그래서 그가 아침에 저에게 같이 가자고 했던 것은 저를 떠보려고 했던 것임을 알았어요. 얼마나 기뻤는지! 저는 자랑스럽고 기쁜 마음으로 잠자리에 들었어요. 심장은 심하게 뛰었고 가벼운 열병에라도 걸린 것 같았어요. 그리고 저는 밤새도록 '세빌리아의 이발사'에 대한 잠꼬대를 했어요.

저는 그날 이후 그 사람이 좀 더 자주 찾아올 거라고 생각했는데 그게 아니었어요. 거의 발길을 끊다시피했지요. 한 달에 한 번 정도 들러서 극장에 초대하는 것이 고작이었어요. 그 뒤 우리는 두어 번 극장에 다녀왔을 뿐이에요. 하지만 전 그것으로 만족할 수 없었어요. 저는 그 사람이 단지 할머니에게 붙잡혀 있는 제가 불쌍해서 그럴 뿐이라는 느낌을 떨쳐 버릴 수가 없었어요. 저는 점점 더 갈피를 못 잡고 앉아 있어도 앉아 있는 것 같지 않고 책을 읽어도 머리에 들어오지 않고 일을 해도 손에 잡히지 않는 거예요. 때때로 웃어대기도 하고, 할머니에게 심술궂게 행동하기도 하고 어떤 때는 울기만 하는 거예요. 마침내 저는 몸이 여위고 거의 병든 사람처럼 되어 버렸지요. 그러는 동안 오페라의 계절도 지나가고 세입자는 완전히 발길을 끊어 버린 거예요. 우리가 마주칠 때에도 물론 언제나 계단 위였지만 그 사람은 아무 말 없이 고개를 숙여 인사를 할 뿐 말하기 싫다는 듯 심각한 표정으로 현관으로 내려가 버리는 거예요. 그러면 저는 버찌처럼 새빨간 얼굴로 계단 한가운데에 멍하니 서 있는 거지요. 왜냐하면 그와 만나기만 하면 온몸의 피가 머리로 몰리기 때문이에요.

이제 시작과 동시에 끝나 버린 거예요. 꼭 1년 전, 5월에, 그 세입자는 할머니에게 와서 이곳의 용무를 다 보았기 때문에 다시 1년 간 모스크바로 가야만 한다는 거예요. 그 말을 듣는 순간 저는 죽은 사람처럼 파랗게 질려 의자에 주저앉아버렸어요. 할머니는 아무 눈치도 채지 못하셨어요. 그는 떠난다고 말하며 인사를 한 다음 가 버렸지요.

제가 어떻게 하면 좋을까요? 저는 생각과 번민을 거듭한 끝에 마침내 결심했어요. 내일이면 그가 떠나기 때문에 오늘 밤 할머니가 잠자리에 들면 모든 것을 끝내야겠다고 마음먹었지요. 그리고 그렇게 했어요. 저는 가지고 있는 옷과 필요한 속옷 같은 것들을 싸서 손에 들고 겁에 질린 채 세입자의 다락방으로 올라갔어요. 계단을 올라가는 데 한 시간이나 걸린 것 같은 느낌이었어요. 방문을 열자 그는 제 얼굴을 보고 소리를 질렀어요. 아마 저를 유령이라고 생각했었나 봐요. 그는 서둘러 제게 물을 가져다 주었어요. 왜냐하면 제가 겨우 서 있을 수 있는 정도였으니까요. 심장은 두근거렸고, 머리는 아프고, 이성이 마비된 듯 했지요. 제정신을 차리고 난 다음 저는 보따리를 그의 침대 위에 놓고 그 옆에 앉아 두 손으로 얼굴을 가린 채 마구 울기 시작했어요. 그는 순간 모든 것을 알아차리고 창백한 얼굴로 제 앞에 서선 매우 슬픈 얼굴로 제 얼굴을 바라보았어요. 저는 가슴이 찢어지는 심정이었지요.

'들어 보십시오, 나스쩬까, 저는 아무것도 할 수가 없습니다. 가난하기 때문입니다. 아직 내게는 아무것도 없습니다. 제대로 된 집도 없습니다. 만약 결혼한다면 어떻게 살아가겠습니까?' 하고 그가 말을 시작했어요.

우리들은 오랫동안 이야기를 나누었는데 나는 결국 흥분하고 말았어요. 그래서 더 이상 할머니와 함께 살 수 없다며 도망칠 거라고 말했죠. 핀에 꽂혀 지내는 생활도 이제 질색이며 더욱이 그가 없이는 도저히 살 수 없기 때문에 만약 그만 원한다면 함께 모스크바로 따라갈 것이라고 말했지요. 부끄러움과 그리움, 그리고 자존심이 모두 한꺼번에 쏟아져 나온 거예요. 그리고 저는 경련을 일으켜 거의 침대에

쓰러질 뻔했어요. 저는 그에게 거절당할까봐 두려웠던 거예요!

그는 한동안 잠자코 앉아 있다가 일어서더니 제 옆으로 와서 제 손을 잡았어요. 그도 역시 눈물을 글썽이며 말했어요. '들어 보세요, 나의 착하고 사랑스러운 나스쩬까! 만약 언젠가 내가 결혼할 처지가 된다면, 꼭 당신과 함께 행복을 나눌 것이라고 맹세합니다. 내게 행복을 줄 수 있는 사람은 이제 당신뿐입니다. 나는 이제 모스크바에 가서 정확히 1년 동안 그곳에서 살 것입니다. 모든 일이 제대로 자리잡히길 바랍니다. 만약 내가 돌아올 때까지 당신의 사랑이 식지 않는다면, 맹세컨대, 우리는 행복할 겁니다. 그러나 지금은 불가능합니다. 할 수 없습니다. 어떤 일도 약속할 수 없는 처지입니다. 그러나 다시 말합니다만 가령 1년 뒤에 그렇게 되지 않는다 하더라도 언젠가는 반드시 그렇게 될 겁니다. 물론 당신이 다른 사람을 사랑하게 되지 않는 경우에 말입니다. 왜냐하면 나는 어떤 말로도 당신을 묶어 놓을 수 없고, 그럴 용기도 없습니다.'

그는 그렇게 말하고 다음날 떠나가 버렸어요. 할머니에게는 이 일에 대해서 한 마디도 하지 않기로 했어요. 그가 그것을 원했거든요. 이젠 제 이야기도 거의 끝나가네요. 꼭 1년이 지났어요. 그가 돌아왔어요. 여기에 온 지 벌써 사흘이 되었지만……."

"그래서 어떻게 되었습니까?" 이야기의 결말을 듣고 싶어 조바심을 내며 나는 외치듯 말했다.

"지금까지 나타나지 않는 거예요!" 나스쩬까는 용기를 내려고 애쓰면서 대답했다. "아무런 소식도 없어요……."

거기서 그녀는 말을 끊고 잠시 아무 말이 없더니 고개를 숙였다. 그리고 갑자기 두 손으로 얼굴을 감싸고 흐느끼기 시작했다. 그녀의 울음소리를 듣자 내 가슴은 터질 것 같았다.

나는 그런 결말은 생각지도 못했다.

"나스쩬까!" 나는 머뭇거리며 달래는 듯한 목소리로 말을 시작했다. "나스쩬까! 제발 울지 말아요! 어떻게 알아요? 혹시 그가 아직 안 온 것일 수도……."

"아니요, 여기에 있어요!" 나스쩬까가 말을 가로막았다. "그는 여기 있어요. 나는 알아요. 떠나기 전날 밤 우리는 약속한 게 있어요. 제가 지금 당신께 말씀드린 그 모든 이야기를 하고 나서 우리는 약속했어요. 그리고 우리는 바로 이곳 강변으로 산책을 나왔지요. 그때가 10시였어요. 우리는 이 벤치에 앉았고 저는 이미 울고 있지 않았어요. 저는 그의 이야기를 달콤한 기분으로 듣고 있었어요……. 그는 여기에 도착하자마자 곧장 우리 집에 와서, 만약 제가 거절하지만 않는다면 둘이 함께 모든 것을 할머니께 말씀드리자고 말했어요. 그런데 그는 여기에 돌아왔는데도, 저는 알고 있어요. 그는 오지 않고 있어요." 그녀는 또다시 흐느껴 울기 시작했다.

"하느님 맙소사! 당신의 슬픔을 달랠 수 있는 방법은 없을까요?"

나는 절망감을 느끼며 벤치에서 벌떡 일어나 소리쳤다. "나스쩬까, 내가 그 사람에게 다녀오면 안 될까요?"

"그게 가능한 일인가요?" 갑자기 고개를 들고 그녀가 말했다.

"안 되죠, 물론, 안 될 일이죠!" 나는 문득 어떤 생각이 떠올라 이렇게 말했다. "그럼, 편지를 써 보세요."

"안 돼요, 그건 안 돼요!" 그녀는 단호하게 대답했지만 고개를 숙이고 내 얼굴을 보고 있지 않았다.

"왜 안 된다는 겁니까? 도대체 왜 안 됩니까?" 나는 내 생각을 고집하며 계속 말했다. "아세요, 나스쩬까, 어떤 편지인지? 편지도 편지 나름이죠. 게다가……. 아, 나스쩬까, 믿으세요! 나를 믿으십시오! 나는 해로운 충고는 하지 않습니다. 모든 일이 잘 될 수 있어요. 당신은 이미 첫걸음을 내디뎠습니다. 그런데 왜 이제 와서……."

"안 돼요, 안 돼요! 그렇게 되면 제가 강요하는 것 같아서……."

"아, 착한 나의 나스쩬까!" 나는 미소를 애써 감추지 않으며 그녀의 말을 가로막았다. "아니에요. 그렇지 않아요. 그가 당신에게 약속했기 때문에 결국 그건 당신의 권리입니다. 게다가 여러모로 판단하건대 그는 매우 섬세한 사람이고 그의 행동도 훌륭해 보입니다." 나는 내 자신의 논증과 확신이 논리적인 것에 대해 점점 더 감격해하며 말을 이었다. "그의 행동이 어땠습니까? 그는 약속으로 자신을 묶어 두었습니다. 그는 만약 결혼한다면 당신 외의 어떤 여성과도 결혼하지 않겠다고 말했고, 그는 당신에게 지금이라도 거절할 수 있는 완전한 자유를 주지 않았습니까……. 이런 경우에 당신은 첫발자국을 내디딘 겁니다. 당신에게는 그럴 권리가 있습니다. 예를 들어, 당신이 그를 약속에서 풀어 주고 싶다고 하더라도 우선권은 당신에게 있습니다……."

"그런데 당신이라면 어떻게 쓰시겠어요?"

"무엇을 말입니까?"

"편지 말예요."

"저라면 이렇게 쓰겠습니다. '경애하는 선생님……'"

"꼭 그렇게 써야 되나요? 경애하는 선생님이라고?"

"물론입니다! 왜 그러세요? 내 생각에는……"

"좋아요! 계속하세요!"

"'경애하는 선생님! 용서하세요…….' 아니죠, 사과할 필요가 없지요. 사실이 모든 것을 증명하는데 단순하게 쓰는 게 좋겠어요. '몇 자 적습니다. 부디 저의 성급함을 용서하십시오. 저는 지난 1년 동안 희망속에서 행복하게 지냈습니다. 제가 이제 의혹으로 단 하루도 참지 못하는 것이 저의 잘못일까요? 당신이 돌아와 계신 지금, 어쩌면 당신의 마음이 변하신 건 아닌지요? 만약 그렇다면 저는 당신에게 푸념도, 당신을 비난하지도 않을 것이라는 것을 이 편지로 당신께 말씀드립니다. 당신의 마음을 사로잡지 못했다고 해서 당신을 비난하지는 않겠습니다. 그것은 단지 저의 운명이니까요.

　당신은 훌륭한 분입니다. 저의 성급한 편지를 읽으시고 웃으시거나, 화를 내시지는 않겠죠. 가여운 고독한 소녀가 편지를 쓰고 있다는 것을 기억해 주세요. 가르쳐 줄 사람도 없고, 충고해 줄 사람도 없고, 한 번도 자기 마음을 스스로 다스려 본 적이 없는 여자입니다. 그렇지만 한순간이라도 저의 가슴에 의심이 스며든 것을 용서해 주세요. 당신은 그토록 당신을 사랑했고, 지금도 사랑하고 있는 소녀를 마음속으로라도 모욕하실 수 없는 분이세요.'"

　"그래요, 그거예요! 제가 생각하고 있던 것과 같아요!" 나스쩬까는 소리쳤다. 그녀의 눈은 기쁨으로 빛났다. "아! 당신은 저의 의심을 풀어 주셨어요. 그래서 바로 신께서 당신을 제게 보내 주신 거예요! 고마워요, 정말 고마워요!"

　"무엇이 고맙다는 겁니까? 신께서 나를 보내 주신 데 대한 감사인가요?" 기쁨이 가득한 그녀의 얼굴을 환희에 차서 바라보며 나는 대답하였다.

　"네, 그것 하나만이라도 고맙죠."

　"아, 나스쩬까! 정말 우리는 우리와 함께 살고 있다는 것만으로도 다른 사람들에게 감사를 드릴 때가 있죠. 나는 당신이 나를 만났던 것에 대해, 평생 당신을 기억할 것이라는 것에 대해 당신에게 감사를 드립니다."

"알았어요, 됐어요. 그만 하세요. 제 말 좀 들어 보세요. 그때 우리는 약속했어요. 그가 돌아오면 곧바로, 이 일에 대해 아무것도 모르는, 제가 아는 사람에게 편지를 남겨 놓아 자기가 도착한 것을 알리기로 되어 있었어요. 그들은 착하고 소박한 사람들이지요. 또는 만약 내게 편지를 쓸 수 없을 경우에는, 사실 편지에 할 말을 모두 항상 쓸 수 있는 것은 아니니까요, 여기에 도착한 그날 밤 10시 정각에 약속된 이곳에서 우리는 만나기로 되어 있었어요. 그가 도착한 것은 이미 알고 있는데, 이미 사흘째가 되었는데도 편지도 없고 그도 오지 않는군요. 저는 아침부터 할머니 옆을 떠날 수 없어요. 그러니 제가 조금 전 말씀드린 그 친절한 사람들에게 내일 당신이 직접 제 편지를 가져가 주세요. 그러면 그들이 전할 거예요. 만약 답장이 오면, 밤10시에 당신이 직접 편지를 가져다 주세요."

"그런데 편지, 편지! 우선 편지를 써야 되지 않겠습니까! 그러면 내일 모레까지는 모든 게 되겠는데요."

"편지요……." 나스쩬까는 왠지 약간 혼란스러워하며 대답했다. "편지…… 하지만……."

그러나 그녀는 말을 마치지 못했다. 처음에 그녀는 얼굴을 돌리며 장미꽃처럼 얼굴을 붉히더니, 갑자기 내 손에 편지를 쥐어 주었다. 분명 그 편지는 이미 오래 전에 씌어졌고 봉인까지 되어 있었다. 아름답고 우아한 어떤 추억이 나의 머리에 떠올랐다.

"로—로지—지나—나." 나는 시작했다.

"로지나!" 우리 두 사람은 합창하기 시작했다. 나는 기쁨에 차서 거의 그녀를 껴안았고 그녀는 더 이상 붉어질 수 없을 만큼 얼굴을 붉혔다. 그녀의 웃음 사이로 진주 같은 눈물방울이 검은 속눈썹 속에서 떨고 있었다.

"자, 그만, 이제 됐어요! 안녕히 가세요!" 그녀는 빠르게 말했다. "여기 편지구요. 보낼 곳의 주소도 여기 있어요. 그럼 안녕히 가세요! 내일 다시 만나요!"

그녀는 내 두 손을 꼭 잡고 고개를 끄덕여 보이곤 화살처럼, 일전의 그 골목으로 사라져 버렸다. 나는 그녀를 눈으로 좇으며 제자리에 서 있었다. 그녀의 모습이 내 시야에서 사라졌을 때 '내일 만나요! 내일!'이라는 구절이 내 머리를 스쳤다.

셋째 밤

오늘은 비가 내려 해조차 보이지 않는 슬픈 날이다. 정확히 앞으로 내게 다가올 노년의 하루 같다. 야릇한 생각과 우울한 느낌에 가슴을 죄고, 아직 분명치 않은 의문들이 머릿속을 분주히 돌아다닌다. 왠지 그것을 해결할 만한 기력도 없고, 그럴 마음도 없다. 이 모든 것을 해결하는 것은 나에겐 힘겨운 일이다.

오늘 우리는 만나지 않을 것이다. 어제 우리가 헤어질 때 구름이 가득 하늘을 덮고, 안개가 자욱하게 끼여 있었다. 내일은 날씨가 나빠질 것 같다고 내가 말하자 그녀는 자기 마음과 반대되는 말을 하고 싶지 않았는지 아무런 대답도 하지 않았다. 그녀에게 이날은 맑고, 화창하여 한 조각의 구름도 그녀의 행복을 가리지 않아야 했다.

"만약 비가 오면, 우린 만나지 못하겠군요!" 그녀가 말했다. "난 오지 않을 거예요."

나는 그녀가 오늘 비가 올 것을 예상하지 못했을 것이라고 생각했는데, 그녀는 오지 않았다.

어제가 우리의 세 번째 만남이었고, 세 번째 백야였다.

기쁨과 행복은 사람을 얼마나 아름답게 만드는 것일까! 가슴은 사랑으로 넘쳐 흐른다! 마음속에 있는 모든 것이 다른 사람의 마음속에 전해지고, 모든 것이 즐겁고 미소지었으면 좋겠다. 그 기쁨은 얼마나 전염되기 쉬운 것인가! 어젯밤 그녀의 말에는 얼마나 애정이 깃들어 있었고, 그 가슴속엔 나에 대한 호의가 얼마나 넘쳤던가……! 그녀는 얼마나 나를 위로해 주고 응석을 부리고, 얼마나 나에게 용기를 주고 내 마음을 포근하게 해 주었던가! 아, 행복에서 오는 교태는 얼마나 되던가! 그런데 나는…… 나는 모든 것을 있는 그대로 받아들였다. 나는 생각했다. 그녀가…….

하지만, 맙소사, 어떻게 내가 그런 생각을 할 수 있었단 말인가? 모든 것이 이미 남의 것이 되고, 모든 것이 내 것이 아닌데, 어떻게 나는 그렇게도 눈이 멀 수 있었던 것일까? 그녀의 상냥함도, 염려도, 그녀의 사랑도…… 그렇다, 나에 대한 사랑조차도 다른 사람과의 만남을 앞두고 느끼는 기쁨에 지나지 않았던 것을, 자기의 행복을 내게 나누어 주고 싶은 바람에 불과했던 것을 말이다……. 그가 오지 않았을 때, 우리의 기다림이 헛된 것이 되고 말았을 때 그녀는 이맛살을 찌푸리며 겁을 먹어 버렸다. 그녀의 모든 동작과 모든 말들은 이미 경쾌하지도, 장난스럽지도, 명랑하지도 않았다. 그런데 이상하게도 그녀는 소망이 이루어지지 않을까봐 두려워서 자신이 원했던 것을 나에게 본능적으로 털어 놓고 싶어하는 사람처럼 나에게 훨씬 더 주의를 기울이는 것이었다. 나의 나스쩬까가 그토록 겁내고 놀란 것을 보니, 그녀는 내가 자기를 사랑한다는 것을 알아채고 나의 가엾은 사랑을 불쌍히 여기는 것 같았다. 그렇다. 우리는 스스로 불행하다고 느낄 때 남의 불행을 보다 강하게 느끼는 법이다. 감정은 흩어지는 것이 아니라 오히려 집중되는 것이다.

 나는 부푼 가슴을 안고 그녀에게로 갔다. 만남의 시간까지 기다릴 수 없는 심정이었다. 나는 이제부터 어떤 감정을 갖게 될지 예상하지 못했으며, 모든 것이 뜻하지 않은 방향으로 끝나게 될 것이라는 것은 전혀 생각하지 못했다. 그녀는 기쁨으로 빛나고 있었다. 그녀는 답장을 기다리고 있었다. 답장은 그 자신이었다. 그는 여기로 그녀의 부름에 달려 나와야만 했다.

그녀는 나보다도 한 시간이나 빨리 와 있었다. 처음에 그녀는 무슨 말을 해도 소리내어 웃었다. 내 말 한마디 한마디에 그녀는 웃었다. 나는 말을 시작하려다 입을 다물었다.

"아세요, 제가 왜 기뻐하는지?" 그녀가 말했다. "당신을 보는 게 왜 이렇게 기쁜지? 왜 오늘 이렇게도 당신을 사랑하는지?"

"그래서요?" 나는 물었다. 심장이 두근거리기 시작했다.

"제가 당신을 사랑하는 이유는 당신이 제게 빠져서 몰두하지 않기 때문이에요. 만약 다른 사람이 당신 입장에 있었다면, 불안하게 하고, 귀찮게 따라다니고, 한숨을 쉬다가 큰 병이 나고 말았을 거예요. 그런데 당신은 너무도 좋은 분이세요!"

그렇게 말하고 그녀가 내 손을 꼭 쥐었기 때문에 나는 하마터면 소리를 지를 뻔하였다. 그녀는 웃기 시작했다.

"세상에! 당신은 진정한 친구예요!" 잠시 후 그녀는 심각하게 말을 시작했다.

"맞아요, 하느님이 제게 당신을 보내 주신 거예요! 만약 당신이 계시지 않았다면 대체 저는 어떻게 되었을까요? 어쩌면 당신은 이토록 청렴하세요! 저를 사랑해 주시니 얼마나 좋은지 몰라요! 제가 시집을 가면, 우리 친남매 이상으로 사이좋게 지내요. 저는 그를 사랑하는 것만큼 당신을 사랑할 거예요······."

그 순간 나는 왠지 끔찍할 정도로 서글펐다. 그럼에도 불구하고 웃음과도 같은 어떤 것이 내 마음속에서 꿈틀거리기 시작했다.

"당신은 발작을 일으키고 있군요." 나는 말했다. "그가 오지 않을 거라는 생각에 당신은 겁을 먹고 있어요."

"무슨 그런 말씀을!" 그녀는 대답했다. "만약 제가 덜 행복했다면, 당신의 불신과 비난에 분명히 울어 버렸을 거예요. 하지만 당신은 저에게 생각하도록 유도하고 오랫동안 생각할 문제를 주셨어요. 하지만 그것은 나중에 생각하기로 하고, 지금은 당신의 말이 옳다는 것을 인정해야겠군요. 그래요! 저는 제정신이 아니에요. 지루한 기다림속에서 마음이 안정되지 않는군요. 왠지 모든 것이 지나치게 피상적으로 느껴져요. 그래요, 이것으로 충분해요, 이제 감정에 대한 이야기는 그만해요!"

그때 발소리가 들려 왔고, 어둠속에서 이쪽으로 걸어오는 행인의 모습이 보였다. 우리 두 사람은 떨기 시작했다. 그녀는 하마터면 소리를 지를 뻔했다. 나는 그녀의 손을 놓고 자리에서 물러나려는 움직임을 했다. 그러나 우리가 잘못 알아본 것이었다. 그가 아니었다.

"뭘 두려워하세요? 왜 제 손을 놓으셨어요?" 그녀는 다시 자기 손을 나에게 내밀며 말했다. "어때서요? 우리 함께 그를 만나요. 우리가 서로를 얼마나 사랑하고 있는지 그에게 보여 주고 싶어요."

"우리가 서로를 얼마나 사랑하는가를요?" 나는 소리쳤다.

'아, 나스쩬까, 나스쩬까!' 나는 마음으로 생각했다. '그 한마디에 얼마나 많은 말이 담겨 있는지! 그런 사랑은 말이오, 나스쩬까, 어떤 때는 사람의 마음을 싸늘하게 하고, 마음을 무겁게한다오. 그대의 손은 차갑지만 내 손은 불같이 뜨겁다오. 당신은 어쩌면 그토록 장님 같소, 나스쩬까!…… 아! 행복한 인간은 때때로 견디기 힘들구나! 그러나 나는 당신에게 화를 낼 수가 없구려……!'

마침내 내 가슴은 벅차올랐다.

"들어봐요, 나스쩬까!" 나는 외쳤다. "오늘 하루 종일 나에게 어떤 일이 있었는지 당신은 아십니까?"

"그래요, 어떤 일이 있었는데요? 빨리 말씀해 주세요. 왜 지금까지 잠자코 계셨던 거죠?"

"첫째, 나스쩬까. 당신이 부탁한 일을 완전히 끝내고, 편지도 전해 주고, 당신이 말한 그 선량한 사람의 집에도 갔었고, 그런 다음 나는 집으로 돌아와서 잠자리에 들었습니다."

"그거뿐이에요?" 그녀는 웃으면서 내 말을 가로막았다.

"예, 그것뿐이라고 할 수 있죠." 눈에서 이미 어리석은 눈물이 흐르고 있었기 때문에 나는 간신히 대답했다.

"나는 우리가 약속한 시간보다 한 시간 전에 깨었지만, 마치 전혀 자지 않은 것 같았어요. 도대체 내게 무슨 일이 있었던 것인지 모르겠습니다. 당신에게 이 모든 것을 말하려고 걸어오는데 왠지 시간의 흐름이 멈춰 버린 것 같았습니다. 단 하나의 감정, 단 하나의 감정만이 그때부터 내 가슴속에 영원히 머물러 있어야 하는 것처럼, 단 하나의 순간만이 영원히 계속되어야 하는 것처럼 말입니다. 모든 삶이 나를 위해 정지되어 버린 듯 했습니다……. 내가 눈을 떴을 때, 어디선가 들어본, 오래 전부터 알았지만, 잊고 있었던 감미로운 멜로디가 이제야 내 기억속에서 되살아난 것 같았습니다. 그 멜로디는 줄곧 내 영혼 밖으로 빠져 나오려고 했던 것같이 느껴졌습니다. 그런데 이제야 겨우……."

"어머나, 세상에나!" 나스쩬까는 말을 막았다. "대체 그게 무슨 말이에요? 저는 한 마디도 이해할 수가 없어요."

"아, 나스쩬까! 나는 어떻게든 당신에게 이 야릇한 느낌을 전하고 싶었습니다." 나는 멀어진 희망을 감추고 있는 애처로운 목소리로 말을 시작했다.

"좋아요, 그만 하세요, 이젠 됐어요!" 그녀는 말했다. 그녀는 한 순간 눈치챘던 것이다. 머리회전이 빠른 여자!

갑자기 그녀는 왠지 말이 많아지고 명랑하고 장난스러워졌다. 그녀는 내 팔을 끼고 웃으면서 나도 함께 웃도록 했다. 그리고 내가 횡설수설 한 마디 한 마디 할 때마다 그녀는 날카롭고 길게 깔깔거리며 웃어댔……. 나는 화가 치밀어 올랐다. 그러자 그녀가 갑자기 교태를 부리는 것이었다.

"저기요," 그녀가 말하기 시작했다. "당신이 제게 빠져서 몰두하지 않는 것이 조금 화가 나는군요. 참으로 인간은 이해하기 어려운 존재네요! 하지만 당신은 완고한 분이세요. 제가 이렇게 순박한 여자라는 걸 당신은 칭찬하지 않을 수 없을 거예요. 저는 어떤 어리석은 생각이 머리에 떠올라도 전부, 모두 말해 버리니까요."

"들어 보세요! 저건 11시를 치는 소리 같은데요." 멀리 떨어져 있는 시의 종루에서 규칙적인 종소리가 울리기 시작하자 내가 말했다. 그녀는 갑자기 이야기와 웃음을 멈추고 종소리를 세기 시작했다.

"그렇군요! 11시군요." 그녀는 소심하고 머뭇거리는 목소리로 말했다. 나는 그녀를 놀라게하고 종소리를 세도록 한 것을 곧 후회했다. 그리고 악의적인 발작에 대해 나 자신을 저주했다. 나는 그녀를 생각하자 우울해졌고 내 과실을 어떻게 보상해야 할지 몰랐다. 나는 그가 올 수 없는 이유를 생각해 내고, 여러 가지 논거와 증거를 대며 그녀를 위로하기 시작했다. 그 누구도 이 순간 그녀보다 더 쉽게 속여 넘길 수는 없었을 것이다. 그렇다, 이런 순간에는 누구라도 어떤 위로의 말이라도 기쁘게 들었을 것이다. 단지 약간의 변명 같은 것만 있어도 말이다.

"그래요, 우습게 되지 않았습니까?" 나는 더욱 열을 올리며 내 논증의 확실한 명백함에 도취되어 말을 꺼냈다. "그래요, 그는 올 수 없었던 겁니다. 당신은 나를 속였고 이 일에 끌어드렸어요, 나스쩬까. 그래서 나는 시간 계산을 잘못했습니다. 생각 좀 해 보세요. 그가 편지를 못 받았을지도 모릅니다. 가령 그가 올 수 없는 상황이라고 합시다. 그래서 그가 편지에 답장을 쓴다 해도 편지는 빨라야 내일이나 도착할 겁니다. 내일 날이 밝는 대로 그에게 다녀와서 즉시 사정을 알려 드리겠습니다. 어쨌든 천 가지 가능성을 추측해 볼 수 있습니다. 예를 들면 편지가 도착했을 때 그가 없었을 수도 있습니다. 그래서 어쩌면 여태까지 그 편지를 읽지 않았을지도 모르지요. 모든 일은 있을 수 있으니까요."

"그래요, 그렇군요!" 나스쩬까는 대답했다. "전 그런 생각은 못했어요. 물론 모든 가능성은 있을 거예요." 그녀는 차분한 목소리로 말을 이어가고 있었지만 그 목소리에는 성난 불협화음처럼 어떤 멀리 있는 다른 생각이 들려 오고 있었다. "그래요, 그렇게 해 주세요." 그녀는 말을 이었다. "내일 가능하면 일찍 가 보세요. 만약 무슨 일인지 아시게 되면 저에게 곧바로 알려 주세요. 제 주소는 알고 계시죠?" 그리고 그녀는 자기 집 주소를 내게 다시 반복하여 말하기 시작했다.

그런 다음 그녀는 갑자기 매우 상냥하고 다소곳하게 나를 대했다. 그녀는 내 이야기를 주의 깊게 듣는 것처럼 보였지만 내가 그녀에게 어떤 질문을 하면 당황해하며 말 없이 고개를 돌렸다. 나는 그녀의 눈을 바라보았다. 그랬다. 그녀는 울고 있었다.

"저런, 어쩌면 좋을까요? 아, 당신은 아이 같군요! 정말 어린아이 같아요……! 자, 이제 그만하세요!"

그녀는 웃으며 안정을 찾으려고 했지만 그녀의 턱은 떨리고 가슴은 여전히 요동치고 있었다.

"전 지금 당신에 대해 생각하고 있어요." 그녀는 잠시 아무 말 없이 있다가 다시 말을 이었다. "당신은 정말 좋은 분이세요. 제가 그걸 느끼지 못한다면 목석이나 다름없을 거예요……. 지금 제 머리에 무엇이 떠올랐는지 모르시죠? 당신과 그를 비교해 보았어요. 당신이 아니고 왜 그일까요? 어째서 그는 당신 같지 않을까요? 비록 저는 그를 당신보다 더 사랑하고 있지만 그는 당신만 못해요."

나는 아무 대답도 하지 않았다. 그녀는 내가 무어라고 말하기를 기다리고 있는 듯했다.

"물론, 저는 아직 온전히 그를 이해하고 있지 못한지도 몰라요. 완전히 알고 있지는 않아요. 저는 언제나 그를 두려워했던 것 같아요. 그는 언제나 진지하고, 거만한 구석이 있는 것 같았어요. 물론 단지 그렇게 보일 뿐이고, 속마음은 저보다 더 부드럽다는 걸 알아요……. 저는 제가 보따리를 들고 그를 찾아갔을 때 저를 바라보던 그의 눈길을 기억하고 있어요. 하지만 역시 저는 왠지 지나치게 그를 존경하고 있는 것 같아요. 그래서 우리 관계가 대등하지 못한 것일 거예요?"

"아니에요, 나스쩬까, 그렇지 않아요." 나는 대답했다. "그건 당신이 그 사람을 이 세상의 누구보다도 사랑하고 있기 때문일 거예요. 어쩌면 당신 자신보다도 더 사랑하고 있다는 것이겠죠."

"그래요, 그렇다고 하죠." 순진한 나스쩬까는 대답했다. "지금 제 머리에 어떤 생각이 떠올랐는지 아세요? 지금 제가 이야기하는 것은 그에 대한 이야기가 아니라 일반적인 이야기예요. 옛날부터 머리에 떠오르곤 했던 거예요. 왜 우리 모두는 서로 형제처럼 지낼 수 없는 걸까요? 어째서 훌륭한 사람은 항상 상대에게 뭔가 숨기고 있는 것처럼 잠자코 있는 걸까요? 가볍게 뱉어버리는 말이 아니라는 걸 안다면 어째서 마음속에 있는 말을 솔직히 털어 놓지 않는 걸까요? 마치 모두들 실제 자기보다 좀 더 엄격하게 보이려고 하는 것 같아요. 자기의 생각을 그때그때 솔직히 털어놔 버림으로 인해…… 감정이 모욕당할까봐 두려워하는 것 같아요."

"나스쩬까! 당신의 말씀은 사실입니다. 그러나 그것엔 여러 가지 이유가 있지 않겠습니다." 나는 그녀의 말을 막았다. 이 순간 나는 그 어느 때보다도 내 감정을 억누르고 있었다.

"아니에요, 아니에요!" 그녀의 대답은 깊은 감정을 담고 있었다. "예를 들면, 당신은 다른 사람들과 다르잖아요! 전 정말 제가 느끼고 있는 감정을 당신에게 어떻게 설명해야 할지 모르겠어요. 하지만 제 생각에 지금 당신은, 어쩐지 저를 위해서 무언가 희생하고 계시는 것 같아요." 그녀는 흘끗 나를 쳐다본 다음 수줍은 듯 덧붙였다. "이런 말을 하는 저를 용서하세요. 전 그저 평범한 여자잖아요. 아직 세상 물정을 잘 몰라서 실제로 때로는 어떻게 이야기를 해야 할지 모를 때가 있어요." 그녀는 무언가 숨기고 있는 감정 때문에 목소리는 떨리고 있었지만 그래도 웃으려고 노력하면서 덧붙였다. "단지 저는 당신에게 감사한다는 말과 저도 이 모든 것을 느끼고 있다는 것을 말씀드리고 싶었어요……. 아, 제발 이 일에 대해 하느님께서 당신에게 행복을 내려 주시길! 그때 당신은 당신의 공상가에 대해서 많은 이야기를 하셨는데, 그것은 전혀 사실과 달라요. 다시 말하면, 그건 당신과는 전혀 관계가 없는 일이라는 것을 말하고 싶어요. 당신은 건강해지고 있고, 솔직히 말해서 당신이 묘사한 자신과 당신은 전혀 다른 분인 걸요. 만약 당신이 언젠가 사랑하게 되면, 당신이 그녀와 행복하도록 하느님의 축복이 함께하길! 그 여자 분을 위해서는 아무것도 기원하지 않겠어요. 왜냐하면 당신과 함께라면 행복할 테니까요. 전 알 수 있어요. 저도 여자이니까요. 여자인 제가 말하는 거니까 당신은 제 말을 믿으셔야 돼요……."

그녀는 입을 다물고 내 손을 꼭 쥐었다. 나 역시 흥분해서 아무 말도 할 수가 없었다. 그렇게 몇 분이 지났다.

"맞아요, 그가 오늘은 올 것 같지 않군요!" 마침내, 그녀는 고개를 들고 말했다. "늦었네요……!"

"내일은 꼭 올 겁니다." 나는 매우 자신있는 확고한 어조로 말했다.

"그래요," 그녀는 명랑하게 말했다. "내일이라면 모를까 오늘은 오지 않을 것 같네요. 그럼 안녕히 가세요! 내일 다시 봐요! 만약 비가 오면 어쩌면 안 올지도 몰라요. 하지만 내일 모레는 올 거예요. 제게 무슨 일이 일어나도 꼭 올 거예요. 그러니 당신도 꼭 여기로 와 주세요. 당신을 만나고 싶어요. 모든 걸 말씀드리겠어요."

그런 다음, 그녀는 우리가 헤어질 때 나를 똑바로 쳐다보더니 내게 손을 내밀며 말했다.

"이제 우리는 영원히 함께 있을 거예요, 그렇죠?"

오! 나스쩬까, 나스쩬까! 지금 내가 얼마나 외로운지 당신이 안다면!

시계가 아홉 시를 알렸을 때 나는 방안에 가만히 앉아 있을 수가 없었다. 좋지 않은 시간이었지만 나는 옷을 갈아 입고 밖으로 나왔다. 나는 그 곳에 가서 우리의 벤치에 앉았다. 나는 그들의 골목으로 발길을 옮겼지만, 부끄러운 생각에 창문도 쳐다보지 못하고, 그 집 쪽으로 두 걸음도 가까이 가지 못한 채 그냥 돌아오고 말았다. 나는 한 번도 느껴 보지 못한 쓸쓸함을 안고 집으로 돌아왔다. 이 얼마나 축축하고 따분한 시간인가! 만약 날씨만 좋았더라면 밤새도록 그 곳을 산책했을 텐데…….

내일까지, 내일까지만 기다리는 거야! 내일 그녀는 모든 것을 말해

줄 것이다. 하지만 오늘도 편지는 없었다. 당연한 것인지도 모른다. 그들은 이미 함께 있는지도 모르니까······.

넷째 밤

맙소사, 모든 것이 이렇게 끝나다니! 대체 어떻게 끝난 것인가!

나는 아홉 시에 그곳에 도착했다. 그녀는 이미 거기에 와 있었다. 나는 먼 곳에서 그녀를 알아보았다. 그녀는 처음에 만났을 때처럼, 강변의 난간에 팔꿈치를 괴고 있었는데 내가 다가서는 소리를 듣지 못하고 있었다.

"나스젠까!" 나는 간신히 흥분을 억제하면서 그녀를 불렀다.

그녀는 재빨리 내 쪽으로 돌아보았다.

"어서요!" 그녀는 말했다. "자, 빨리요!"

나는 어리둥절해서 그녀의 얼굴을 바라보았다.

"편지는 어디에 있어요? 편지를 가져오셨나요?" 손으로 난간을 잡은 채 그녀는 반복해서 물었다.

"아니요, 편지는 없습니다." 마침내 나는 말했다. "아직 그가 오지 않았습니까?"

그녀는 얼굴이 백지장처럼 창백해져서 꼼짝도 않고 한참 동안 내 얼굴을 응시했다. 나는 그녀의 마지막 희망을 깨버리고 만 것이었다.

"그래요, 좋을 대로 하라고 해요!" 그녀는 띄엄띄엄 말했다. "나를 이런 식으로 내버려 둔다면 좋을 대로 하라지요."

그녀는 눈을 내리깔았다. 그런 다음 내 얼굴을 보려고 했지만 그러지 못했다. 잠시 그녀는 흥분을 가라앉히려고 애를 쓰다가 갑자기 돌아서더니 강변의 난간에 팔꿈치를 괴고 울기 시작했다.

"제발 그만, 그만 우세요!" 나는 말을 시작했지만, 그녀의 얼굴을 보자 말을 계속할 기력이 없었다. 이제 와서 무슨 말을 한단 말인가?

"저를 위로하려고 하지 마세요." 그녀는 울면서 말했다. "그 사람에 대해서 말하지 마세요. 그 사람이 올 것이란 말도, 이렇게 잔인하고 파렴치하게 나를 버린 게 아니라고 말하지도 마세요. 무엇 때문에, 무엇 때문이죠? 제 편지에, 그 불행한 편지에 무슨 잘못이라도 있었단 말인가요?"

그녀는 말을 이을 수 없을 만큼 흐느끼고 있었다. 그녀의 모습을 바라보니 가슴이 찢어지는 것 같았다.

"아! 어쩌면 이렇게도 파렴치하고 잔인할까!" 그녀는 다시 말을 시작했다. "어떻게 한 줄, 단 한 줄의 회답도 없단 말인가! 당신은 이제 필요 없다고, 당신과는 끝났다고만 적어 보냈어도 좋았을 텐데. 꼬박 사흘 동안 한 줄의 회답도 보내지 않다니! 어떻게 그는 이렇게 쉽게 단지 자기를 사랑한 것 외엔 아무런 죄도 없는 불쌍하고 의지할 곳

없는 소녀를 모욕하고 분노케 만든단 말입니까! 아! 이 사흘 동안 나는 얼마나 힘겨웠던가요! 하느님 맙소사! 세상에! 제가 처음 그를 찾아갔을 때 저는 그의 앞에서 부끄러움을 무릅쓰고 울면서 조금의 사랑이라도 구하려고 했었어요……. 그런데 이렇게 되다니……! 들어 보세요." 그녀는 내 쪽으로 돌아보며 말했다. 그 까만 눈동자가 반짝이기 시작했다.

"그래요, 뭔가 잘못된 거예요! 이럴 리가 없어요, 뭔가 자연스럽지가 않아요! 당신이나 제가 잘못 생각한 거예요. 어쩌면 아직 편지를 받아 보지 못한 걸 거예요. 어쩌면 그는 아직까지 아무것도 모르고 계시는 건 아닐까요? 생각해 보세요. 어떻게 그럴 수 있어요. 제발 말씀 좀 해 주세요. 설명 좀 해 주세요. 도무지 이해할 수가 없어요. 어떻게 그가 제게 이토록 야만적이고 무자비한 행동을 할 수 있겠어요! 한 마디 답장도 없다니! 이 세상의 끝까지 가 본 저질스런 사람도 이보다는 더 동정심을 가지고 있을 거예요. 어쩌면 그가 무슨 소리를 들은 건 아닐까요? 아니면 누가 저에 대해 안 좋은 소리를 한 것일까요?" 그녀는 나를 향해 질문을 퍼부으며 외쳤다. "당신은, 당신은 어떻게 생각하세요?"

"내 말 좀 들어 보세요, 나스쩬까, 내일 당신을 대신해서 내가 그 사람에게 다녀오겠습니다."

"그래서요!"

"모든 것을 그 사람에게 물어보고 모든 이야기를 하겠습니다."

"그래서, 그래서요!"

"편지를 한 장 써 주십시오. 싫다고 하지 마십시오, 나스쩬까. 싫다고 마십시오! 나는 그가 당신의 행동을 존중하도록 하겠습니다. 그 사람은 모든 것을 알게 될 것입니다. 만약……."

"아니, 안 돼요." 그녀는 말을 가로챘다. "이제 그만요! 저는 더 이상 단 한 마디도, 단 한 줄도 쓰지 않겠어요. 이제 그만! 그런 사람은 몰라요. 저는 그 사람을 더 이상 사랑하지 않아요. 그런 사람은 이제 잊을…… 거예요……." 그녀는 끝까지 말을 하지 못했다.

"진정하세요, 진정해요! 자아, 여기에 앉아요, 나스쩬까" 그녀를 벤치에 앉히며 나는 말했다.

"진정했어요. 그만 됐어요! 사는 게 그렇죠 뭐! 이런 눈물은 금방 말라 버릴 거예요! 당신은 제가 자학하거나, 물로 뛰어들까봐 그러세요?"

나는 가슴이 터질 것 같았다. 무슨 말을 해야만 했지만 그럴 수가 없었다.

"저기요!" 그녀는 내 손을 잡고 말을 이었다. "말씀해 주세요. 당신이었다면 그런 짓은 하지 않으셨겠죠? 당신이었다면 제 발로 직접 당신을 찾아온 소녀를 버리진 않으셨을 테죠? 당신이었다면 가냘프고 어리석은 소녀의 마음에 대놓고 파렴치한 조소를 던지지는 않으셨겠죠? 당신이었다면 그 소녀를 보살피지 않았을까요? 당신이었다면 소녀가 혼자이고, 자기 자신을 돌볼 줄도 모르고, 당신에 대한 사랑도 지켜내지 못한다는 것을, 소녀는 아무런 잘못도, 아무런 잘못도 없다는 것을…… 소녀는 아무런 잘못도 하지 않았다는 것을 짐작하셨을 텐데……! 아, 하느님 맙소사……!'

"나스쩬까!" 마침내 나는 흥분을 참지 못하고 외쳤다. "나스쩬까! 내 가슴을 갈가리 찢고 있군요! 당신은 내 심장에 상처를 내고, 나를 죽이고 있습니다. 나스쩬까! 나는 잠자코 있을 수가 없습니다. 내 가슴에서 끓어오르는 모든 것을 말해 버려야겠습니다……."

이렇게 말하며 나는 벤치에서 일어났다. 그녀는 내 손을 잡고 놀란 표정으로 나를 바라보았다.

"무슨 일이에요?" 마침내 그녀가 말했다.

"내 말을 들어 보세요!" 나는 단호한 어조로 말했다. "내 말을 들어 주십시오, 나스쩬까! 지금부터 내가 하는 모든 말은 실현 불가능하고, 어리석은 말입니다. 결코 일어날 수 없다는 것을 알고 있습니다. 하지만 잠자코 있을 수가 없습니다. 당신이 지금 고통받고 계시니, 미리 간청합니다. 제발 용서해 주십시오!"

"뭐가요, 무슨 말씀이세요?" 그녀는 울음을 멈추고 유심히 나를 바라보면서 말했다. "왜 그러시는 거예요?" 그녀의 놀란 두 눈에는 이상한 호기심이 반짝이고 있었다.

"이런 일은 현실 불가능하지만, 나는 당신을 사랑합니다, 나스쩬까! 이 말씀을 드리고 싶었습니다! 자, 이제 모든 것을 말했군요!" 나는 손을 내저으며 말했다. "이제 당신은 알게 될 겁니다. 지금까지 당신이 나와 말했던 것처럼 앞으로도 나와 말할 수 있을지 없을지, 그리고 내가 하는 말을 들어주실 수 있을지 어떨지를 말입니다."

"그래서요?" 나스쩬까는 말을 가로막았다. "그게 어쨌다는 거죠? 저는 오래 전부터 당신이 저를 사랑하고 있다는 것을 알고 있었어요. 저는 당신의 사랑이 단순한…… 어떤 것이라고만 생각했어요. 오, 맙소사!"

"처음에는 단순한 것이었어요, 나스쩬까. 그러나 지금, 지금…… 나는 당신이 보따리를 들고 그 사람에게로 갔을 때의 당신 처지와 똑같습니다. 아니, 그때의 당신보다 더 비참합니다. 나스쩬까, 그때 그 사람에게는 사랑하는 사람이 아무도 없었지만 당신에겐 사랑하는 사람이 있으니까요……."

"무슨 말씀을 하시는 거죠? 당신을 도무지 이해할 수 없군요. 좀 들어 보세요. 무엇 때문에, 아니, 무엇 때문에가 아니라, 도대체 어떤 이유로 그렇게…… 갑자기…… 하느님 맙소사! 전 바보 같은 소리를 하고 있군요! 하지만 당신은……."

그리고 나스쩬까는 매우 당황해했다. 그녀의 볼이 붉게 타올랐다. 그녀는 눈을 아래로 내리깔았.

"어떻게 해야 할까요, 나스쩬까, 내가 어떻게 해야 합니까? 내 잘못입니다. 나는 악용했어요……. 하지만 아니에요, 내 잘못이 아닙니다, 나스쩬까. 나는 느낄 수 있어요. 왜냐하면 내 마음은 내가 옳다고 말해 주니까요. 왜냐하면 나는 당신을 화나게 하거나, 무엇으로도 당신을 모욕할 수 없으니까요! 나는 당신의 친구였습니다. 그래요, 지금도 친구입니다. 나는 절대로 당신을 배신하지 않았습니다. 지금 내 눈에서 눈물이 흐르고 있습니다, 나스쩬까. 흐르라고 하죠, 흐르라고 내버려 두죠. 다른 사람에게 방해가 되는 것도 아니니까요. 말라 버릴 거예요, 나스쩬까……."

"알았어요, 여기에 좀 앉으세요, 앉아요." 나를 벤치에 앉히면서 그녀는 말했다. "오, 하느님 어쩌면 좋아요!"

"아닙니다, 나스쩬까! 나는 앉지 않겠습니다. 나는 더 이상 여기에 있을 수 없습니다. 당신은 이제 나를 볼 수 없을 겁니다. 나는 당신에게 모든 것을 말하고 떠날 겁니다. 내가 당신을 사랑한다는 것을 당신은 결코 몰랐을 것이라고 말하고 싶었을 뿐입니다. 나는 비밀을 지키고 싶었습니다. 나는 지금 이 순간 나의 이기주의로 당신을 괴롭히고 싶지 않았습니다. 아닙니다! 나는 더 이상 참을 수가 없었습니다. 당신 스스로 이런 말을 꺼냈습니다. 당신 잘못입니다. 이 모든 것은 내 잘못이 아니라 당신 잘못입니다. 당신은 나를 쫓아 버릴 수 없습니다……."

"그럼요, 물론 아니에요. 당신을 물리치지 않을 거예요. 아니에요!" 불쌍한 나스쩬까는 자신의 당황한 기색을 가능한 한 감추려하며 말했다.

"나를 물리치지 않을 거라구요? 아닙니다! 내 스스로 당신 곁에서 도망치려고 했습니다. 나는 떠날 겁니다. 그 전에 우선 모든 이야기를 다 하겠습니다. 왜냐하면 당신이 여기서 이야기하고 있었을 때 나는 가만히 앉아 있을 수가 없었기 때문입니다. 당신이 여기서 울고 있었을 때. 당신이, 나스쩬까, 그 때문에, 그래요, 그 때문에, 버림받은 것 때문에, 사랑을 거부당한 것 때문에 괴로워하셨을 때, 나는 마음속으로 느낄 수 있었습니다. 당신에 대한 한없는 사랑을 말입니다. 나스쩬까, 한없는 사랑입니다……! 그 사랑으로도 당신을 도울 수 없다는 것이 슬펐습니다……. 그래서 가슴이 터질 것만 같아서 나는, 나는 가만히 있을 수가 없었습니다. 나는 말하지 않을 수 없었습니다, 나스쩬까, 나는 말을 해야만 했습니다……!"

"그래요, 그래요! 제게 말씀하세요, 그렇게 저와 이야기해요!" 나스쩬까는 이해할 수 없는 몸짓으로 말했다. "제가 당신과 이런 말을 하는 것이 어쩌면 이상하게 생각될지도 모르겠지만……, 말씀해 주세요! 저도 나중에 이야기하겠어요! 모두 이야기하겠어요!"

"당신은 나를 불쌍히 여기시겠죠, 나스쩬까. 그저 불쌍하다고 생각하시는 것뿐입니다, 나의 벗이여! 한번 지나간 것은 지나간 겁니다!

한번 말한 것은 되돌릴 수 없으니까요! 그렇잖습니까? 자아, 이제 당신도 모든 것을 알고 계십니다. 바로 이것이 출발점입니다. 자, 됐습니다! 이제 이것으로 되었습니다. 한번 들어 보세요. 당신이 여기 앉아서 울고 있을 때, 난 속으로 생각했습니다. '아, 내가 생각한 것을 말하게 해 주세요.' 나는 생각했습니다. '그래, 물론 이런 일은 있을 수 없는 일입니다, 나스쩬까.' 나는 생각했습니다. 당신이, 당신이 거기서 어떻게든…… 평소와는 완전히 다른 방법으로 이제 더 이상 그 사람을 사랑하지 않게 되지 않을까 하고 말입니다. 나는 어제도, 그제도 그런 생각을 했습니다, 나스쩬까. 그때 나는 이렇게 했을 겁니다. 당신이 나를 사랑할 수 있도록, 반드시 그렇게 했을 겁니다. 당신도 그렇게 말했잖아요, 나스쩬까, 이제는 당신도 나를 거의 사랑하게 되었다고 말입니다. 그리고 또 뭐가 있을까요? 아니, 이것이 내가 말하고 싶었던 말의 거의 전부입니다. 아직 남은 말이 있다면, 만약 당신도 나를 사랑하게 되었다면, 그때는 어땠을까 하는 것, 그것이 전부입니다. 다른 것은 없습니다! 나의 벗이여, 들어 보세요. 왜냐하면 당신은 나의 친구이니까요. 물론 나는 가난하고 평범한 보잘것없는 사람입니다. 그러나 그게 문제는 아닙니다.—어쩐지 자꾸 엉뚱한 말이 나오는군요. 당황해서 그러나 봅니다, 나스쩬까.—단지 나는 당신을 사랑한다는 겁니다. 당신이 아직도 그를 사랑한다면, 내가 모르는 그 사람을 계속 사랑한다면, 내 사랑이 당신에게 짐으로 느껴지지 않도록 당신을 사랑할 겁니다. 다만 당신은 감사에 찬, 감사에 찬 뜨거운 심장의 고동소리를, 당신을 향한 심장의 고동소리를 당신 옆에서 항상 매순간 듣게 될 겁니다, 느끼게 될 겁니다. 아, 나스쩬까, 나스쩬까! 내게 무슨 짓을 한 겁니까!"

"울지 마세요. 우시면 싫어요." 나스쩬까는 서둘러 벤치에서 일어서며 말했다. "이제 우리 가요, 일어나세요. 우리 함께 가요. 울지 말아요, 제발 울지 마세요." 자기 손수건으로 내 눈물을 닦아주며 말했다.

"자아, 이젠 가요, 어쩌면 당신에게 할 얘기가 있을지도…… 몰라요. 만약 그가 저를 버렸다면, 저를 잊어버렸다면, 비록 아직 그를 사랑하고 있지만—당신을 속이고 싶지 않아요…….—하지만, 제 말을 듣고 대답해 주세요. 만약, 이를테면, 제가 당신을 사랑하게 된다면, 다시 말해서, 만약 제가 단지……. 아, 친구여, 나의 친구여! 제가 어떻게, 어떻게 생각하면 좋을까요! 당신이 제게 빠져 몰두하지 않는 것에 대해 당신을 칭찬했을 때, 저는 당신의 사랑을 비웃으며 당신을 모욕했어요! 맙소사! 대체 어떻게 그것을 미리 생각하지 못했을까요, 저는 어떻게 알아차리지 못했을까요, 왜 그토록 바보였을까요, 하지만……, 그래요, 결심했어요, 모든 것을 말해 버리겠어요……."

"나스쩬까, 아세요? 나는 당신을 떠날 겁니다. 그게 좋은 일이에요! 나는 당신을 괴롭힐 뿐이니까요. 당신은 나를 비웃었다고 해서 지금

양심의 가책을 받고 있습니다. 하지만 그건 내가 원하는 바가 아닙니다. 당신 자신의 슬픔 외에 그런 일로 괴로워하는 것은 당연히 내가 원하는 일이 아닙니다……. 물론 내 잘못입니다, 나스쩬까, 그럼 안녕히 가십시오!"

"잠깐만요, 제 말을 잘 들으세요. 기다려 주실 수 있나요?"

"무엇을 기다립니까, 어떻게?"

"저는 그를 사랑하고 있어요. 하지만 그 사랑은 지나가 버릴 거예요. 그건 삶의 이치니까요. 식지 않을 리가 없잖아요. 이미 사랑이 지나가고 있는 게 느껴져요……. 어쩌면 오늘 당장 끝나 버릴지도 모르겠어요. 저는 그를 미워하고 있으니까요. 당신은 여기서 저와 함께 울어 주셨는데, 그는 저를 조롱했으니까요. 당신은 그 사람처럼 저를 밀어내지 않으셨으니까요. 당신은 저를 사랑하는데, 그는 저를 사랑하지 않았기 때문이에요. 게다가 왜냐하면 제가 당신을 마침내…… 사랑하게 되었기 때문이에요. 그래요, 사랑해요! 당신이 저를 사랑하시는 것처럼 저도 당신을 사랑해요. 전에도 제가 직접 당신에게 이 말을 했어요. 당신도 들으셨을 거예요. 당신이 그 사람보다 좋은 분이기 때문에, 그보다 고결한 분이기 때문에 당신을 사랑해요. 왜냐하면 그 사람은……."

이 가엾은 소녀는 극도로 흥분하여 끝내는 말을 맺지 못하고, 머리를 내 어깨에 기대더니, 결국 잠시 후 내 가슴에 얼굴을 묻고 슬프게 울기 시작했다. 나는 위로하기도 하고 달래기도 했지만 그녀는 울음을 그치지 못했다. 그녀는 여전히 내 손을 꼭 쥔 채 울면서 말했다. "잠시만, 잠시만 기다려 주세요. 지금 그칠 거예요! 당신에게 말하고 싶어요……. 오해하지 마세요, 이 눈물은……. 그래요, 마음이 약해져서 그런 거예요. 조금만 기다려 주세요, 곧 그칠 거예요!"

마침내 그녀는 울음을 멈추고 눈물을 닦았다. 우리는 다시 걷기 시작했다. 나는 말을 하려고 했지만 그녀는 여전히 조금만 더 기다려 달라고 했다. 우리는 잠자코 있었다……. 이윽고 그녀는 숨을 가다듬은 다음 이야기하기 시작했다…….

"있잖아요," 그녀는 약하고 떨리는 목소리로 말하기 시작했지만, 그 목소리에는 갑자기 곧바로 심장에 꽂혀 감미로운 고통을 주는 어떤 것이 깃들어 있었다. "제발 저를 변덕스럽고 경박한 여자라고 생각하지 마세요. 그렇게 쉽고 간단하게 잊고 배신할 수 있는 여자라고 생각지 마세요. 하느님께 맹세하지만 저는 일 년 동안 그를 사랑했습니다. 그리고 생각으로라도 결코 그를 배신한 적이 없어요. 그런데 그는 그것을 무시하고 저를 조롱했어요. 아무래도 좋아요! 하지만 그는 저에게 상처를 주고 제 마음을 능욕했어요. 저는, 저는 그런 사람은 사랑하지 않아요. 제가 사랑할 수 있는 사람은 마음이 넓고 저를 이해해 주는 고결한 사람이어야 하기 때문이에요. 저 자신이 그런 사람이고, 그는 제 사랑을 받을 자격이 없기 때문이에요. 차라리 그가 잘한 거예요. 나중에 기대속에서 배신당하고 그가 어떤 사람인지 제대로 알게 될 테니까요……. 자아, 이것으로 끝이에요! 하지만 어떻게 알겠어요, 나의 벗이여," 그녀는 내 손을 쥔 채 말을 계속했다. "어쩌면 제 사랑이라는 것이 감정의 기만이나 공상이었는지도 모르죠. 어쩌면 할머니의 감시속에서 장난처럼 시작되었는지도 모를 일이죠? 어쩌면 저는 그 사람이 아니라 다른 사람을 사랑해야 하는지도 모르겠어요. 그런 사람이 아니라 저를 가엾게 여기는 다른 사람을 말이에요. 그리고……. 됐어요, 그만, 이젠 이런 이야기는 그만해요." 흥분으로 숨을 몰아쉬며 나스쩬까는 입을 다물었다. "단지 당신에게 하고 싶었던 말은……, 그 말은 이런 거였어요. 제가 그를 사랑함에도 불구하고, 아니, 사랑했었음에도, 그럼에도 불구하고 당신의 사랑이 그토록 위대하다고 느끼신다면, 결국 제 마음에서 예전의 사랑을 쫓아낼 수 있다고 느끼신다면……, 만약 저를 불쌍히 여기고 싶으시다면, 만약 당신이 위안도, 희망도 없는 운명속에 저를 홀로 남겨 두고 싶지 않으시다면, 언제나 지금처럼 저를 사랑하고 싶으시다면, 이 감사의 마음……, 저의 사랑이 마침내 당신의 사랑을 받을 만한 가치가 있게 되리라는 것을 맹세합니다……. 제 손을 잡아 주시겠어요?"

"나스쩬까!" 나는 흐느낌으로 숨을 헐떡이면서 외쳤다. "나스쩬까……! 오, 나스쩬까……!"

"자, 그만, 그만해요! 이제 정말로 그만해요!" 그녀는 가까스로 자신을 억제하면서 말하기 시작했다. "자아, 모든 것을 말했군요. 맞죠? 그렇죠? 자, 이제 당신도 저도 행복해요. 이 일에 대해 더 이상 아무 말도 하지 말아요. 잠깐만 기다려 주세요. 절 불쌍히 여겨주세요……. 제발 뭔가 다른 이야기를 해 주세요……!"

"그래요, 나스쩬까. 맞아요! 이제 이 이야기는 그만해요. 나는 지금 행복합니다. 나는……. 자, 나스쩬까, 자아, 다른 이야기를 합시다. 빨리, 빨리 이야기를 합시다. 그래요! 나는 준비됐습니다……."

우리는 무슨 말을 해야 할지 몰랐다. 우리는 웃기도 하고 울기도 하면서, 아무런 연결도, 의미도 없는 말을 마구 떠들어댔다. 우리는 보도를 걷다가 갑자기 되돌아가기도 하고, 길을 건너기도 했다. 그런 다음 마치 아이들처럼 걸음을 멈추곤 다시 강변 쪽으로 길을 건너곤 했다.

"나는 지금 혼자 살고 있어요, 나스쩬까." 나는 말을 시작했다. "내일이면…… 물론, 나는, 아시다시피 나스쩬까, 가난합니다. 천이백 루블이 전부이니까요. 하지만 그런 건 상관없습니다."

"물론 상관없어요. 할머니에게 연금이 있으니까요. 우리를 곤란하게 하시지는 않을 거예요. 하지만 할머니는 모셔야죠."

"물론 할머니는 모셔야 합니다. 다만 문제는 마뜨료나인데요……."

"아! 그렇군요. 우리도 표끌라가 있어요!"

"마뜨료나는 좋은 사람이지만 한 가지 결점이 있습니다. 그 여자에게는 상상력이 없습니다, 나스쩬까, 도무지 상상력이라곤 찾아볼 수가 없어요. 하지만 그건 별일이 아닙니다."

"그래도 두 사람이 함께 있을 수 있지 않겠어요? 다만 당신은 내일 저의 집으로 이사를 오세요."

"뭐라구요? 당신 집으로요! 좋습니다. 나는 언제라도 좋습니다."

"그래요, 우리 집에 있는 방을 빌리는 거예요. 우리 집에는 다락방이 있어요. 지금 비어 있는 상태죠. 늙은 여자 귀족이 살았었는데 이사를 가 버렸어요. 할머니는 젊은 남자분이 들어왔으면 하세요. '왜 젊은 남자여야 하죠?' 하고 제가 물어봤더니, 할머니는 '나도 이미 늙었잖니. 내가 너를, 나스쩬까, 그 사람에게 시집보내고 싶어서 그런다고 생각하지는 말아라.' 라고 말씀하시는 거예요. 저는 그 때문이라고 짐작했어요……."

"아, 나스쩬까!"

우리 둘은 함께 웃었다.

"자, 됐어요, 이제 그만. 그런데 대체 어디에 사세요? 잊어버렸어요."

"저기, 다리 근처의 바란니꼬프 집예요."

"그 굉장히 커다란 집 말예요?"

"그래요, 굉장히 큰 집이죠."

"아, 알아요. 좋은 집이죠. 하지만 그 집을 두고 가능한 빨리 저희 집으로 들어오세요."

"바로 내일이라도, 나스쩬까, 내일이라도 당장. 방세가 좀 밀려 있지만, 괜찮습니다……. 곧 월급을 받거든요."

"어쩌면 전 가정교사를 해도 좋겠어요. 혼자서 공부를 좀 한 다음에 아이를 가르칠 거예요."

"참 좋은 생각이네요……. 나도 곧 포상금을 받게 되거든요, 나스쩬까……."

"그러면 당신은 내일부터 우리 집 식구가 되는 거군요……."

"그래요. 우리 함께 '세빌리아의 이발사'를 보러 갑시다. 곧 다시 공연이 있을 것 같더군요."

"네, 그래요." 나스쩬까는 웃으며 말했다. "아니요. '세빌리아의 이발사' 말고 다른 게 더 낫지 않겠어요."

"네, 좋습니다. 다른 것으로 하죠. 정말 그게 좋겠군요. 미처 생각을 못했습니다……."

이런 이야기를 나누면서 우리는 마치 연기와 안개 속을 걷듯이, 자신에게 무슨 일이 일어나고 있는지도 모르는 것처럼 걸어 다녔다. 때론 한곳에 머물러서 오랫동안 이야기를 나누는가 하면, 때론 다시 걷다가 또 어딘지도 모르는 곳으로 울면서, 웃으면서 돌아다니기도 했다. 그리고 때론 나스쩬까가 갑자기 집으로 돌아가겠다고 하면, 나는 잡아둘 용기가 없어서 집까지 바래다 주었다. 우리는 집 쪽으로 걷기 시작했다. 15분 뒤에 우리 두 사람은 갑자기 강변의 그 벤치에 와 있는 것이었다. 그녀는 깊은 한숨을 쉬며 또다시 그녀의 눈엔 눈물이 가득 고였다. 나는 두려움에 한기를 느꼈다. 그러나 그녀는 곧 내 손을 잡고 나를 끌어당기며 다시 걷고 지껄이고 말하자고 했다.

"이젠 갈 시간이네요. 이젠 집으로 돌아가야겠어요. 너무 늦은 것 같아요." 마침내 나스쩬까가 말했다. "어린애 같은 짓은 이것으로 충분해요!"

"그래요, 나스쩬까, 그런데 지금은 잠이 올 것 같지 않아요. 나는 집으로 돌아가지 않겠어요."

"저도 잠이 올 것 같지 않아요. 하지만 집까지 바래다주시겠죠……?"

"물론이죠."

"하지만 이번에는 꼭 집까지 가요."

"그럼요, 물론이죠……."

"약속하시는 거죠……? 언젠가는 집으로 돌아가야 하잖아요!"

"약속하겠습니다." 나는 웃으면서 대답했다.

"그럼 갑시다!"

"가요."

"하늘을 좀 보세요, 나스쩬까, 보세요! 내일은 날씨가 좋을 겁니다.

아, 하늘이 얼마나 푸른지! 달도 너무나 밝군요! 저기 노란색 구름이 막 달을 가리고 있네요. 보세요……! 아니, 그냥 옆으로 지나갔군요. 보십시오……!"

그러나 나스쩬까는 구름을 보고 있지 않았다. 그녀는 말 없이 못 박힌 것처럼 서 있었다. 잠시 뒤 그녀는 왠지 두려운 듯 내게로 몸을 가까이했다. 그녀의 손이 내 손 안에서 떨고 있었다. 나는 그녀를 바라보았다……. 그녀는 내게 더욱 바싹 다가왔다.

마침 그 순간 우리 옆으로 한 청년이 지나쳤다. 그는 갑자기 발길을 멈추고 유심히 우리를 바라보다가 다시 몇 발짝 걸음을 내디뎠다. 내 심장이 떨리기 시작했다…….

"나스쩬까." 나는 낮은 목소리로 말했다. "저 사람은 누구지요, 나스쩬까?"

"그 사람이에요!" 속삭이듯 대답하고 그녀는 더욱 몸을 떨면서 한층 더 바싹 나에게 달라붙었다……. 나는 가까스로 서 있었다.

"나스쩬까! 나스쩬까! 당신이로군!" 우리들 뒤에서 목소리가 들려왔다. 그리고 동시에 우리 쪽으로 몇 걸음 다가왔다.

오, 하느님, 그 비명소리! 그녀는 얼마나 떨었던가! 그녀는 얼마나 빨리 내 손을 떨쳐 버리고 그에게로 달려갔던가! 나는 죽은 듯이 꼼짝 않고 선 채 두 사람을 바라보고 있었다. 그러나 그녀는 그에게 거의 손을 내밀고, 그에게 거의 안기려던 그 순간, 갑자기 내게로 돌아서서 바람처럼, 번개처럼 내 옆으로 돌아왔다. 그리고 내가 정신을 차리기도 전에 그녀는 두 팔로 내 목을 감싸더니 뜨겁고 강렬한 키스를 내게 퍼부었다. 그런 다음 한 마디 말도 없이 다시 그에게로 달려가선 그의 두 손을 잡고 끌어당겼다.

나는 오랫동안 그 자리에 서서 걸어가는 그들의 뒷모습을 바라보았다……. 마침내 그들 두 사람은 내 시야에서 사라졌다.

아침

나의 몇 날 밤이 그렇게 지나고 아침이 찾아왔다. 좋지 않은 날씨였다. 빗방울이 쓸쓸하게 창문을 때리고 있었다. 방안은 어두컴컴하고, 창밖은 잔뜩 흐려 있었다. 나는 머리가 아프고 현기증이 났다. 온몸이 뜨거웠다.

"편지 왔어요, 주인님. 시내 우편으로 배달부가 가져왔어요." 내 머리 위에서 마뜨료나가 말했다.

"편지라구! 누구한테서?" 나는 의자에서 벌떡 일어나며 외쳤다.

"모르겠는데요, 선생님. 한번 보세요, 어쩌면 누구한테서 온 건지 적혀 있을지도 모르잖아요."

나는 봉인을 뜯었다. 그녀에게서 온 것이었다.

'아, 용서해 주세요. 부디 저를 용서해 주세요!' 나스쩬까는 적고 있었다.

'무릎을 꿇고 빕니다. 제발 저를 용서해 주세요! 저는 당신도, 저 자신도 속이고 있었어요. 그것은 꿈이었고, 환상이었던 겁니다. 저는 오늘 당신 때문에 괴로웠습니다. 용서해 주세요. 제발 저를 용서하세요……!

저를 비난하지 말아주세요. 당신에 대한 제 마음은 추호도 변한 적이 없어요. 저는 당신을 사랑할 것이라고 말했고 지금도 저는 그 어느 때보다도 당신을 사랑하고 있어요. 아, 하느님! 당신들 두 분을 동시에 사랑할 수만 있었다면! 아, 만약 당신이 그였다면!'

'아! 만약 그가 당신이었다면!' 이라는 말이 순간 내 머리를 스쳤다. 당신의 말을 기억하고 있습니다, 나스쩬까!

'당신을 위해 어떤 일이든 할 수 있다는 것을 하느님은 알고 계세요. 당신이 괴롭고 슬프다는 것 저도 잘 알고 있어요. 저는 당신을 모욕했어요. 하지만 아시죠. 사랑하는 사람은 모욕당한 것을 오랫동안 기억하지 않는다는 것을요. 그런데 당신은 저를 사랑하고 계시잖아요!

고마워요! 그래요! 그 사랑에 대해서 당신께 감사드려요. 당신의 사랑은 잠을 깬 뒤에도 오랫동안 남아 있는 달콤한 꿈처럼 제 기억속에 새겨졌어요. 당신이 형제처럼 제게 마음을 열어 주신 그 순간과 저를 살펴주고 위로해 주고 치유해 주기 위해 슬픔에 짓눌린 제 마음을 관대하게 받아주신 그 순간을 저는 영원히 기억할 거예요. 만약 당신이 저를 용서해 주신다면 당신에 대한 저의 추억은 제 안에서 영원히 사라지지 않는 감사하는 마음으로 승화될 겁니다. 저는 이 추억을 소중히 지키고, 항상 거기에 충실할 것이며 그것을 배신하거나 제 마음을 배신하는 일은 결코 하지 않겠어요. 제 마음은 지나칠 정도로 한결같습니다. 그래서 어제 내 마음이 영원히 속해 있던 그 곳으로 그토록 빨리 돌아간 거예요.

우리는 다시 만날 거예요. 당신도 우리를 방문해 주시겠죠. 당신은 우리를 남겨 두고 떠나진 않으실 테죠. 당신은 영원한 저의 친구이자 형제인 걸요……. 그리고 당신은 저를 만나시면 제게 손을 내밀어 주실 테죠, 그렇죠? 당신은 내밀어 주실 거예요. 당신은 저를 용서하셨을 테니까요. 맞죠? 저를 '예전처럼' 사랑해 주시겠죠?

오, 제발 저를 사랑해 주세요. 저를 버리지 말아 주세요. 저는 이 순간 당신을 너무도 사랑하고 있어요. 저는 당신의 사랑을 받을 만한 가치가 있으니까요. 당신의 사랑을 받을 자격이 있을 테니까요……. 아, 나의 사랑하는 친구여! 저는 다음 주에 그와 결혼합니다. 그는 사랑하는 사람으로서 다시 돌아왔어요. 그는 결코 저를 잊었던 적이 없었어요. 그에 대한 이야기를 썼다고 해서 화를 내시진 않겠죠. 그러나 저는 그와 함께 당신을 방문하려고 해요. 당신도 분명히 그를 좋아하게 될 거예요, 그렇죠?

　제발 용서해 주세요. 잊지 마시고 사랑해 주세요. 당신의 나스쩬까를'

　나는 오랫동안 몇 번이고 편지를 되풀이해서 읽었다. 눈물이 솟구쳐 올라왔다. 마침내 편지가 손에서 떨어졌고 나는 손으로 얼굴을 감쌌다.
　"선생님! 선생님!" 마뜨료나가 말을 걸었다.
　"뭐예요, 할머니?"
　"천장의 거미줄을 말끔히 치워 버렸어요. 이젠 결혼하셔서 손님들을 초대해도 걱정 없어요……."
　나는 마뜨료나의 얼굴을 보았다……. 그녀는 아직 건강하고 젊은 할머니였지만 왠지 내 눈에는 갑자기 주름살투성이인 생기 없는 얼굴에 허리가 굽은 늙어빠진 노파로 보였다. 그리고 어쩐 일인지 갑자기 내 방 역시 할머니와 똑같이 늙어 버린 것같이 느껴졌다. 벽도 마루도 갑자기 빛이 바래고 모든 것이 흐릿한 빛으로 변하고, 거미줄도 오히려 전보다 많은 것 같았다. 왜 그런지 창밖 건너편에 서 있는 집도 낡아빠져서 퇴색해 버린 것 같았다. 기둥의 회색 칠은 벗겨져 떨어지고, 처마 끝은 검어지고 여기 저기 금이 갔으며, 짙은 선명한 노란 색으로 칠해진 벽은 얼룩얼룩해졌다.

아니면, 먹구름 뒤에서 갑자기 얼굴을 내민 햇살이 다시금 비구름 뒤로 숨어 버렸기 때문에 모든 것이 눈앞에서 광택을 잃어버린 것일까. 아니, 어쩌면 내 앞에서 내 미래의 전망이 슬프고 투박하게 스쳤는지도 모른다. 그리고 정확히 15년 뒤에 지금의 이 방에서 외롭게 고통받으며, 오랜 세월동안 조금도 지혜로워지지 않은 마뜨료나와 함께 살고 있는 지금과 똑같은 내 모습을 보았는지도 모른다.

그러나 나스쩬까, 내가 모욕당한 것을 언제나 기억하리라 생각하는가! 내가 너의 밝고 아늑한 행복에 검은 구름을 드리우리라 생각하는가! 심한 비난의 말을 퍼부어 너의 가슴에 슬픔을 주고, 비밀스런 가책으로 너의 마음에 상처를 입히며, 행복한 순간에도 우울한 생각으로 가슴을 두근거리게 할 것이라고 생각하는가! 네가 그와 함께 제단을 향해 걸어갈 때 너의 검은 곱슬머리에 꽂은 그 부드러운 꽃 가운데 단 하나라도 짓뭉개 놓을 거라고 생각하는가! 오, 결코, 결코 그런 일은 없을 것이다! 너의 하늘이 맑게 개기를, 너의 사랑스러운 미소가 밝고 평화롭기를, 그리고 감사함으로 가득한 어떤 외로운 가슴에 네가 심어준 행복과 기쁨의 순간에 대해 축복받기를!

아, 하느님! 더없는 기쁨의 순간이여! 인간의 일생에 있어서 그것만으로도 부족함이 없지 아니한가……?

남의 아내와 침대 밑 사나이

⟨희한한 사건⟩

I

"선생님, 실례합니다. 말씀 좀 여쭈어도 될는지……."

길 가던 사람은 움찔 놀란 빛으로 너구리털 외투를 입은 한 신사를 쳐다보았다. 이 신사는 저녁 일곱 시에 길 한가운데서 거침없이 그에게로 다가왔다. 누구나 알고 있는 일이지만 뻬쩨르부르그의 거리에서 전혀 낯선 사람이 말을 걸어온다면, 상대가 놀라는 것은 지극히 당연한 일이다.

이런 까닭에, 길 가던 사람이 움찔 놀랐던 것이다.

"놀라게 해서 죄송합니다." 너구리털 외투를 입은 신사가 말했다. "하지만 저는, 저는, 정말이지, 뭐라고 해야 할지. 분명 당신은 이해해 주시리라 믿습니다. 보시다시피 저는 지금 정신적으로 매우 불안한 상태입니다……."

이때 비로소 허리가 짤록한 긴 외투를 입은 젊은이는 너구리털 외투를 입은 신사가 매우 불안한 상태에 있다는 것을 알아차렸다. 주름진 그의 얼굴은 상당히 창백하였고, 그의 목소리는 떨리고 있었다. 말을 제대로 못하는 것을 보니 머릿속이 뒤죽박죽인 게 분명했다. 또한, 어쩌면 자기보다 계급이나 신분이 낮은 사람에게 부탁해야만 한다는 사실을 받아들이는 것이 그에겐 쉬운 일이 아닌 듯 보였다. 그래서 그의 부탁은 상당히 점잖은 털 외투와 매우 훌륭하고 값진 온갖 장식을 단 짙은 초록색 연미복을 입은 신사에겐 당연히 무례하고 점잖지 못하며 이상한 것일 수밖에 없었다. 그러한 이유로 너구리털 외투의 신사는 당혹스러웠기 때문에, 머리가 혼란한 이 신사는 흥분을 가라앉히고 자기가 초래한 이 유쾌하지 못한 상황을 적당히 얼버무리려고 했다.

"용서하십시오, 저는 지금 제 정신이 아닙니다. 당신은 물론 저를 모르십니다……. 불안하게 해서 죄송합니다. 생각을 바꿨습니다."

그리고 그는 정중하게 모자를 들어 인사를 하곤 앞으로 달려갔다.

"죄송합니다, 이해해 주십시오."

작은 몸집의 사나이는 긴 외투를 입은 젊은이를 어리둥절한 상태로 남겨 두고 어둠 속으로 사라져 버렸다. '뭐, 저런 괴짜가 있지!' 긴 외투를 입은 젊은이는 생각했다. 놀란 다음 그렇듯이 젊은이는 잠시 어리둥절해 있다가 정신을 차리곤 자기의 일을 떠올리며 높게 솟은 한 고층건물의 입구를 뚫어지게 주시하며 왔다갔다 거닐기 시작했다. 안개가 깔리기 시작했다. 젊은이는 오히려 반가웠다. 안개 속에서 거리를 서성이는 것은 오가는 사람들의 눈에 잘 띄지 않을 것이고, 눈에 띈다고 해 봐야 온종일 희망 없이 손님을 기다리며 서 있는 마부의 눈에나 띄게 될 것이기 때문이었다.

"저, 실례합니다!"

길가는 사람은 다시 움찔 놀랐다. 너구리털 외투를 입은 조금 전의 바로 그 신사가 그의 앞에 서 있었다.

"죄송합니다. 다시 접니다……." 그는 말을 시작했다. "그런데 당신, 당신은 분명 점잖으신 분인 듯합니다. 제발 사회적인 편견을 가지고 저를 바라보지 마시길 바랍니다. 제가 자꾸 엉뚱한 소리를 하는군요. 하지만 저를 이해해 주십시오. 인간적으로…… 지금 당신 앞에는 간절한 부탁을 하려는 사람이 서 있습니다……."

"무슨 부탁인지 모르지만, 제가 할 수 있다면……."

"제가 돈을 빌리려 한다고 생각하실는지도 모르겠습니다." 이 수수께끼 같은 신사는 입을 삐쭉거리고, 창백한 얼굴로 히스테릭한 웃음을 지으며 말했다.

"무슨 그런 말씀을……."

"아닙니다. 제가 귀찮으시다는 것 잘 알고 있습니다. 죄송합니다. 제 자신을 주체할 수가 없군요. 지금 제가 제 정신이 아닌 상태, 그러니까 거의 미쳐 있는 상태로 생각하시고, 다른 오해는 말아 주십시오."

"대체 무슨 일입니까? 용건이 무엇입니까?" 젊은이는 용기를 돋우는 듯이, 그러나 조급하게 고개를 끄덕이며 말했다.

"아, 이제 여기까지 왔군요! 당신은, 이토록 젊은 사람이 제가 게으른 아이라도 되는 것처럼 용건을 재촉하시는군요! 제가 완전히 미친 겁니까……! 당신이 보기에 지금의 제 처지가 어떻습니까? 솔직히 말씀해 보십시오."

젊은이는 당황하여 입을 다물고 말았다.

"솔직히 묻겠습니다. 어떤 부인을 보신 적이 있으십니까? 이게 제 부탁의 전부입니다." 너구리털 외투를 입은 신사는 마침내 단호하게 말했다.

"부인이요?"

"그렇습니다. 어떤 부인이요."

"봤습니다만……, 지나간 부인들은 많았는데요……."

"바로 그렇죠." 수수께끼 같은 신사는 씁쓸한 미소를 지으며 대답했다. "제가 묻고 싶었던 건 그게 아니었는데 엉뚱한 질문을 했군요. 죄송합니다. 제가 묻고 싶은 말은 여우털 외투를 입고 검은색 베일을 늘어뜨린 어두운색 벨벳 모자를 쓴 부인을 보았냐는 겁니다."

"아니오, 그런 사람은 보지 못했는데…… 아니, 어쩌면 눈치채지 못한 건지도 모르겠습니다."

"아! 그러시다면 실례했습니다!"

젊은이는 무언가 묻고 싶었으나 너구리털 외투를 입은 신사는 참을성 있게 듣고 있던 젊은이를 다시 어리둥절한 상태로 남겨 두고 또다시 사라져 버린 것이다. '저런, 빌어먹을!' 긴 외투를 입은 젊은이는 생각했다. 마음이 상했다. 그는 언짢은 마음으로 수달피 외투 깃을 여미고, 끝없이 솟아 있는 건물의 입구 주변을 조심스럽게 거닐었다. 그는 화가 치밀었다.

'왜 나오지 않는 거야?' 그는 생각했다. '곧 8시가 될 텐데!'

시계탑은 8시를 알렸다.

"제기랄, 뭐야!"

"죄송합니다……!"

"죄송합니다. 제가 너무……. 당신이 갑자기 다가오는 바람에 너무 놀라서 그만 그런 말이 나왔습니다." 길 가던 사람은 얼굴을 찌푸리며 미안해했다.

"다시 접니다. 물론 당신이 저를 이상하고 불안한 사람으로 여길 수 있습니다."

"제발 부탁입니다. 쓸데없는 말은 빼고 어서 말씀해 주십시오. 저는 당신이 원하는 게 무엇인지 아직도 모르겠습니다."

"서두르시는군요. 군더더기는 빼고 모든 걸 솔직히 말씀드리겠습니다. 대체 어떻게 해야 할까요? 어떤 상황은 때때로 전혀 성격이 다른 사람들을 연결시키곤 합니다……. 그런데 초조해하는 것 같군요. 사실…… 무슨 말을 해야 할지 모르겠습니다. 저는 한 부인을 찾고 있습니다. 모든 이야기를 해야 겠습니다. 저는 그녀가 어디로 갔는지 알아야만 합니다. 내 생각엔 그녀가 누구인지, 그녀의 이름이 무엇인지 젊은이가 아실 필요는 없을 듯합니다."

"예, 그래서요, 계속하세요."

"계속하라고요! 저한테 그런 어조로 말하시다니! 아니, 죄송합니다. 어쩌면 제가 당신을 젊은이라고 불러서 당신을 모욕했을 수도 있겠군요. 하지만 저는 별다른 뜻 없이……. 간단히 말해서, 당신이 제게 큰 친절을 베풀어 주실 수 있으시다면, 한 부인, 즉 제가 아는 훌륭한 가문의 정숙한 부인인데…… 저는 부탁을 받았습니다. 아시다시피 저는 가족이 없습니다."

"그래서요?"

"제 처지에서 이해해 주십시오, 젊은이. 아, 또다시! 죄송합니다. 당신을 여전히 젊은이라고 부르고 있군요. 단 일 분도 아까운 때이니까요……. 그런데 이 건물에 누가 살고 있는지 말씀해 주실 수 있으세요?"

"그럼요…… 많은 사람들이 살지요."

"그렇군요. 옳으신 말씀입니다." 너구리털 외투를 입은 신사는 예의로 살짝 웃으며 대답했다. "엉뚱한 소리를 하고 있다는 것은 저도 느끼지만……, 하지만 당신의 말투는 좀 그렇군요. 당신도 아시다시 피, 엉뚱한 얘기를 하고 있다는 것을 제 스스로 솔직히 인정하고 있지 않습니까. 비록 당신이 거만한 사람이라고 해도, 제가 얼마나 자존심을 굽히고 있는지 보십시오……. 저는 한 부인, 즉, 품행이 고상하고, 다시 말하면, 도덕적으로 가벼운, 죄송합니다. 왜 이렇게 엉뚱한 말이 나오는지, 어떤 문학에 대한 이야기를 하는 것 같군요. 폴 드 콕의 작품은 경박하다고들 생각하잖아요. 이 모든 사건은 폴 드 콕 때문이에요……."

젊은이는 동정어린 눈으로 너구리털 외투를 입은 신사를 바라보았다. 그는 결정적으로 잘못 말했다는 것을 느꼈는지 입을 다문 채 의미 없는 미소를 지으며 젊은이를 쳐다보았다. 그리고 떨리는 손으로 아무런 이유 없이 젊은이의 외투 깃을 잡아당겼다.

"여기에 누가 살고 있는지 물으시는 거죠?" 젊은이는 조금 물러서며 물었다.

"그렇습니다, 많은 사람이 산다고 말씀하셨지요."

"여기엔…… 제가 알기로 소피아 오스따피예브나도 살고 있습니다." 젊은이는 동정하듯 속삭이며 말했다.

"그래요, 보세요! 당신은 뭔가를 알고 계시다는 거죠, 젊은이?"

"분명히 말씀드리지만 저는 아무것도 모릅니다……. 혼란스러워하는 당신의 모습으로 판단해 본 것뿐입니다."

"저는 그 부인이 이곳에 드나든다는 사실을 때마침 하녀에게서 알았습니다. 하지만 당신이 틀렸습니다. 다시 말하면, 소피아 오스따피예브나에게 오는 것이 아닙니다. 그 부인은 소피아 오스따피예브나와 모르는 사이입니다……."

"그렇습니까? 그렇다면 죄송합니다."

"이런 이야기엔 전혀 흥미 없으신가보군요, 젊은이." 괴상한 신사는 씁쓸하게 비꼬는 듯이 말했다.

"이것 보세요," 젊은이는 우물쭈물하며 말했다. "저는 당신이 왜 이러시는지 정말 모르겠습니다. 혹시 배신을 당하셨나요? 돌리지 말고 바로 말해 보세요."

젊은이는 확실하다는 듯이 웃었다.

"적어도 우리는 서로를 이해할 것 같군요." 그는 가벼운 절이라도 하고 싶다는 듯 관대한 몸짓을 해 보였다.

"당신은 정말 사람을 놀라게 하는군요! 솔직히 말씀드리자면, 바로 그렇습니다……. 하지만 모든 사람에게 일어날 수 있는 일이 아닌가요……! 아무튼 당신의 염려에 깊은 감동을 받았습니다. 인정하셔야 합니다. 젊은 사람들간에는 모든 게 가능하지요, 비록 저는 젊지는 않지만, 아시다시피, 혼자 사는 것이 습관이 돼서요, 독신자들간에는 잘 알려진 사실이지요……."

"그래요, 알려져 있어요, 잘 알려져 있지요! 그런데 제가 무엇을 도

와드려야 하는 거죠?'

"그래서 말입니다. 당신도 동의하시겠지만 소피아 오스따피예브나를 방문해서…… 그런데 그 부인이 어디로 갔는지 저도 아직 확실히 모르겠군요. 단지 그 부인이 이 건물 안에 있다는 것은 알고 있습니다. 당신이 이리저리 서성대는 것을 보면서 저도 저쪽에서 서성거렸습니다. 보시다시피, 그 부인을 기다리고 있습니다……. 그녀가 저기 건물 안에 있는 건 확실합니다. 그녀를 만나서 얼마나 불쾌하고 슬픈 일인지 설명하고 싶습니다…… 한마디로 말해서, 당신은 이해하시겠죠……."

"으……음! 그래요!"

"제 자신을 위한 일이 아닙니다. 달리 생각하지 마세요! 그녀는 유부녀입니다! 그녀의 남편은 지금 보즈네센스끼 다리 위에 서 있습니다. 그는 현장을 포착하고 싶어하지만 모든 남편이 그렇듯이……." 이 시점에서 너구리털 외투를 입은 신사는 웃고 싶었다. "아직도 믿기지 않는지 결정을 못 내리고 있습니다. 저는 그의 친구입니다. 동의하시겠지만 저는 어느 정도 존경을 받고 있는 사람입니다. 당신이 생각하고 있는 그런 사람이 아닙니다."

"그야 물론 그러시겠죠……!"

"그래서 저는 그녀를 포착하려는 겁니다. 제게 부탁했거든요. 불쌍한 남편 같으니! 그런데 이 젊은 부인은 약삭빠르게 머리가 잘 돌아가는 사람이지요. 베개 밑에 평생 폴 드 콕을 감춰 놓은 것 같아요. 확신하건대, 그녀는 어떻게든 눈에 띄지 않고 슬쩍 들어갈 것입니다. 솔직히 말하자면, 그녀가 이곳에 드나든다는 사실을 하녀가 말해 주었습니다. 그 얘기를 듣자마자 미친 사람처럼 이곳으로 달려온 거지요. 저는 그녀를 잡을 겁니다. 사실 저는 오래 전부터 의심하고 있었습니다. 마침 당신이 이곳을 서성거리길래, 당신에게 부탁드리고 싶은 겁니다……. 당신이 이곳을 서성이고 계시길래…… 당신, 당신은…… 나는 모릅니다……."

"그렇게 되었군요. 자, 이제 어떻게 했으면 좋겠습니까?"

"그래요……, 저는 당신을 모릅니다. 당신이 누군지 어떻게 이곳에 있는지 궁금해 할 수도 없습니다……. 아무튼 서로 인사나 나눕시다. 이것도 인연인데……."

몸을 떨고 있는 신사는 젊은이의 손을 꽉 잡고 흔들었다.

"이건 맨 처음에 했어야 했는데," 그가 덧붙였다. "정신이 없어서 예의를 잊었군요."

너구리털 외투의 신사는 가만히 자리에 서 있을 수 없었는지 불안한 표정으로 주변을 두리번거렸다. 그리고 마치 물에 빠진 사람처럼 발을 계속 구르며 젊은이를 붙잡았다.

"저기요," 그는 말을 이었다. "친구처럼 대하고 싶습니다……. 제 멋대로 생각해서 죄송합니다……. 당신에게 부탁드리고 싶은 것은 쪽문이 있는 골목에서 건너편 길을 'Π' 모양으로 거닐면서 지켜 보셨으면 하는 겁니다. 저도 제 쪽에서 서성이며 입구 주변을 살피다 보면 그녀를 놓치지 않을 겁니다. 저는 단지 그녀를 놓칠까봐 두렵습니다. 그녀를 놓치면 안 됩니다. 그녀를 보시게 되면 그녀를 멈춰 세운 다음에 제게 소리쳐 주십시오……. 제가 완전히 미쳤나 봅니다! 나의 제안이 얼마나 어리석고 무례한 것입니까!"

"아닙니다, 무슨 그런 말씀을요……!"

"저를 용서하지 마십시오, 저는 지금 제정신이 아닙니다. 한 번도 이런 적이 없었는데, 완전히 정신을 잃었나봅니다. 마치 법정의 심판대에 서 있는 것 같군요. 고백하건대, 점잖고 솔직하겠습니다. 저는 당신을 그녀의 정부情夫로까지 생각했었습니다."

"즉, 당신은, 간단히 말해서, 제가 여기서 무얼 하는지 알고 싶으시다는 건가요?"

"점잖은 젊은 선생, 전 당신이 '그 남자'일 거라고 생각하지 않습니다. 이런 생각으로 당신을 모욕하고 싶지 않습니다. 단지 솔직히 말씀해 주십시오. 그녀의 연인이 당신은 아니지요……?"

"그래요, 좋습니다. 저는 정부情夫입니다. 하지만 당신 아내의 정부情夫는 아닙니다. 만약 제가 그렇다면, 길에 서 있지 않고, 그녀와 함께 있을 테지요!"

"아내라고요? 누가 제 아내라고 하던가요, 젊은 선생? 난 독신이오.

다시 말하면, 내 자신이 정부요……."

"당신이 말하지 않았습니까, 남편이…… 보즈네센스끼 다리 위에 있다고……."

"물론, 물론 그렇죠. 제가 무슨 말을 하는지 모르겠군요. 하지만 다른 연결고리가 있어요! 젊은이도 아시겠지만, 경박한 사람들이 있습니다. 다시 말해서……."

"그래요, 그래! 좋습니다, 좋아요……!"

"다시 말하면, 저는 전혀 남편이 아니라는 거죠……."

"그럼요, 믿고말고요. 그런데 솔직히 말해서, 당신에 대한 신뢰를 잃었습니다. 제 자신을 진정시키기 위해서 당신과 솔직해지려는 겁니다. 당신은 저를 혼란스럽게 하고 저를 방해하고 계십니다. 약속합니다. 소리쳐 부를 테니, 제발 자리를 비켜주십시오. 저도 기다리고 있잖습니까."

"그럼요, 물론입니다. 물러갑니다. 열정에 찬 당신의 조급함을 존중합니다. 당신의 열정을 이해하다 뿐인가요, 젊은이. 오, 당신을 충분히 이해할 수 있습니다!"

"알았어요, 알았어요……."

"그럼, 안녕히……! 그런데 죄송합니다, 젊은이, 또다시 실례합니다……. 어떻게 말해야 할지 모르겠습니다……. 당신이 그녀의 정부가 아니라고 다시 한 번 말씀해 주십시오!"

"아, 하느님 맙소사!"

"이게 마지막입니다. 당신은 그 남편의 성姓, 다시 말해서 당신 상대인 부인의 남편 성姓을 아시나요?"

"물론, 알고 있습니다. 당신의 성과 다릅니다. 그만, 이것으로 끝입니다."

"그런데 당신이 어떻게 제 성을 알고 있지요?"

"이것 보세요, 이제 그만 가세요. 당신은 시간만 낭비하고 있습니다. 우리가 이러는 동안 그녀는 수천 번도 더 나갔겠습니다. 대체 왜 이러십니까? 당신의 그녀는 여우털 외투에 모자를 썼지만 제가 기다리는 부인은 격자무늬 망토에 하늘색 벨벳 모자를 쓰고 있습니다……. 무엇이 더 필요합니까? 더 원하시는 게 있습니까?"

"하늘색 벨벳 모자를요! 그녀에게도 격자무늬 망토와 하늘색 모자가 있는데요." 순간 길에서 되돌아오며 이 귀찮은 신사는 소리를 질렀다.

"아, 제기랄! 어떻게 이런 일이 있을 수 있는 거지……. 아니, 대체 나는! 그녀는 이곳에 오지 않아요!"

"그렇다면 그녀는 어디에 있습니까, 당신의 그녀는?"

"당신은 그게 알고 싶으신가요?"

"인정합니다, 저는 여전히 그것에 대해……."

"휴, 맙소사! 체면도 부끄러움도 없군요! 이 건물 3층 길 쪽으로 제

연인이 아는 사람들이 살고 있습니다. 왜요, 그 사람들의 이름도 일일이 열거할까요?"

"맙소사! 제가 아는 사람도 이 건물 3층에, 길 쪽으로 창이 난 집에 살고 있는데요. 그는 장군입니다……."

"장군이라구요?"

"그래요. 장군이요. 이름도 말씀드리죠. 뽈로비쩐 장군입니다."

"기가 막히는군요! 아니에요. 제가 아는 사람이 아닙니다! '에이, 젠장! 제기랄!'"

"아닙니까?"

"아닙니다."

두 사람은 입을 다문 채 의혹에 찬 눈초리로 서로를 바라보았다.

"당신은 왜 그렇게 쳐다보십니까?" 젊은이는 정신을 차리려는 듯 머리를 흔들어 대더니 언짢은 듯이 소리쳤다.

신사는 불안한 듯 이리저리 움직였다.

"저는, 저는, 고백합니다……."

"아니요, 이제부터는 좀 더 이성적으로 말을 하는 게 좋겠습니다. 우리 두 사람 모두에게 관련된 일이니까요. 말씀해 보십시오……. 당신의 누가 저 건물 안에 있는 겁니까?"

"다시 말하면, 아는 사람이지요?"

"그래요, 아는 사람입니다……."

"그것 보세요! 당신의 눈을 보면 알 수 있어요. 제 짐작이 맞지요!"

"젠장! 아니, 아니에요, 제기랄! 당신 장님이에요? 제가 그녀와 함께 있는 게 아니라 당신 앞에 서 있잖아요. 그렇잖아요! 아닌가요! 좋아요. 어차피 당신이 그런 말을 하든지 말든지 전 상관없으니까요."

젊은이는 격분하여 구두 뒤축으로 두 바퀴 돌더니 손을 내저었다.

"제 의도는 그런 게 아닌데, 점잖은 사람으로서 당신한테 모든 걸 털어 놓겠습니다. 우선 아내는 혼자서 이곳을 다녔습니다. 그녀는 장군과 친척이니까요. 저는 전혀 알지 못했습니다. 그런데 어제 각하를 만났는데 이미 3주 전에 이곳에서 다른 아파트로 이사했다고 하더군요. 아, 다시 말하면, 제 아내가 아니라, 남의 아내입니다. 보즈네센스끼 다리 위에 있는 그 친구의 아내죠. 그 부인은 이미 사흘째 되던 날 장군의 집, 즉 이 건물에 있는 아파트를 방문했다고 합니다……. 하녀가 말하는데 각하께서 이 아파트를 보비니찐이라는 젊은 사람에게 세를 놓았다고 하더군요……."

"에이, 젠장, 빌어먹을……!"

"젊은 선생, 끔찍하고 두렵소이다."

"에이, 제기랄! 당신이 끔찍하고 두려운 것이 나와 무슨 상관입니까? 앗! 저기, 저기 누군가 어른거리는데요. 저기……."

"어디? 어디요? 당신은 이반 안드레예비치라고 소리쳐 불러만 주세요. 바로 달려가겠습니다……."

"알았어요, 알았다니까요. 에이, 젠장, 빌어먹을! 이반 안드레예비치!"

"여기 있어요." 이반 안드레예비치는 소리쳤다. 그는 숨을 헐떡이며 되돌아왔다. "뭐예요? 뭡니까? 어디예요?"

"아닙니다. 저는 단지 그 부인의 이름이 어떻게 되는지 알고 싶었을 뿐입니다."

"글라프……."

"글라피라입니까?"

"아니요, 전혀 글라피라가 아니라…… 죄송합니다. 그녀의 이름을 말할 수는 없겠군요." 이 말을 하면서 존경할 만한 이 사람은 백지장처럼 하얗게 질렸다.

"그래요, 물론 글라피라가 아닙니다. 글라피라가 아니라는 것을 잘 압니다. 그녀는 글라피라가 아닙니다. 그런데 그녀는 누구와 함께 있는 걸까요?"

"어디에 있을까요?"

"저 건물 안에 있잖아요! 에이, 빌어먹을!" 젊은이는 격분하여 한자리에 서 있을 수가 없었다.

"그런데 당신은 왜 그녀의 이름을 글라피라로 알고 있는 겁니까?"

"어유, 제기랄! 다시 시작하자는 겁니까! 당신의 그녀는 글라피라가 아니라고 말했잖아요……!"

"젊은 양반, 당신의 말투가 좀 그렇군요!"

"에이, 젠장, 지금 말투에 대해서 말할 때예요! 그녀가 당신의 아내라도 된다는 겁니까?"

"아니에요. 저는 독신이라고 했잖아요……. 그런데 저라면 존경할 만한 사람에게, 모든 존경을 한몸에 받을 만한 가치가 있는 사람이라고까지 말할 수는 없지만, 적어도 교육받은 사람에게 불행을 바라지는 않을 겁니다. 당신은 계속해서 '제기랄! 젠장!' 이라고 말하는군요."

"그게 뭐요, 제기랄! 그래서요?"

"당신은 분노에 눈이 멀었습니다. 저는 아무 말도 하지 않겠습니다. 맙소사, 저기 누구죠?"

"어디요?"

소음과 함께 깔깔 웃는 소리가 들려 왔다. 두 명의 귀여운 소녀가 현관에서 내려왔다. 두 남자는 그들에게로 달려갔다.

"어머! 당신들 뭐예요?"

"어디로 끼어드는 거예요?"

"아니잖아요!"

"왜요, 찾는 사람이 아닌가보죠! 마부, 여기요!"

"어디로 모실까요, 숙녀분들?"

"뽀끄로프로 가 주세요. 이리 타, 안누슈까, 바래다 줄게."

"그래, 난 저쪽으로 탈게. 출발합시다. 빨리 가 주세요······."

마부는 출발했다.

"저들은 어디서 나온 거죠?"

"맙소사! 한번 가 보지 않을 겁니까?"

"어디로 말입니까?"

"물론 보비니쩐의 집 말입니다."

"안 돼요, 그건 안 됩니다."

"왜죠?"

"물론 가 보고는 싶지만, 그러면 그녀는 딴소리를 할 겁니다. 고개를 돌리겠죠······. 저는 그녀를 잘 알고 있습니다. 그녀는 내가 다른 사람과 있는 것을 포착하기 위해 일부로 왔다고 할 겁니다. 잘못을 내게 덮어 씌우겠죠!"

"그녀가 그곳에 있는지 알아 봐야죠! 그런데 당신은 왜 장군 집으로 가지 않는 겁니까?"

"그는 이사 가지 않았습니까?"

"상관없지요, 이해하시겠어요? 그녀도 그냥 가지 않았습니까? 당신도 그러면 되잖아요. 마치 장군이 이사 간지 몰랐다는 듯이, 부인을 데리러 온 것처럼 하면 돼죠."

"그런 다음에는요?"

"뭐, 그런 다음에는 보비니쩐 집에 누가 있는지 알게 되는 거죠. 어유, 젠장, 아무런 생각이 없으시군요……."

"그런데 내가 덮치는 거랑 당신이랑 무슨 상관입니까? 그렇잖아요……!"

"뭐가, 뭐가요, 나으리? 또다시 시작하자는 건가요? 어유, 맙소사! 창피한 줄 아세요. 당신은 정말 우습고 어리석은 사람이군요!"

"당신은 도대체 왜 관심 있어 하는 겁니까? 알고 싶은 게 있는 거겠죠……."

"무얼 알고 싶어 한다고요? 무엇을 말입니까? 젠장, 지금은 이럴 겨를이 없다고요! 난 혼자 가겠어요. 저리 비키세요. 감시를 하든, 돌아다니든 마음대로 하시죠!"

"젊은 양반, 당신은 지금 이성을 잃고 있습니다!" 너구리털 외투를 입은 신사가 절망적으로 소리쳤다.

"뭐라고요, 뭐라고 하시는 겁니까? 제가 이성을 잃고 있다고요?" 젊은이는 너구리털 외투를 입은 신사에게 미친 듯이 다가서며 이를 악물고 말했다. "뭐라고요? 대체 누구 앞에서 이성을 잃었다고 하는 거요!" 젊은이는 주먹을 불끈 쥐고 소리질렀다.

"하지만 젊은 양반, 미안하지만……."

"나 참, 당신이 뭔데, 누구 앞에서 이성을 잃었느니 마느니 하는 거냐고요! 당신은 성이 뭐요?"

"이해할 수 없군요. 젊은이가 성은 알아서 뭐하게요? 알려줄 수가 없습니다. 당신과 함께 가는 게 좋겠어요. 함께 갑시다. 전 여기에 남아 있지 않겠습니다. 모든 걸 감당할 준비가 되어 있으니까요. 그런데 저는 좀 더 예의바른 표현을 들을 자격이 있다는 말씀을 드리고 싶군요. 절대 어디서도 정신을 놓아서는 안 됩니다. 혹시 마음 상하는 일이 있더라도, 무엇 때문인지 짐작은 가지만, 적어도 이성을 잃어서는 안 됩니다. 당신은 아직 매우, 한참 젊으니까요……!"

"당신이 늙은 게 나와 무슨 상관입니까? 새로운 이야기도 아니군요! 저리 비키세요! 왜 여기서 왔다갔다 수선을 피우는 겁니까……?"

"내가 왜 늙은이요? 어디를 봐서 내가 늙은이요? 물론 사회적 지위로 보면야 그렇지만, 그리고 내가 무슨 수선을 피운다는 거요……."

"그렇게 보이는군요. 이제는 좀 비켜주세요……."

"아니에요. 당신과 함께 갈 거예요. 당신도 말리지 못할 겁니다. 나도 이 일과 관련이 있으니 당신과 함께 갈 겁니다……."

"알았어요. 제발 조용, 조용히 입 좀 다물어요!"

두 사람은 현관으로 들어가서 계단을 따라 3층으로 올라갔다. 주변이 어두웠다.

"잠깐만요! 성냥 가지고 있으세요?"

"성냥이요? 무슨 성냥 말입니까?"

"담배 피우시죠?"

"아, 예! 있어요, 있어! 자, 여기요! 잠깐만요……." 너구리털 외투의 신사가 수선을 피웠다.

"어유, 멍청하긴……, 젠장! 이게 문 같은데……."

"이게… 이게… 이게… 이게… 이게……."

"이게… 이게… 이게…… 소리치지 말아요! 조용히 좀 해요……!"

"젊은 양반, 난 지금 힘들게……, 당신은 정말 무례한 사람이군요……!"

성냥불이 켜졌다.

"여기 있네요, 여기 이름이 써 있군요. 보비니쩐이 맞네요. 보입니까, 보비니쩐……?"

"보여요, 보입니다!"

"조……용! 뭐야, 꺼졌나요?"

"꺼졌군요."

"문을 두드려야 할까요?"

"그럼요, 그래야죠!" 너구리털 외투의 신사는 거들며 말했다.

"문을 두드리세요!"

"아니, 왜 내가 합니까? 당신이 하세요……."

"이런 겁쟁이 같으니!"

"당신이야말로 겁쟁이가 아닌가요!"

"당장 저리 비켜요!"

"당신에게 비밀을 털어 놓은 게 후회되려고 합니다. 당신은……."

"나요? 내가 뭐요?"

"당신은 내가 정신없어 하는 틈을 악용하고 있어요! 내가 얼마나 혼란한 상태인지 알고……."

"정말 웃기는 말이군요. 됐어요. 그만 둡시다!"

"당신은 여기에 왜 있는 거죠?"

"그러면 당신은 여기에 왜 있죠?"

"훌륭한 품행이로군요!" 너구리털 외투의 신사는 격분한 목소리로 말했다.

"이젠 품행까지 들먹입니까? 당신은 어떤데요?"

"보세요, 품행이 나쁘지 않습니까?"

"뭐라구요?"

"그래요, 당신 눈에는 아내에게 모욕당한 모든 남편이 멍청이로 보이겠죠!"

"그럼 당신이 남편이라는 건가요? 남편은 보즈네센스끼 다리 위에 있는 게 아니었습니까? 당신 뭐하는 겁니까? 왜 귀찮게 구는 거요?"

"내가 보기엔 당신이 바로 정부인 것 같군요!"

"이보세요, 만약 계속 이러신다면 당신이 그 멍청이라고 인정할 수밖에 없겠군요!"

"다시 말하면, 당신은 내가 남편이라고 말하고 싶은 거겠죠!" 너구리털 외투의 신사는 마치 뜨거운 물이라도 뒤집어 쓴 사람처럼 뒤로 물러서며 말했다.

"쉿! 조용히 해봐요! 들리세요……?"

"그녀예요."

"아니에요!"

"에이, 너무 어둡잖아!"

주위엔 적막이 흘렀다. 보비니쩐의 아파트에서 소음이 들려 왔다.

"우리가 왜 다투는 겁니까, 젊은 양반?" 너구리털 외투의 신사가 속삭였다.

"그래요, 당신이, 젠장, 화를 냈잖아요!"

"아니, 당신이 화나게 했잖습니까?"

"조용히 해요!"

"당신은 매우 젊다는 것을 당신도 인정하실 겁니다……."

"제발 입 좀 다물어요!"

"물론, 이런 상황에서 남편은 멍청이죠. 당신의 생각이 맞습니다."

"제발 그 입 좀 다물지 못하겠어요! 오, 하느님……!"

"아니, 불행한 남편의 분노에 찬 추적이 무슨 소용입니까?"

"그녀예요!"

하지만 그 순간 소음이 사라져 버렸다.

"그녀예요?"

"그녀, 바로 그녀예요, 그녀가 맞아요! 그런데 왜 당신이 흥분해서

난리입니까? 당신 문제가 아니잖아요!'

"젊은 양반, 젊은 양반!" 너구리털 외투의 신사가 창백한 얼굴로 울먹이며 중얼거렸다. "지금 저는, 물론 혼란스럽습니다⋯⋯. 당신은 내 굴욕적인 모습을 충분히 보셨습니다. 물론 지금은 밤이고, 내일이 오면⋯⋯ 우리는 분명 만나지 않겠지요. 당신을 만나는 것이 두려운 것은 아닙니다. 아니, 제 일이 아니라 보즈네센스끼 다리 위에 있는 친구 말입니다. 정말 그의 일이죠! 그녀는 그의 아내이니, 남의 아내란 말이지요! 불쌍한 친구 같으니! 저는 그들과 가까운 사이입니다. 당신에게 모든 것을 말하고 싶군요. 아시다시피, 저는 그와 친구입니다. 그렇지 않다면 그 친구 때문에 마음조이며 다니지는 않았을 겁니다. 왜 결혼을 했냐고 그 친구에게 여러 번 물었습니다. 사회적 지위도, 재산도 있을 만큼 있고, 존경까지 받는 사람인데 말입니다. 대체 뭐가 아쉬워서 그 모든 것을 변덕스러운 교태와 바꾸려고 하는지 모를 일이라는 겁니다. 하지만 그는 가정의 행복을 들먹이며 결혼하겠다고 하더군요. 자, 보십시오. 여기 바로 그 가정의 행복이 있습니다. 처음엔 자기 스스로 남편들을 속이더니, 이제는 고배를 마시는군요⋯⋯. 용서하십시오, 하지만 이 같은 설명이 꼭 필요했습니다⋯⋯! 그는 불쌍한 사람입니다. 고배를 마시고 있잖아요. 지금 보세요, 그렇잖아요⋯⋯!" 이 시점에서 너구리털 외투의 사나이는 장난이 아닌, 마치 통곡하는 것처럼 흐느껴 울었다.

"제기랄! 바보 천치로군! 당신은 뭐하는 사람입니까?" 젊은이는 격분하여 이를 부드득 갈았다.

"저는 당신을 점잖고 솔직하게 대했습니다만…… 당신은 여전히 그런 말투군요!"

"아니, 죄송합니다……, 당신의 성이 무엇입니까?"

"안 됩니다, 알아서 뭐하시려고요?"

"에이!"

"성을 말해 줄 수가 없습니다……."

"샤브린을 아세요?" 젊은이는 재빨리 물었다.

"샤브린이요!"

"그래요, 샤브린 말입니다(여기서 긴 외투를 입은 젊은 신사는 너구리털 외투를 입은 신사의 약을 올렸다). 이젠 무슨 일인지 이해하셨어요?"

"모릅니다, 어떤 샤브린을 말하는 겁니까?" 너구리털 외투의 신사는 어리둥절해하며 대답했다. "절대 샤브린이 아닙니다. 그는 존경받을 만한 사람입니다! 질투의 괴로움으로 인한 당신의 불손을 용서하지요."

"그는 사기꾼입니다. 뇌물을 먹고 나랏돈을 빼돌린 협잡꾼이라고요. 그는 곧 고소당할 겁니다."

"죄송합니다만," 너구리털 외투의 신사는 하얗게 질려서 대답했다. "당신은 그를 모르잖아요, 제가 알기론, 당신은 그와 전혀 모르는 사이인데요."

"그래요, 그와 안면은 없습니다. 그와 매우 가까운 사람에게 들어서 알고 있습니다."

"젊은 양반, 그 가까운 사람이 대체 누굽니까? 보시다시피, 저는 지금 매우 혼란스럽습니다……."

"멍청이! 질투나 하는 인간! 제 아내도 지키지 못하는 인간! 그가 어떤 인간인지 알고 싶으시겠죠!"

"미안합니다만 젊은 양반, 당신은 끔찍한 오해를 하고 있는 것 같군요……."

"앗!"

"앗!"

보비니찐의 아파트에서 소리가 들려 왔다. 문이 열렸다. 목소리도 들려 왔다.

"아, 그녀가 아니에요, 확실해요! 저는 그녀의 목소리를 알아요. 그녀가 아니라는 것이 이제 밝혀졌군요." 너구리털 외투의 신사는 백지장처럼 창백해지며 말했다.

"입 좀 다물어요!"

젊은이는 벽에 기댔다.

"젊은이, 먼저 가야겠습니다. 그녀가 아니라서 기쁩니다."

"그러세요, 가세요, 어서 가세요!"

"당신은 왜 서 있는 겁니까?"

"그런 당신은요?"

문이 열렸다. 너구리털 외투의 신사는 계단을 쏜살같이 내려갔다. 더 이상 그 자리에 버티고 서 있을 수 없었기 때문이었다.

한 여자와 한 남자가 젊은이의 곁을 지나치자, 그의 심장은 멎는 듯했다……. 귀에 익숙한 여자의 목소리가 들린 다음, 모르는 남자의 쉰 목소리도 들려 왔다.

"괜찮아요. 썰매를 준비하라고 할게요." 쉰 목소리가 말했다.

"아! 좋아요, 그렇게 하세요……."

"썰매가 저기에 있네요. 잠깐만요."

부인은 혼자 남았다.

"글라피라! 당신의 맹세는 어디에 있는 거요?" 긴 외투의 젊은이는 부인의 손을 잡으며 소리쳤다.

"어머, 누구세요? 당신인가요, 뜨보로고프? 맙소사! 뭐하는 거예요?"

"누구와 있었던 거요?"

"남편과 있었죠. 가세요, 가 주세요."

"글라피라! 당신의 맹세는 어디에 있는 거요?" 긴 외투의 젊은이는 부인의 손을 잡으며 외쳤다.

백야 133

"어머, 이게 누구예요! 당신, 뜨보로고프 아닌가요? 하느님 맙소사! 당신 여기서 뭐하는 거예요?"

"당신 방금 누구와 함께 있었던 거요?"

"제 남편하고요. 어서 가 주세요. 남편이 곧 뽈로비찐의 집에서 나올 거예요. 제발, 물러가 주세요."

"뽈로비찐은 3주 전에 이사했잖소. 이미 다 알고 있어요!"

"어머나!" 부인이 현관으로 달려가자 젊은이는 그녀를 따라잡았다.

"누가 당신에게 말했나요?" 부인이 물었다.

"당신 남편, 이반 안드레예비치가 말해 주었소. 그는 여기 있소. 바로 당신 앞에 말이요, 부인……."

이반 안드레예비치는 정말 현관에 서 있었다.

"아니, 당신이 맞소?" 너구리털 외투의 신사가 소리쳤다.

"아! 당신이군요?" 글라피라 뻬뜨로브나는 반가운 기색으로 그에게 달려가며 소리 질렀다. "맙소사! 제게 무슨 일이 있었는지 아세요? 제가 오늘 뽈로비찐 댁에 갔었는데, 상상이 가세요……, 그 댁은 지금 이즈마일로프스끼 다리 근처에 있잖아요. 기억하시죠? 당신에게 말했잖아요. 거기에서 썰매를 타고 왔는데 말이 날뛰는 바람에 썰매가 부서진 거예요. 저도 백 보 가량 떨어진 곳에 넘어져서 정신을 잃었는데 사람들이 마부를 불렀어요. 다행히 므슈 뜨보로고프

께서……."

"어떻게 됐단 말이오?"

뜨보로고프 선생은 자기 자신이라기보다는 오히려 굳어진 돌덩이 같았다.

"므슈 뜨보로고프는 나를 발견하고 데려다 주겠다고 하셨어요. 그런데 당신이 여기 있으니 당신에게 진심으로 감사하다는 말을 해야겠군요. 이반 일리치……."

부인은 굳어져 있는 이반 일리치에게 손을 내밀었는데, 손을 잡는다기보다는 차라기 꼬집는 거나 마찬가지였다.

"므슈 뜨보로고프! 스꼬르루뽀프 댁의 무도회에서 만났었죠? 당신에게 말했던 것 같은데. 기억 못하세요? 꼬꼬 말이에요?"

"아, 그래요! 물론 기억하고말고요!" 꼬꼬라고 불리는 너구리털 외투의 신사는 이렇게 말했다. "반갑습니다. 대단히 반갑습니다."

그리고 그는 뜨보로고프의 손을 뜨겁게 잡았다.

"이게 누굽니까? 뭐하는 거예요? 제가 기다리는데……." 쉰 목소리가 들려 왔다.

그들 앞에 키가 훤칠한 신사가 나타났다. 그는 손잡이 안경을 꺼내 들더니 너구리털 외투의 신사를 찬찬히 들여다보았다.

"어머, 므슈 보비니친!" 부인은 재잘거리며 수선을 떨기 시작했다. "어디서 오시는 거예요? 이렇게 만나네요! 글쎄요, 제가 말에서 떨어

백야 135

졌거든요……. 그런데 여기에 남편이 나타난 거예요! 장! 이분은 까르뽀프 댁의 무도회에서 만난 므슈 보비니친……."

"아, 대단히, 대단히 반갑습니다……! 이제 마차를 불러야 될 것 같군요."

"부르세요, 장! 너무 놀라서 온몸이 다 떨리네요. 어쩐지 기분도 안 좋고요……. 오늘 가장무도회에서 봐요." 그녀는 뜨보로고프에게 속삭였다. "안녕히, 안녕히 계세요, 보비니쩐 씨! 내일 까르뽀프 댁의 무도회에서 뵙지요……."

"죄송합니다. 내일은 가지 않을 겁니다. 다른 일이 생길지도 모르고……." 보비니쩐은 무언가 중얼거리며 장화를 끌고 걸어가더니 썰매를 타고 떠났다.

마차가 도착하자 부인이 먼저 마차에 올라탔다. 너구리털 외투의 신사는 멈춰 서서 움직일 힘조차 없는 모습으로 긴 외투의 젊은이를 무의미한 표정으로 바라보았다. 긴 외투의 신사는 상당히 허탈한 웃음을 지어 보일 뿐이었다.

"잘 모르겠습니다……."

"실례했습니다. 만나서 반가웠습니다." 젊은이는 약간 두렵지만 호기심 어린 눈초리로 인사를 했다.

"매우, 매우 반가웠습니다."

"덧신이 벗겨진 것 같은데요……."

"그래요? 그렇군요! 고맙습니다. 고무로 된 것을 구입하려고 합니다……."

"고무로 된 것은 어쩐지 땀이 차서요." 확실히 젊은이는 무한한 동정을 갖고 있었다.

"장! 더 기다려야 해요?"

"그렇죠, 땀이 나죠. 갑니다. 지금 가요, 내 사랑! 이야기가 재미있네요. 당신이 말한 것처럼 정말 발에서 땀이 나는군요……. 실례했습니다. 저는……."

"괜찮습니다."

"당신을 만나서 정말, 대단히, 대단히 반가웠습니다……."

너구리털 외투의 신사는 마차에 올랐다. 마차가 출발하기 시작했다. 젊은이는 놀라움에 가득한 표정으로 그 자리에 서서 마차를 바라보고 있었다.

II

그 다음날 저녁, 이탈리아 오페라 극장에서 어떤 공연이 있었다. 이반 안드레예비치는 마치 폭탄처럼 위협적인 모습으로 공연장에 불쑥 들어왔다. 음악에 대한 그의 그 같은 열정과 광적인 모습을 아무도 본 적이 없었다. 적어도 이반 안드레예비치가 이탈리아 오페라 극장에 오면 한두 시간 정도 눈을 붙이는 것을 상당히 좋아한다는 것은 모든 사람들이 알고 있는 사실이었다. 더욱이 그는 그렇게 잠깐 눈을 붙이는 것이 기분 좋고 달콤하다고까지 말하곤 했다. '하얀 고양이가 야옹거리는 것처럼 프리마돈나가 내게 자장가를 불러준다니까요…….' 라고 친구들에게 말하곤 했다. 그런데 그가 이런 이야기를 하고 다닌 것은 지난 시즌부터였다. 근래 이반 안드레예비치는 집에서 밤마다 잠을 잘 이루지 못하고 있다. 하지만 그는 큰 소음을 내며 폭탄처럼 초만원을 이룬 공연장으로 밀고 들어온 것이다. 좌석 안내원조차 의아한 눈빛으로 그를 바라보며 혹시 숨겨 놓은 칼자루라도 찾게 되지나 않을까하는 기대 속에서 그의 옆 주머니를 곁눈질했다. 당시 관람객은 두 편으로 나뉘어 각각 자기의 프리마돈나를 지지했다는 사실을 말해 둘 필요가 있다. 한쪽은 ***지스트라 했고, 다른 한편은 ***니스트라 불렀는데, 이 양쪽 모두는 얼마나 열광적으로 음악을 사랑했는지 좌석 안내원조차 두 프리마돈나에게 있는 아름답고 고상한 모든 것에 대한 사랑이 지나치게 단호하게 표출되지나 않을까 염려할 정도였다. 그러한 이유로 백발의 노인, 아니 완전한 백발이 아닌 50세 가량 되어 보이는 위풍당당한 대머리 노인의 청년 같은 충동적인 행동을 보자 좌석 안내원은 자기도 모르게 덴마크 왕자 햄릿의 장중한 구절을 떠올렸다.

심지어 늙은이도 이토록 타락할진대,
젊은이야 물어 무엇하리……?

그래서 앞서 말했던 것처럼, 칼자루를 보게 되지나 않을까 하는 기대를 하며 연미복의 옆 주머니를 곁눈질했다. 그러나 거기엔 종이 외엔 아무것도 없었다.

극장 안으로 서둘러 들어온 이반 안드레예비치는 2층 특별석을 순식간에 훑어보았다. 그런데 이게 웬일인가! 심장이 멎는 듯했다. 그녀가 있는 게 아닌가! 그녀는 특별석에 앉아 있었다. 그곳엔 뽈로비쩐 부처와 그의 처제, 그리고 매우 민첩한 젊은 청년인 장군의 부관도 있었다. 또 민간인 복장을 한 사나이도 있었는데……, 이반 안드레예비치는 온 신경을 집중하여 쏘아 보았다. 오, 이건 또 웬일인가! 민간인 복장을 한 사나이는 비겁하게도 부관 뒤 어둠 속에 숨어 보이지 않았다.

그녀가 여기에 있다. 그런데 그녀는 절대 오지 않을 거라고 말하지 않았던가! 얼마 전부터 글라피라 뻬뜨로브나의 행동에서 항상 느껴졌던 이러한 이중성은 이반 안드레예비치에게 큰 충격을 주었다. 바로 이 민간인 복장의 사나이는 마침내 그를 절망에 빠뜨리고 말았다. 그는 충격으로 의자에 털썩 주저앉았다. 왜 저러는 걸까? 그 사건은 매우 단순한 것이다……

이반 안드레예비치의 자리는 바로 무대에 가까운 특등석 옆에 있었고, 더욱이 2층 좌석은 운이 없게도 그가 앉은 자리 바로 위에 있었기 때문에 대단히 불쾌하게도 그는 자신의 머리 위에서 무슨 일이 일어나고 있는지 도무지 알 수가 없었다. 그래서 그는 물을 끓인 뜨거운 주전자처럼 화가 치밀어 오르고 있었다. 첫 번째 막은 정신없이 지나가 버렸다. 그는 한 음도 들을 수가 없었다. 사람들은 음악이 좋다고 말한다. 모든 감정에 맞게 음악적인 감동을 선사하기 때문이다. 즐거운 사람은 음악에서 기쁨을 찾고, 괴로운 사람은 그 속에서 슬픔을 느낀다. 이반 안드레예비치의 귀에는 폭풍이 몰아치는 소리만 들릴 뿐이었다. 마침내 분노가 치밀어 사방에서 들려 오는 목소리에 심장이 터져버릴 것만 같았다. 이윽고 막이 끝났다. 막이 내려진 그 순간 어떤 펜으로도 묘사할 수 없는 일이 우리의 주인공에게 일어났다.

때때로 윗좌석으로부터 팸플릿이 떨어지는 경우가 있다. 연극이 재미없어서 관객이 하품을 할 때, 이러한 일은 대단한 사건이다. 특히 관객들은 맨 위층으로부터 떨어지는 가볍디가벼운 종이들의 행렬을 동정어린 눈으로 지켜 보다가 지그재그로 떨어지는 종이들의 행렬이 생각지도 못하고 앉아 있는 어느 누군가의 머리 위에 내려앉는 것을 재미있어한다. 실제로 그 머리 임자가 당황하는 모습을 지켜 보는 것은 흥미로운 일이다(왜냐하면 실제로 당황하기 때문이다). 필자 또한 좌석 난간에 놓여 있는 부인들의 오페라 안경을 두려워하곤 한다. 아무런 준비도 없이 앉아 있는 누군가의 머리 위로 안경이 곧장 떨어질 것만 같기 때문이다. 그런데 그런 비극적인 주석은 어울리지 않는 것 같다. 그러한 이야기는 사기나 비양심적인 행위 또는 바퀴벌레를, 가령 여러분의 집에 바퀴벌레가 있다면, 러시아뿐만 아니라, 프루시아 바퀴벌레 같은 것까지도 끔찍한 원수로 삼고 있는 고명한 쁘린치프 씨를 추천하면서, 예방하는 데 힘쓰는 신문의 문예란에 보내는 게 낫다는 것이다.

그런데 이반 안드레예비치에게 아직 어디에도 실린 적이 없는 그런 사건이 터진 것이다. 그의 머리 위로, 이미 말했던 것처럼, 상당히 벗겨진 머리로 팸플릿이 아닌 어떤 것이 떨어졌다. 필자는 그의 머리 위로 떨어졌다는 것을 말하는 것이 양심에 걸린다. 왜냐하면 질투심에 불타는 이반 안드레예비치의 듬성듬성 벗겨진 머리 위로 그런 비도덕적인 물건, 예를 들면 향수로 범벅된 연애편지가 떨어졌다는 사실을 말하는 것이 정말로 왠지 부끄럽기 때문이다. 적어도 예상하지 못한 끔찍한 사건에 대해 전혀 준비가 되어 있지 않던 불쌍한 이반 안드레예비치는 마치 머리에서 쥐새끼나, 다른 어떤 짐승을 잡은 것처럼 몸을 부르르 떨었다.

그것은 의심의 여지없는 연애편지였다. 소설에 씌어 있는 것처럼, 향수에 젖은 종이에 적은 다음 비겁하게도 부인용 장갑 속에 숨길 수 있도록 작게 말려 있었다. 편지는 아마도 누구에게 전해 주려는 순간 떨어진 게 분명했다. 팸플릿을 빌려달라고 청하면, 이미 재빨리 편지를 끼워 넣은 팸플릿이 상대에게 전해지려는 순간, 아마도 부관이 우연히 건드리게 된 것이다. 자기의 실수를 극도로 정중히 사과하는 부관의 떨리는 손에서 미끄러지듯 빠져 나가자, 민간인 복장의 사나이는 서둘러 손을 내밀지만 편지 대신 팸플릿을 움켜쥔다. 그리고 그는 그것을 손에 들고 어쩔 줄 몰라 당황해하는 것이다. 이 얼마나 불쾌하고 이상한 사건인가! 그야 분명 그렇지만, 이반 안드레예비치에게는 더더욱 불쾌한 노릇이었다.

"운명이 아닌가!" 그는 손에 편지를 움켜쥐고 식은땀을 흘리며 속삭였다. '운명이야! 총알은 스스로 죄인을 찾아낸 다더니!' 그의 뇌리를 스쳤다. '아니야, 그게 아니지! 내가 뭘 잘못했단 말인가? 그래, 이 경우엔 다른 속담이 있지. 엎친 데 덮친 격이라고 하든가……'

그러나 이와 같은 뜻밖의 사건으로 멍해진 그의 머리에서 특별한 생각이 떠오르겠는가! 이반 안드레예비치는 문자 그대로 살아 있는 것도, 죽은 것도 아닌 상태로 돌처럼 굳어졌다. 마침 그 순간 극장 안은 가수에게 앙코르를 청하는 소리로 혼란스러웠지만, 그는 주변의 사람들이 이 사건을 눈치챘을 거라고 확신하고 있었다. 그는 고개를 숙인 채 얼굴을 붉히며 마치 사람들이 많이 모인 훌륭한 사교 모임에서 어떤 소동이라도 일어난 것처럼, 예상도 못한 어떤 불쾌한 일이라도 당한 것처럼 어쩔 줄 몰라 앉아 있었다. 마침내 그는 고개를 들기로 마음먹었다.

"정말 잘 부르는군요!" 그는 자기 왼쪽에 앉아 있는 한 멋쟁이에게 말했다.

흥분의 절정에 이르자 손뼉을 치는 것은 물론, 발까지도 유난히 동동 구르고 있던 이 말쑥하게 몸치장을 한 멋쟁이는 이반 안드레예비치를 흘끗 쳐다보곤, 바로 두 손을 입에다 대고 더욱 잘 들리도록 가수의 이름을 소리쳐 불렀다. 지금까지 이렇게 큰 소리를 한 번도 들어본 적이 없는 이반 안드레예비치는 미칠 듯이 기뻤다. '아무것도 눈치채지 못한 거야!' 그는 이렇게 생각하며 뒤를 돌아보았다. 그런데 그의 뒤에 앉은 뚱뚱한 한 신사가 뒤를 돌아보며 오페라글라스로 둘러보고 있었다. '이 사람도 괜찮겠군!' 이반 안드레예비치는 생각했다. 그렇다면 앞에 앉아 있는 사람들도 당연히 아무것도 보지 못했다. 그는 자기 옆에 위치하고 있는 특별석을 조심스럽게 즐거운 기대감을 갖고 곁눈질했는데, 그 순간 심한 불쾌감으로 온몸에 전율을 느꼈다. 그곳에는 한 아름다운 부인이 손수건으로 입을 가리고 의자에 등을 기대고 앉은 채 미친 사람처럼 웃고 있었다.

"아, 저 여자들이 왜 저러지!" 이반 안드레예비치는 중얼거리며 다른 관객의 발을 밟으며 입구로 향했다.

여기서 독자들에게 필자와 이반 안드레예비치 중 누가 옳은지 독자 스스로 판단해 볼 것을 제안하는 바이다. 이 순간 과연 그가 옳았던 것일까? 아시다시피, 큰 극장은 4층까지가 특별석이고 5층이 일반석으로 되어 있다. 그렇다면 왜 그 편지가 바로 그 층에서 떨어졌다고만 가정하는 것일까? 예를 들어, 5층일 수도 있지 않은가? 그 곳에도 부인네들이 앉아 있으니 말이다. 그러나 열정이란 독점적인 것이며, 질투란 이 세상에서 가장 독점적인 것이다.

이반 안드레예비치는 로비로 뛰어나와, 봉인을 뜯고 불빛 아래서 읽기 시작했다.

'오늘 공연이 끝난 뒤, G거리, ＊＊＊골목 모퉁이에 있는 건물 3층, 계단 오른쪽 집이에요. 문은 1층 입구 쪽에 있습니다. 제발 실수 없이 와 주세요.'

이반 안드레예비치는 누구의 필적인지 알아볼 수는 없었지만 밀회 장소를 적어 놓은 것임은 의심의 여지없었다. '현장에서 붙잡아 초장에 막아야 해.' 이반 안드레예비치의 머리에 이런 생각이 제일 먼저 떠올랐다. 당장 이 자리에서 폭로해 버릴까 하는 생각도 들었다. 그렇게 하려면 어떻게 하는 게 좋을까? 이반 안드레예비치는 2층까지 뛰어 올라갔으나 이성을 찾고 되돌아왔다. 결정적으로 그는 어디로 가야할지 몰랐다. 하는 수 없이 그는 반대편으로 달려와서 다른 관람객이 있는 열려 있는 특별석 문을 통해 맞은편을 살펴 보았다. 그렇다! 5층까지 수직선상의 모든 좌석에는 젊은 부인들과 젊은 사람들이 앉아 있었다. 편지는 5층이나 되는 좌석 가운데 어디서 떨어졌는지도 모르는 상황이었다. 이반 안드레예비치는 모든 층에 앉아 있는 사람들을 그에 대한 어떤 음모라도 꾸미는 것처럼 의심하고 있었다. 그러나 그의 눈앞에 보이는 어떤 것도 그의 생각을 바로잡지는 못했다. 그는 2막 내내 이리저리 복도를 뛰어다녔지만 그 어디에서도 마음을 진정시키지는 못했다. 4개 층에 있는 모든 좌석의 명단을 알아보기 위해 매표창구로 달려갔으나 창구의 문도 닫힌 상태였다. 마침내 열광적인 환호와 박수갈채가 울려 퍼지며 공연의 막이 내려졌다. 그리고 앙코르가 시작되면서 두 파의 리더인 두 목소리가 맨 위에서부터 울려 퍼졌다. 하지만 이반 안드레예비치에겐 그것에 신경 쓸 겨를이 없었다. 이미 그의 머릿속엔 앞으로 해야 할 행동만이 떠오를 뿐이었다. 그는 긴 외투를 입고 G거리로 달리기 시작했다. 거기서 현장을 덮쳐 그들의 정체를 폭로하고, 대체적으로 어제보다는 좀 더 강력하게 행동하리라 마음먹었다. 그는 금방 집을 찾아 입구로 들어섰다. 그때 외투를 입은 말쑥한 멋쟁이 차림의 한 형태가 그의 팔을 스치듯 가까이 그를 앞질러 3층으로 급히 올라갔다. 이반 안드레예비치는 비록 극장에서 민간인 복장을 한 멋쟁이 차림의 사나이 얼굴을 확인할 수는 없었지만 그가 바로 조금 전에 본 그 말쑥한 차림의 멋쟁이 사나이일 것이라고 생각했다. 심장이 멈추는 것 같았다. 그는 이미 한 층을 앞서 올라갔다. 마침내 3층에서 문이 열리는 소리가 들려 왔다. 문은 마치 누군가를 기다리고 있었던 것처럼 벨소리도 없이 열렸다. 젊은이가 아파트로 들어가는 모습이 언뜻 보였다. 이반 안드레예비치도 문이 닫히기 전에 3층으로 올라왔다. 그는 잠시 문 앞에 서 자신의 행동을 이성적으로 생각하고 조금은 망설인 뒤, 어떤 단호한 결정을 내리기로 마음먹었다. 그 순간 굉음을 내며 마차 한 대가 입구에 도착했고, 곧이어 소음과 함께 현관문이 열리고 누군가 기침을 하며 무거운 발걸음으로 위층으로 올라오고 있었다. 이반 안드레예비치는 더 이상 참지 못하고, 문을 열고는 모욕당한 남편의 위엄을 갖추고 집안으로 들어섰다. 그를 향해 놀란 하녀가 달려 나왔고 그 뒤를 이어 또 한 사람이 나타났다. 그러나 무엇으로도 이반 안드레예비치를 막을 수는 없었다. 폭탄 같은 위협으로 달려든 그는 두 개의 어두운 방을 지나 한 젊고 아름다운 여인이 서 있는 침실 앞에서 정신을 차렸다. 그녀는 자기에게 무슨 일이 일어나고 있는지 모르겠다는 듯이 두려움에 온몸을 떨며 그를 바라보았다. 그 순간 침실로 다가오는 무거운 발걸음 소리가 옆방에서 들려 왔다. 이 소리는 계단에서 들었던 그 발걸음 소리였다.

"맙소사! 내 남편이에요!" 자기가 입고 있는 가운보다도 더 하얗게 질린 부인은 손바닥을 마주치며 소리질렀다.

이반 안드레예비치는 잘못 들어왔음을 느꼈다. 그는 어리석고 유치한 짓을 했으며, 이러한 실수는 행동하기 전에 충분히 생각하지 않았기 때문이라고 생각했다. 하지만 이미 늦었다. 문은 열렸고, 그의 무거운 발걸음으로 판단해 보건대, 그는 이미 방으로 들어오고 있었다……. 그 순간 이반 안드레예비치는 자신을 어떻게 생각했던 것인가! 남편 앞에 떳떳이 다가가서 실수로 곤경에 빠졌으며, 본의 아니게 무례한 행동을 저질렀음을 설명하고 사과한 다음, 사라지면 되었을 것을, 왜 그렇게 하지 않았는지 모르겠다. 물론 대단히 명예롭다거나 대단히 영광스러운 일은 아니지만 적어도 점잖고 솔직하게 나갈 수 있는 방법이 아닌가 말이다. 그러나 그는 그렇게 하지 않았다. 이반 안드레예비치는 자기가 마치 돈 주앙이나 로벨라스라도 되는 것처럼, 또다시 아이 같은 행동을 했던 것이다. 처음에 그는 침대 옆 커튼 뒤에 몸을 숨겼으나, 기가 눌려 바닥에 엎드리더니, 무의식적으로 침대 밑으로 기어들어가 버렸다. 이성보다 놀라움이 더 크게 작용한 것이었다. 이반 안드레예비치는 모욕당한 남편으로서, 적어도 스스로 그렇게 여겼기 때문에, 다른 남편과의 이러한 만남을 견딜 수 없었다. 어쩌면 그는 자기 존재가 그 사람에게 모욕감을 주지나 않을까 염려했는지도 모른다. 아무튼 그는 생각할 겨를도 없이 침대 밑에 숨게 되었다. 그런데 무엇보다 놀라운 것은 부인이 전혀 반항을 하지 않았다는 것이다. 그녀는 자신의 침대 밑으로 이상한 중년신사가 숨을 곳을 찾아 기어들어가는데도 전혀 소리지르지 않았다. 극도로 놀란 나머지 입이 떨어지지 않는 게 분명했다.

남편은 콜록콜록 기침을 하곤 답답한 듯 한숨을 쉬며 방안으로 들어왔다. 그리고 노인들이 하는 말투로 말끝을 길게 늘여 아내와 인사를 나눈 다음, 장작이라도 들고 온 것처럼 안락의자에 털썩 주저앉았다. 둔탁한 기침소리가 계속 이어졌다. 격렬한 호랑이에서 새끼 양으로 변한 이반 안드레예비치는, 비록 자신의 경험에 비추어 모욕당한 남편들이 물어 뜯지 않는다는 것은 알고 있었지만, 마치 고양이 앞에 선 쥐처럼 온순해져선 겨우 숨을 쉴 정도로 겁을 먹고 있었다. 그러나 생각이 미치지 않았는지, 아니면 어떤 다른 발작 때문이었는지 그의 머리엔 그런 생각이 떠오르지 않았다. 그는 침대 밑에서 조용히 그리고 조심스럽게 좀 더 편안하게 자리를 잡기 위해 손으로 더듬기 시작했다. 그 순간, 기절초풍할 일이 일어난 것이다. 그가 손으로 물건을 더듬자, 물건이 움찔거리더니 그의 손을 움켜쥐는 게 아닌가! 침대 밑에 다른 사람이 있었던 것이다…….

"당신 누구요?" 이반 안드레예비치가 속삭였다.

"내가 누군지 지금 말하라는 거요!" 이 낯선 사나이가 속삭였다. "당신도 곤경에 빠졌으니 잠자코 누워 있기나 해요."

"그런데……."

"쉿!"

그리고 이 낯선 남자(침대 밑은 한사람이 있기에 적당한 공간이었기에)는 이반 안드레예비치의 손을 꽉 쥐었는데, 얼마나 아팠는지 하마터면 소리를 지를 뻔했다.

"이것 보세요……."

"쉿!"

"그렇게 잡지 마세요. 소리지를 거예요."

"그래요, 어디 한번 질러 보시죠!"

이반 안드레예비치는 부끄러워 얼굴을 붉혔다. 이 불청객은 냉혹했고 화가 나 있었다. 이 남자는 이런 운명의 박해를 경험하는 것도 한두 번이 아닌 듯했으며 또한 이런 구속된 상황에 처한 것도 한두 번이 아닌 듯했다. 하지만 이반 안드레예비치는 처음 당하는 일이었고, 좁아서 숨도 못 쉴 지경이었다. 모든 피가 온통 머리로 솟는 듯했다. 그러나 엎드려 있는 것 외엔 아무것도 할 수가 없었다. 이반 안드레예비치는 포기하고 입을 다물었다.

"여보, 빠벨 이바노비치 댁에 다녀왔소." 남편이 말을 시작했다. "카드놀이를 했는데, 그런데 콜록— 콜록— 콜록(그는 기침을 하기 시작했다) 그게…… 콜록! 등이 말이야……콜록! 그게…… 콜록! 콜록! 콜록!"

늙은이의 기침은 끝날 줄을 몰랐다.

"등이……." 그는 결국 눈물을 글썽이며 말했다. "등이 어찌나 아프던지……. 게다가 그놈의 저주받을 치질은 어떻고! 설 수도 앉을 수도…… 앉을 수도 없잖아! 콜록— 콜록— 콜록!"

다시 시작된 기침은 기침하는 늙은이보다 더 오래 갈 것처럼 멈추질 않았다. 노인은 간간이 무언가 중얼거렸지만 도무지 알아들을 수가 없었다.

"이 보세요, 제발 옆으로 좀 가 주세요!" 불쌍한 이반 안드레예비치가 말했다.

"어디로 가라는 겁니까? 자리가 없는데."

"하지만 이 상태로 있는 것은 불가능하잖소. 더욱이 이런 끔찍한 상황에 처한 것은 나로선 처음이오."

"나 또한 당신 같은 불쾌한 이웃은 처음이오."

"아니, 젊은 양반……."

"입 다물어요!"

"입을 다물라고요? 아무리 그래도 당신은 심하게 무례한 행동을 하는군요, 젊은 양반……. 내가 잘못 본 게 아니라면, 당신은 나보다 매우 젊은 것 같은데 말이요."

"입 좀 다무세요!"

"젊은 양반! 당신 지금 누구와 이야기하는 줄이나 아는 거요?"

"침대 밑에 누워 있는 신사와 얘기하잖소."

"내가 여기에 들어온 건 전혀 뜻밖의 실수 때문이지만, 내가 잘못 알고 있는 게 아니라면, 당신은 부도덕한 짓을 하는 것 같은데요."

"당신은 실수하고 계시는 거예요."

"이봐요, 젊은 양반! 나는 당신보다 나이가 많소. 내가 말하는데……."

"이봐요, 우리는 지금 같은 처지에 있다고요. 제발 얼굴 좀 잡지 말아요!"

"젊은 양반! 나는 뭐가 뭔지 모르겠소. 미안하지만, 자리가 좁소이다."

"당신은 왜 이렇게 뚱뚱한 겁니까?"

"맙소사! 이런 모욕은 처음이요!"

"그렇죠. 이보다 더 모욕적일 수는 없지요."

"젊은이, 젊은 양반! 나는 당신이 누군지, 왜 이런 일들이 생겼는지 도무지 이해할 수가 없소. 하지만 나는 실수로 이곳에 왔고, 당신이 생각하는 그런 사람이 아니오……."

"당신에 대해 생각한 게 아무것도 없소. 당신이 밀지만 않는다면 말이오. 제발 입 좀 다무시오!"

"젊은 양반! 만약 당신이 옆으로 조금이라도 비켜주지 않는다면, 나는 심장마비를 일으킬 것 같소. 내가 죽으면 당신이 책임져야 할 거요. 나는 한 가정의 가장이고 존경받는 인물이란 말이오. 내가 이런 상황에 처하게 되다니……!"

"당신이 자초한 일이잖아요. 자, 조금 옆으로 오세요! 더 이상은 안 돼요."

"친절한 사람이군요! 젊은 양반! 내가 당신을 잘못 본 것 같군요."

이반 안드레예비치는 자리를 양보받은 고마움에 감격을 하며 저린 몸을 폈다. "당신이 좁아서 불편하다는 것은 이해합니다. 하지만 어쩌겠습니까? 당신은 나에 대해 안 좋게 생각한다는 것을 알고 있습니다. 실추된 명예를 바로 세우기 위해서 내가 어떤 사람인지 당신에게 말해야겠군요. 내가 이곳에 온 것은 본의가 아닙니다. 당신이 생각하는 그런 이유가 아니죠. 나는 지금 너무 두렵습니다."

"제발 조용히 좀 하세요! 우리가 하는 말을 듣기라도 하는 날엔 얼마나 나빠질지 생각이나 해보셨어요? 쉿……. 그가 말하는군요."

정말 노인의 기침은 약해지고 있었다.

"그래서 말이야." 그는 울먹이는 쉰 목소리로 말했다. "그래서 말이오, 여보, 콜록!…… 콜록! 아, 지겨운 이놈의 기침! 페도세이 이바노비치가 그러는데 천엽초 차를 마셔보라는 거야. 당신 듣고 있소?"

"네, 듣고 있어요."

"그러니까 천엽초를 한번 마셔보라는 거야. 그래서 거머리로 치료하고 있는 중이라고 말했더니, 그가 '알렉산드르 제미야노비치, 천엽초가 훨씬 나아요.'라고 말하더군. 콜록— 콜록! 오, 하느님! 여보, 당신은 어떻게 생각하오? 콜록— 콜록! 아, 맙소사! 콜록— 콜록……! 천엽초가 더 나을까……? 콜록— 콜록— 콜록! 어유! 콜록—!'

"한 번 해본다고 나쁠 것 같지는 않은데요." 아내가 대답했다.

"그렇지, 나쁠 거야 없겠지! 그가 말하는데 내가 폐병일 지고 모른다고 하더군. 콜록— 콜록! 그래서 나는 통풍이나 위궤양일 거라고 했더니, 콜록— 콜록! 그는 계속 폐병일 거라는 거야. 당신은, 콜록— 콜록! 여보, 당신은 어떻게 생각하오, 폐병일까?"

"어머, 세상에, 왜 그런 말씀을 하세요?"

"맞아, 폐병일 거야! 당신, 옷 갈아 입고 잠자리에 들어야겠군. 콜록! 콜록! 그런데 오늘 나는 콜록! 콜록! 코감기에 걸린 것 같소."

"어유!" 이반 안드레예비치가 말했다. "제발 좀 옆으로 가요!"

"정말 놀라운 일입니다. 어떻게 잠시도 가만히 있지를 못합니까!"

"당신 너무 혹독하게 구는 거 아니오, 젊은 양반. 내게 상처를 주고 싶은 거요? 당신은 틀림없이 저 부인의 정부인 거죠."

"입 좀 닥치시오!"

"나는 못 닥치겠소! 당신이 명령하도록 두지 않을 거요! 틀림없이 당신은 정부죠? 우리가 발견되더라도 나는 잘못 없어요. 나는 아무것도 몰라요."

"만약 조용히 있지 않으면," 이를 갈며 젊은이가 말했다. "당신이 나를 끌어들였다고 말하겠소. 당신은 재산을 탕진한 내 삼촌이라고 말하겠어요. 그러면 적어도 나를 정부로 생각하지는 않을 테니까요."

"젊은 양반! 당신 지금 나를 놀리는 거요? 인내심에 한계를 느끼게 하는군요."

"쉿! 아니면 조용하도록 만들 수밖에 없겠군요. 당신은 나의 불행이요. 자, 말해 보세요. 여기는 왜 들어온 겁니까? 당신만 없었으면 내일 아침까지 누워 있다가 이곳을 빠져 나가면 그만인데."

"하지만 나는 아침까지 이곳에 누워 있을 수는 없소. 나는 점잖은 사람이고, 내겐 물론 연줄도 있소······. 어떻게 생각하시오, 그가 여기서 잘 것 같소?"

"누가요?"

"저 늙은이 말이오······."

"당연히 그렇겠죠. 모든 남편이 당신 같지는 않으니까요. 모두들 집에서 자지요."

"이보세요, 젊은 양반!" 이반 안드레예비치는 놀라서 한기를 느끼며 소리쳤다. "나도 집에서 잔다는 말을 확실히 해두고 싶소. 오늘이 처음이오. 하지만 맙소사! 당신은 날 아는 것 같군요. 당신 뭐하는 사람이오, 젊은 양반? 제발 부탁이니, 우정의 표시로 말해 주시오. 당신은 뭐하는 사람이오?"

"이것 보세요! 완력을 쓸 수도 있어요······."

"부탁입니다. 젊은 양반, 이 모든 혐오스러운 사건에 대해 모두 말하도록 해 주시오······."

"어떤 설명도 듣기 싫어요. 알고 싶지도 않고요. 조용히 하세요, 아니면······."

"하지만 나로서는 할 수 없이……."

침대 밑에서 가벼운 언쟁이 벌어졌다. 이반 안드레예비치는 입을 다물었다.

"여보! 여기 어디 고양이 같은 게 소근거리는 것 같지 않소?"

"무슨 고양이 말이에요?"

아내는 남편과 무슨 말을 해야 할지 모르는 게 분명했다. 그녀는 너무나 놀라서 정신을 차릴 수가 없었다. 그녀는 몸을 벌벌 떨면서 귀를 쫑긋 세웠다.

"무슨 고양이요?"

"고양이 말이요. 얼마 전에 집에 돌아오니 바시까란 고양이 놈이 내 서재에 앉아서 슈― 슈― 슈! 하고 소곤거리지 뭐요. 그래서 '왜 그래 이 놈 바시까? 했더니 다시 슈― 슈― 슈! 하며 소곤거리지 뭐겠소. 그러더니 계속 소곤거리는 것 같더군. 오, 하느님! 그 놈이 내게 죽을 때가 되지 않았냐고 소곤거리는 것 같았소."

"오늘은 왜 이렇게 바보 같은 소리만 하세요! 부끄러운 줄 아세요."

"아니, 괜찮소. 화내지 말아요, 내 사랑. 내가 죽는다는 소리에 당신 기분이 상했구려. 화내지 말아요. 그냥 해본 소리요. 당신은 옷 갈아 입고 잠자리에 들어요. 당신이 잠자리에 들 때까지 여기에 앉아 있겠소."

"제발 이제 그만하세요. 앞으로는……."

"화내지 마시오, 화내지 말아요! 정말로 여기에 쥐가 있는 것 같소."

"글쎄, 고양이가 있느니, 쥐가 있느니! 당신을 어떻게 해야 할지 모르겠어요."

"그래, 난 아무것도, 나는 아무…… 콜록! 난 아무것도, 콜록― 콜록― 콜록― 콜록! 아유, 맙소사! 콜록!"

"들었어요. 당신이 그렇게 중얼거리니, 저 사람이 들었잖아요." 젊은이가 속삭였다.

"그렇지만 내가 지금 어떤 상태인지 알기나 합니까? 코피가 흐른단 말입니다."

"그래서 어쩌라고요. 조용히 하세요! 저 사람이 나갈 때까지 기다릴 수밖에요."

"젊은 양반, 내 상황을 좀 이해해 주세요. 내가 누구와 함께 누워 있는지도 모르잖소."

"그걸 알면 좀 나아지기라도 한단 말인가요? 나는 당신의 성姓이 전혀 궁금하지 않은데요. 그럼 당신 성은 어떻게 됩니까?"

"왜요, 성은 알아서 뭐하려고요……. 단지 설명하고 싶은 것은 어떤 무의미한 방법으로……."

"쉿…… 다시 뭐라고 하는군요."

"여보, 정말로 뭔가 소곤거리는데."

"무슨 소리예요. 당신 귓속에 있는 솜뭉치가 잘못 끼여 있는 거겠죠."

"아, 솜뭉치 때문에. 그런데 저기 위층에…… 콜록— 콜록! 위층에, 콜록— 콜록— 콜록!"

"위층이라니!" 젊은이가 소곤거렸다. "앗, 제기랄! 나는 여기가 마지막층인 줄 알았는데. 그러면 여기가 이층이란 말인가요?"

"젊은 양반! 무슨 말을 하는 거요? 왜 그것에 그리 관심이 많소? 그런데 나 역시 여기가 마지막층이라고 생각했는데. 세상에, 위층이 또 있단 말이오?" 이반 안드레예비치는 전율을 일으키며 말했다.

"정말로 누군가 중얼거리고 있다니까." 늙은이는 기침을 멈추고 말했다.

"쉿! 들었지요!" 젊은이는 이반 안드레예비치의 두 손을 꽉 누르고 말했다.

"이것 보시오, 당신은 지금 내 손을 꽉 쥐고 있잖소. 놓아주시오."

"쉿……!"

가벼운 입씨름이 이어지다가 곧 조용해졌다.

"그렇게 한 미인을 만났는데……." 노인이 말하기 시작했다.

"어떤 미인을 말하는 거예요?" 아내가 말을 가로막았다.

"내가 전에 말하지 않았소. 계단에서 한 아름다운 부인을 만났었다고. 아니면 내가 말하는 것을 잊어버렸나? 기억력이 약해져서 말이오. 고추나물…… 콜록!"

"뭐라고요?"

"고추나물을 다려 마셔야겠소. 좋다고들 하던데…… 콜록— 콜록— 콜록! 좋아진다고 하더군!"

"당신이 저 사람의 말을 막은 거예요." 젊은이는 다시 이를 갈면서 말했다.

"오늘 어떤 미인을 만났다고요?" 아내가 물었다.

"응?"

"미인을 만났어요?"

"누가 말이요?"

"당신이 만났다면서요?"

"내가? 언제? 아, 그렇지!"

"어유, 저런 송장 같으니!" 젊은이는 건망증이 심한 노인을 속으로 닦달하며 속삭였다.

"이것 봐요! 나는 무서워서 부들부들 떨고 있소. 맙소사! 내가 지금 무슨 말을 듣는 거요? 어제하고 같잖소. 어제하고 똑같단 말이오……!"

"쉿."

"그래, 그래요! 생각났소! 매우 약삭빠른 여자지! 그 예사롭지 않은 눈길하며…… 하늘색 모자를 쓰고 있고……."

"하늘색 모자라고! 에구, 에구!"

"저건 그녀잖아! 그녀에게도 하늘색 모자가 있는데. 맙소사!" 이반 안드레예비치가 소리쳤다.

"그녀라고요? 그녀가 누군데요?" 젊은이는 이반 안드레예비치의 손을 꽉 쥐며 속삭였다.

"쉿!" 이번엔 이반 안드레예비치가 말했다. "사내가 말하잖소."

"에이, 맙소사!"

"그렇지만 하늘색 모자를 가진 사람이 그 한 사람뿐이겠어요……, 안 그래요?"

"얼마나 교활한지!" 노인은 말을 이었다. "그녀는 그곳에 아는 사람을 방문하나봐. 계속 눈길로 유혹을 하더군. 그런데 그 아는 사람에게 다른 아는 사람이 또 찾아 오거든……."

"어유! 무슨 얘기가 그렇게 싱거워요." 아내가 말을 가로막았다. "그게 뭐 그리 재미있어요?"

"그래, 알았소, 알았소. 화내지 말아요! 당신이 싫다면 더 이상 말하지 않겠소. 오늘 당신 기분이 좋지 않은 것 같구려……." 노인은 말을 길게 늘여 말했다.

"그런데 당신은 이곳에 어떻게 들어왔어요?" 젊은이가 말했다.

"그것 보시오! 처음엔 들으려고도 하지 않더니만, 이제 관심이 생긴 거요?"

"싫으면 관두세요. 들어도 그만, 안 들어도 그만이니! 에이, 제기랄! 이게 무슨 일이야!"

"젊은 양반, 화내지 마시오. 나도 내가 무슨 말을 하고 있는지 모르겠소. 나는 단지 당신이 아무런 목적도 없이 괜히 이 일에 끼어든 것이 아닐 거라는 것을 말하려는 거요. 그런데 당신은 누구요, 젊은 양반? 내가 아는 사람이 아닌데. 당신은 대체 뭐하는 사람이요? 맙소사, 내가 무슨 말을 하고 있는지 모르겠군!"

"젠장! 제발 날 좀 가만 두세요!" 젊은이는 무언가 신중히 생각했다는 듯이 말을 가로막았다.

"그렇다면 모두 말하지요. 당신은 내가 당신한테 화가 나서 말을 하지 않을 거라 생각하겠죠. 하지만 아닙니다! 맹세해요! 나는 단지 정신이 없을 뿐이에요. 제발 처음부터 말해 주세요. 당신이 이곳에 어떻게, 왜 들어왔는지 말입니다. 나와 연관이 있다고 해도 맹세코 화를 내지 않을 거예요. 자, 맹세합니다. 이곳은 먼지가 많아서 손이 좀 더러워지기는 했지만, 고결한 감정을 전하는 데는 문제가 없겠죠."

"제발 그 손 좀 치워요! 돌아누울 자리도 없는데 손을 들어 맹세하면 어쩌겠다는 거요!"

"아니, 젊은 양반! 나를 대하는 게, 이렇게 말해도 되는지 모르겠지만, 헌신짝 취급하는 것 같구려. 좀 예의를 갖춰 대할 수 없소? 조금이라도 정중해야 내가 모든 말을 할 것 아니오. 우리가 서로를 좋아할 수도 있을 텐데. 나는 우리 집 점심식사에 당신을 초대할 마음도 있는데 말이오. 사실, 솔직히 말하건대, 우리는 함께 누워 있을 처지는 아니오. 젊은 양반, 당신은 지금 착각하고 있소! 당신은 모르고 있어요……." 이반 안드레예비치는 절망하여 발작을 일으키는 사람처럼, 하지만 애원하는 목소리로 말했다.

"대체 그는 그녀를 언제 만났을까요?" 젊은이는 격한 흥분을 감추지 못하고 중얼거렸다. "어쩌면 그녀는 지금 나를 기다리고 있을 거예요……. 빠져 나가야겠어요."

"그녀라니? 그녀가 누구요? 맙소사! 당신 지금 누구 얘기를 하는 거요, 젊은 양반? 그녀가 위층에 있다고 생각하는 거요……? 하느님 맙소사! 내가 왜 이런 벌을 받아야 하는 거요?"

이반 안드레예비치는 절망감을 느끼며 돌아누우려고 했다.

"그녀가 누군지 알아서 뭐하겠다는 거요? 아, 젠장! 그녀가 있든지 없든지, 어쨌든 나는 나가야겠어요……!"

"젊은 양반! 뭐하는 거요? 나는, 나는 어떻게 하라고?" 옆 사람의 연미복 소매에 매달린 이반 안드레예비치는 절망감에 몸부림치며 말했다.

"나보고 어쩌라고요? 혼자 남아 있으면 되겠네요. 그걸 원치 않으시면, 당신을 재산을 탕진한 내 삼촌이라고 말하면 되잖아요. 그러면 늙은이도 내가 정부라고 생각하지 않겠죠."

"젊은 양반, 그건 불가능하오. 삼촌이라는 말은 자연스럽지가 않아요. 아무도 믿지 않을 것이오. 삼척동자도 믿지 않을 걸요." 이반 안드레예비치는 절망스런 표정으로 소곤거렸다.

"이제 그만 좀 떠들고, 조용히 누워 있어요! 오늘 밤은 이곳에서 보내고 내일 나갈 수 있을 거예요. 한 명만 나가면, 당신을 눈치채지는 못할 거예요. 다른 누가 있을 거라곤 생각하지 못할 테니까요. 한 다스가 있을 거라고 생각하지는 않을 거예요. 물론 당신 혼자서 한 다스의 몫은 하지요. 옆으로 좀 비켜주세요. 아니면 나가 버릴 테니."

"정말 독살스럽게 구는군, 젊은 양반……. 내가 기침이라도 하면 어쩔 거요? 미리 생각해 두어야 하지 않겠소?"

"쉿……!"

"이게 무슨 소리지? 위에서 무슨 소란이라도 일어난 것 같은데," 잠시 졸고 있던 노인이 말했다.

"위에서요?"

"들었소, 젊은 양반, 위층이라고 하잖소!"

"그래요, 듣고 있어요!"

"맙소사! 젊은 양반, 난 나가야겠소."

"그렇다면 난 나가지 않겠어요. 나야 마찬가지니까요! 일이 잘못된다고 하더라도 나는 마찬가지니까. 내가 무슨 생각을 하는지 아세요?

나는 당신이 배신당한 남편이 아닌가하는 생각이 든단 말이에요. 바로 그래요……!"

"세상에, 정말 냉혹하군……! 정말 그걸 의심한다는 거요? 그런데 왜 하필 남편이란 말이오……. 나는 독신인데."

"독신이라고요? 그럴 리가요!"

"어쩌면 내 자신이 정부인지도 모르죠!"

"훌륭한 정부로군요!"

"이봐요, 이것 보세요! 그래, 좋아요. 모든 걸 말하죠. 당신이 내 절망적인 입장을 이해해 주세요. 그건 내가 아니오, 난 결혼하지 않았소. 나도 당신처럼 독신이오. 이건 내 어릴 적 친구의…… 그런데 나는 정부요……. 그 친구가 내게 이런 말을 하는 거요. '나는 불행한 인간이라네. 아내를 의심하면서 고배를 마시고 있지.' 그래서 내가 이성적으로 말했지요. '무엇 때문에 자네는 아내를 의심하는 건가? 그런데 당신은 내 말을 듣고 있지 않군요. 들으세요. 들어야 해요! '질투란 우스운 거라네. 질투는 죄악이 아닌가……!' 라고 내가 말했죠. 그가 '아니야, 나는 불행한 인간이야! 나는 고배를……, 나는 의심하고 있네.' 라고 말하더군요. 그래서 나는 '자네는 내 어린 시절 정다운 친구라네. 우리는 함께 만족이라는 꽃을 꺾고, 털처럼 부드러운 즐거움에 함께 빠져 지내지 않았는가.' 라고 말했어요. 맙소사, 내가 무슨 말을 하는 건지 모르겠군요. 젊은 양반, 당신은 계속 비웃고 있군요. 당신은 나를 미치게 한 것이오."

"당신은 지금도 미친 사람 같은데요……."

"그럼 그렇지. 난 당신이 미친 사람 운운할 때, 그런 말을 할 줄 예감했소. 비웃어요, 비웃으시오, 젊은 양반! 내게도 그런 시절은 있었지. 유혹하던 시절 말이요. 아! 뇌막염에 걸리려나보오."

"이게 무슨 소리요, 여보. 여기 어디서 누군가 재채기를 하는 것 같지 않소? 여보, 당신이 재채기를 했소?" 노인은 느리고 가는 목소리로 말했다.

"오, 하느님!" 아내가 말했다.

"쉿!" 침대 밑에서 소리가 들려 왔다.

"정말 위층에서 쿵쿵거리는군요." 정말 침대 밑에서 소리가 들려오자 놀란 아내는 이렇게 말했다.

"그래, 위층에서야!" 남편이 말했다 "위층이야! 내가 당신에게 말했지. 말쑥한 차림의 한 멋쟁이 사나이를, 콜록— 콜록! 콧수염을 기른 한 멋쟁이를, 콜록— 콜록! 오, 하느님, 등이! 콧수염을 기른 한 멋쟁이를 만났어!

"콧수염을 기른! 맙소사, 당신이잖아요." 이반 안드레예비치가 속삭였다.

"하느님, 이상한 사람이군요! 난 여기 있잖아요, 당신과 함께 여기에 누워 있지 않소! 어떻게 그가 나를 만났다는 거요? 얼굴 좀 만지지 말아요!"

"하느님, 난 지금 기절할 것 같소."

그때 정말로 위층에서 소음이 들려 왔다.

"위에 뭐가 있는 걸까요?" 젊은이가 속삭였다.

"보세요! 나는 무섭고 두려워요. 도와 주세요."

"쉿!"

"여보, 정말 소음이 크군. 난리가 났나봐. 바로 당신 침실 위인데. 사람을 보내야 할까봐."

"무슨 그런 생각을 해요!"

"뭐, 그만 두지. 그런데 오늘 당신 화가 난 것 같군……!"

"오, 맙소사! 가서 주무세요."

"리자! 당신은 나를 전혀 사랑하지 않는군."

"아유, 사랑해요! 제발, 전 너무 피곤해요."

"그래요, 그래! 나가요."

"아, 아니에요! 가지 마세요, 아니, 가세요!" 그녀는 소리쳤다.

"당신 왜 그러는 거요! 가라는 거요, 말라는 거요! 콜록— 콜록! 이제 정말 자야겠소……. 콜록— 콜록! 빠나피진의 딸들이……, 콜록— 콜록! 딸들이…… 콜록! 뉘른베르그 인형을 가진 걸 보았어…… 콜록— 콜록……."

"이젠 인형 얘기하는 거예요!"

"콜록— 콜록! 예쁜 인형이더군, 콜록— 콜록!"

"작별인사를 하는군요." 젊은이가 말했다. "그가 나가면, 우리도 곧장 나갑시다. 듣고 있어요? 기쁘잖아요!"

"오, 다행이오! 다행이야!"

"당신에겐 교훈이었죠……."

"젊은 양반! 무슨 교훈이란 말이오? 나도 느끼기는 하지만……. 하지만 당신은 아직 젊소. 내게 교훈을 줄 정도는 아니지."

"그래도 주겠어요. 들어 보세요."

"맙소사! 재채기를 하고 싶은데……!" "쉿! 무슨 짓을 하려는 거요!"

"그럼 어떻게 하란 말이요? 여기는 쥐새끼 냄새가 너무 나서 견딜 수가 없소. 내 주머니에서 손수건 좀 꺼내 주세요, 제발. 움직일 수가 없어서……. 오, 하느님, 하느님! 제가 무슨 죄를 지은 겁니까?"

"여기 손수건이요! 당신이 무슨 죄를 지었는지 내가 지금 말해 드리죠. 당신은 질투를 하고 있어요. 근거도 없는 일로 당신은 미친 사람처럼 뛰어다니질 않나, 남의 집에 뛰어들어 소란을 피우질 않나……."

"젊은 양반! 나는 소란을 피운 적이 없소."

"조용해요!"

"젊은 양반, 당신은 내게 도덕교육을 시킬 수 없을 텐데. 내가 당신보다는 더 도덕적이거든요."

"조용해요!"

"오, 맙소사!"

"당신은 소란을 피우면서, 공포에 질려 어쩔 줄 몰라 하는 겁먹은 젊은 부인을 놀라게 했어요. 어쩌면 병이 날지도 모르죠. 그리고 치질때문에 무엇보다 안정이 필요한 저 존경받을 만한 노인을 불안하게 만들었지요. 이 모든 게 왜죠? 그건 당신이 엉터리 상상에 빠져서, 구석이라는 구석은 모두 뛰어다니기 때문이에요. 당신이 지금 얼마나 추한 상황에 처해 있는지 알기나 하세요? 느끼기는 하는 건가요?"

"이봐요, 좋아요! 나는 느낀다고 합시다. 하지만 당신은 권리가 없는데도……."

"조용해요! 여기서 무슨 권리예요? 모든 게 비극적으로 끝날 수도 있다는 사실에 대해 생각해 본 적은 있어요? 아내를 사랑하는 노인이 당신이 침대 밑에서 나오는 것을 보고 미쳐버릴지도 모른다는 생각은 해 보셨어요? 아니에요, 당신은 비극을 초래할 사람은 아니죠! 당신이 기어 나가는 모습을 보는 사람이면 누구나 웃음을 터트릴 거예요. 불빛 아래서 당신의 모습을 보고 싶군요. 정말 우스울 거예요."

"당신은요? 당신도 그런 상황에서는 우스울 거요! 나도 그런 당신을 한번 보고 싶군요!"

"어림도 없는 일이죠!"

"당신에게는 부도덕의 낙인이 찍힐 거요, 젊은 양반!"

"아, 당신이 도덕에 대해 말하다니! 내가 왜 여기 있는지 알기나 해요? 난 여기에 실수로 들어온 거예요. 3층으로 착각했다고요. 내가 들어오도록 왜 그냥 두었는지 모를 일이지만. 그녀는 확실히 누군가를 기다리고 있었어요. 물론 당신은 아닙니다. 당신의 우둔한 발소리가 들리자 난 침대 밑으로 들어왔는데 부인은 매우 놀라는 듯 했어요. 게다가 어두웠어요. 그런데 내가 왜 당신한테 이런 설명을 늘어놓는 거죠? 당신은 우습고 질투심이 많은 사람이오. 내가 왜 여기서 안 나가는지 알아요? 당신은 내가 겁이 나서 못 나간다고 생각하겠죠? 난 벌써 나갔을 수도 있었어요. 단지 당신에 대한 동정심 때문에 여기에 있는 거예요. 나 없이 어떻게 혼자 있을래요? 당신은 그들 앞에 그루터기처럼 멍청히 서 있게 될 테죠. 어쩔 줄 몰라 하면서 말이에요……."

"아니, 어떻게 그루터기처럼 멍청히 서 있는다는 말이요. 어디서 그런 걸 생각해냈소? 젊은 양반, 당신은 비교할 줄도 모르오. 내가 어쩔 줄 몰라하며 서 있는다고요? 천만에요, 그렇지 않아요."

"오, 하느님, 왜 저렇게 짖는 거야!"

"쉿! 에이, 정말……. 당신이 계속 떠드는 바람에 개가 깨버렸잖아요. 이제 큰일 났네."

정말 방의 한구석에 놓인 쿠션 위에서 자고 있던 주인 여자의 개가 갑자기 잠에서 깨어, 낯선 사람들의 냄새를 맡곤 침대 밑으로 달려들었다.

"오, 맙소사! 멍청한 강아지 같으니!" 이반 안드레예비치가 속삭였다. "놈이 우리를 폭로하겠어요. 이런 탄로나겠군. 이 무슨 형벌인가!"

"당신이 그렇게 겁을 먹으니 이런 일이 일어나는 거예요."

"아미, 아미, 이리 오너라!" 주인 여자가 소리쳤다." 이리와!"

하지만 개는 말을 듣지 않고 곧장 이반 안드레예비치에게로 달려갔다.

"여보, 아미쉬까가 왜 저렇게 계속 짖는지 모르겠군." 노인이 말했다. "아마도 쥐가 있든지, 고양이 바시까가 있을 거예요. 바시까가 계속 재채기를 했거든요. 바시까가 오늘 코감기인가 봐요."

"얌전히 있어요!" 젊은이가 말했다. "움직이지 말아요! 그냥 가 버릴지도 몰라요."

"이봐요, 이것 보세요! 내 손 좀 놔요. 왜 잡고 있는 거요?"

"쉿! 입 닥쳐요!"

"하지만 제발, 젊은 양반! 내 코를 물고 있어요! 내 코가 없어졌으면 좋겠소!"

언쟁이 벌어졌다. 이반 안드레예비치는 팔을 뺐다. 강아지는 마구 짖어대더니, 갑자기 짖는 소리를 멈추고 비명을 질렀다.

"어머나!" 부인이 소리 질렀다.

"악당 같으니! 당신 뭐라는 거예요?" 젊은이가 속삭였다. "당신은 우리 두 사람을 망치고 있군요! 왜 강아지를 붙잡은 거예요? 하느님, 강아지 목을 조르고 있어요! 그만 둬요, 놓아 줘요! 이런 악당 같으니! 당신은 여자의 마음을 생각해 봤어요! 강아지를 죽이면 주인 여자가 우리를 가만 두지 않을 거예요."

이반 안드레예비치는 이미 아무것도 듣지 못하고 있었다. 그는 개를 잡고 자기방어적인 발작상태에서 목을 조르기 시작했다. 개는 비명을 지르더니 그만 숨을 거두고 말았다.

"우린 이제 끝장이에요!" 젊은이가 속삭이며 말했다.

"아미쉬까! 아미쉬까!" 부인이 소리쳐 불렀다. "맙소사, 저들이 우리 아미쉬까에게 무슨 짓을 하는 거야? 아미쉬까! 아미쉬까! 이리 온! 오, 이런 악당들 같으니! 야만인들! 맙소사, 쓰러질 것 같아요!"

"무슨 일이오? 무슨 일이야?" 자리에서 벌떡 일어나며 노인이 소리쳤다. "여보, 당신 왜 그래? 아미쉬까 여기 있는데! 아미쉬까! 아미쉬까! 아미쉬까!" 늙은이는 두 손가락을 튕겨 딱딱거리고 입술로 소리를 내며 침대 밑에서 아미쉬까를 불렀다. "아미쉬까! 이리 온! 바시까가 먹어치울 수는 없는 일인데. 바시까란 놈을 좀 때려 줘야겠군. 이미 한 달 정도 매를 들지 않았으니 말이오. 어떻게 생각하오? 내일 쁘라스꼬비야 자하리예브나와 의논해 봐야겠소. 오, 하느님! 당신 무슨 일이오? 왜 이렇게 창백한 거요. 아! 아! 거기 누구 없소!"

노인은 방안을 이리저리 뛰어다녔다.

"악질들! 악당들!" 그녀는 소파 위로 쓰러지며 소리쳤다.

"누구? 누구? 누구를 말이오?" 노인이 소리쳤다.

"저기 낯선 자들이 있어요……! 침대 밑예요! 오, 맙소사! 아미쉬까! 아미쉬까! 저들이 네게 무슨 짓을 한 거니?"

"아, 하느님 맙소사! 무슨 사람들 말이오! 아미쉬까……. 안 되겠소, 누구 이리로 좀 오너라! 거기 누구요? 누가 있소?" 노인은 촛불을 들고 침대 밑으로 몸을 굽히며 소리쳤다. "누구요? 이리 오너라……!"

이반 안드레예비치는 숨이 끊어진 아미쉬까의 옆에 쥐 죽은 듯이 누워 있었다. 젊은이는 노인의 모든 움직임을 주의 깊게 관찰하고 있었다. 그런데 노인이 갑자기 반대편 벽 쪽으로 몸을 숙였다. 바로 그 순간, 노인이 침대 다른 편에서 불청객을 찾는 동안 젊은이는 침대 밑을 빠져 나와 도망쳐 버렸다.

"맙소사! 당신 대체 누구예요? 나는 생각했는데……." 젊은이를 본 부인은 낮은 목소리로 말했다.

"바로 그 악당이 저곳에 남아 있어요. 아미쉬까는 그가 죽였어요." 젊은이가 속삭였다.

"맙소사!" 부인이 외쳤다.

젊은이는 이미 방에서 사라졌다.

"이런, 여기 누가 있어요. 장화도 한 짝 있군!" 이반 안드레예비치의 발을 잡고 남편이 소리쳤다.

"살인자! 살인자! 오, 아미! 아미!" 부인이 소리쳤다.

"나와요, 빨리 나오시오!" 카펫 위에서 발을 구르며 노인이 소리쳤다. "빨리 나오시오! 당신 누구요? 말해 보시오, 당신 뭐하는 사람이오! 맙소사! 정말 이상한 사람이군!"

"맞아요, 분명 강도예요······!"

"제발, 제발!" 기어 나오면서 이반 안드레예비치가 소리쳤다. "각하, 제발 부탁입니다. 사람들을 부르지 말아주세요! 각하, 부르지 마십시오! 전혀 그러실 필요가 없습니다. 저를 쫓아내실 수는 없습니다. 전 제 스스로 행동할 줄 아는 사람입니다. 저는 그런 사람이 아닙니다! 각하, 이 모든 일은 실수로 일어난 일입니다. 지금 모든 것을 설명하겠습니다." 이반 안드레예비치는 흐느껴 울면서 이야기를 계속했다. "이건 모두 아내 때문입니다. 아니 내 아내가 아니라, 다른 사람의 아내 때문이죠. 저는 결혼하지 않았습니다. 그래서······. 그는 제 친구입니다. 어린 시절의 친구죠······."

"무슨 어린 시절 친구요! 당신 도둑이지. 훔치러 들어온 것 아니오······. 무슨 어린 시절 친구······." 노인은 발을 구르며 소리쳤다.

"아닙니다. 결코 도둑이 아닙니다, 각하. 전 정말 어린 시절의 친구인데……. 단지 큰 실수로 입구를 잘못 찾아 들어온 겁니다."

"그럼, 물론 그러시겠지, 이 사람아, 어디로 찾아 들어온 건지 알다마다."

"각하! 전 그런 사람이 아닙니다. 오해하시는 겁니다. 너무도 잔혹한 오해십니다, 각하. 절 좀 보십시오. 어느 모로 보나 제가 도둑이 아니라는 걸 이해하실 겁니다. 각하! 제발 각하!" 이반 안드레예비치는 두 손을 모아 부인을 바라보며 소리쳤다. "부인 이해하십시오……. 제가 아미쉬까를 죽였습니다……. 하지만 제 잘못이 아닙니다. 맹세코 제 잘못이 아닙니다……. 이 모든 잘못은 아내에게 있습니다. 저는 불행한 사람입니다. 고배를 마시고 있습니다!"

"그만 됐어요. 당신이 쓴 잔을 마신 것과 내가 무슨 상관이오. 여러 정황으로 판단해 보건대 쓴 잔을 한두 번 마신 것도 아닌 것 같구려. 그런데 여긴 어떻게 들어온 거요?" 노인은 흥분하여 온몸을 떨면서 소리쳤다. 그러나 그는 여러 가지로 미루어 보건대 이반 안드레예비치가 실제로 도둑이 아니란 확신을 하고 있었다. "다시 묻겠소. 어떻게 들어왔소? 도둑같이……."

"각하 저는 도둑이 아닙니다. 전 입구를 착각했습니다. 정말로 도둑이 아닙니다! 이 모든 것은 제 질투심 때문입니다. 모든 걸 털어 놓겠습니다. 각하, 친아버지라고 생각하고 솔직히 말씀드리겠습니다. 아버지로 생각해도 될 정도의 연세이시니 말입니다."

"연세가 어떻다고?"

"각하! 제 말이 언짢게 들리셨나요? 부인은 젊으시고…… 각하의 연세는 지긋하시니…… 정말로 보기가 좋습니다, 각하. 정말이지 보기 좋은 부부의 한창 때 모습이십니다……. 그런데 사람들을 부르지 말아주십시오……. 제발, 부르지 마십시오……. 웃음거리가 될 뿐입니다……. 전 그들을 압니다……. 말하자면 이런 말씀은 드리고 싶지 않지만, 저는 하인들을 잘 알고 있습니다. 우리 집에도 하인들이 있습니다, 각하. 항상 비웃기만 하니……, 멍청이 같은 놈들! 제가 오해하는 게 아니라면, 각하께선 공작이신 것 같은데……."

"아니오, 난 공작이 아니오. 이것 보시오. 나는 그런 사람이 아니라……. 제발 공작이니 뭐니 하며 신경쓰이게 하지 마시오. 그래, 어떻게 여기에 들어온 거요? 어떻게 들어온 거냐 말이오?"

"공작 나리, 아니 각하…… 죄송합니다. 당신이 공작일 거라고 생각했습니다. 제가 잘못 알고, 잘못 생각했습니다. 있을 수 있는 일이죠. 당신은 꼬로뜨꼬우호프 공작과 무척 닮으셨습니다. 저와 친분이 있는 뿌지레프 씨 댁에서 그 분을 뵌 적이 있어요. 보십시오……, 저 역시 공작과 친분이 있고 뵌 적도 있습니다. 이제 당신은 절 그런 사람으로 생각하실 수는 없으실 겁니다. 저는 도둑이 아닙니다. 각하, 사람들을 부르지 말아주십시오. 사람들을 불러서 좋을 게 뭐가 있겠습니까?"

"그런데 여긴 어떻게 들어왔나요? 당신 누구예요?" 부인이 소리쳤다.

"그렇소, 대체 당신 누구요?" 남편이 말을 받았다. "여보, 나는 바시까가 우리 침대 밑에 앉아서 재채기를 하는 줄 알았지 뭐요. 그런데 이 사람이라니. 이런 바람둥이, 바람둥이 같으니……! 당신 뭐하는 사람이오? 어서 말하라니까!"

그리고 노인은 다시 카펫 위에서 발을 굴렀다. "말씀드릴 수가 없습니다, 각하. 저는 각하의 말씀이 끝나기를 기다리고 있습니다……. 기지에 넘치는 당신의 유머를 귀 기울여 듣고 있습니다. 저에 관해 말씀드리자면, 그저 한 편의 우스운 이야기일 뿐입니다, 각하. 전부 말씀드리겠습니다. 그것이 아니더라도 해명은 되겠지만, 말하자면, 하인을 부르지 말아 달라는 것입니다, 각하! 제발 너그럽게 이해해 주십시오……. 제가 침대 밑에 앉아 있었던 것은 별일이 아닙니다. 그 일로 위엄을 잃은 건 아니니까요. 이 이야기는 너무도 희극적입니다, 각하!" 이반 안드레예비치는 애원하는 듯한 표정으로 부인 쪽을 향해 외쳤다. "특히, 각하께서는 웃으실 겁니다. 당신은 지금 질투에 가득 찬 남편의 모습을 보고 계십니다. 당신은 제가 얼마나 스스로 망가지고 있는지 보고 계십니다. 물론 아미쉬까를 제가 죽였지만……, 오, 하느님, 제가 무슨 소리를 하고 있는지 모르겠습니다!"

"그런데 대체 어떻게 들어왔냐는 것 아니오?"

"어두운 밤을 이용했습니다, 각하. 어두움을 틈타서……, 잘못했습니다! 절 용서하십시오, 각하! 부끄러움을 무릅쓰고 이렇게 용서를 구합니다! 전 모욕당한 남편일 뿐입니다. 더 이상 아무것도 아니죠! 제가 정부라고 생각지 말아주십시오, 각하! 전 정부가 아닙니다! 감히 말씀드리건대, 부인께서는 매우 덕이 있으십니다. 순결하시고 순수하십니다."

"뭐? 뭐라고? 어떻게 감히 그런 말을 하는 거요?" 노인은 다시 발을 굴렀다. "당신 미친 것 아니오? 어떻게 감히 내 아내에 대해 그런 말을 하는 거요?"

"이 악당, 우리 아미쉬까를 죽인 살인자 같으니!" 눈물을 흘리며 아내가 외쳤다. "그러고도 감히!"

"각하, 각하! 제가 쓸데없는 소리를 했습니다." 이반 안드레예비치는 어쩔 줄 몰라 하며 소리쳤다. "제가 헛소리를 했을 뿐 그 이상은 아닙니다! 제가 제 정신이 아니라는 걸 이해해 주십시오……. 제 정신이 아니라서……. 그렇게만 해 주신다면, 맹세컨대 제게 큰 은혜를 베푸시는 겁니다. 제 손을 내밀고 싶지만, 감히 그럴 수가 없군요……. 저는 혼자 있었던 게 아닙니다. 저는 삼촌인데……, 다시 말해서 정부가 될 수 없다는 말씀을 드리고 싶은 겁니다……. 맙소사! 또 헛소리를 하고 있군요……. 제발 화내지 마십시오, 각하," 이반 안드레예비치는 부인에게 소리쳤다. "부인 사랑을 이해하십니까? 사랑은 매우 섬세한 감정입니다……. 내가 뭐하는 거지? 또다시 헛소리를 하는군요! 제가 말씀드리고 싶은 건 제가 늙은이, 아니 늙은이가 아니라 중년이라는 겁니다. 그러니 제가 부인의 정부가 될 나이가 아니라는 말씀을 드리고 싶은 겁니다. 리차드슨이나 로벨라스 정도라면 모를까……. 또 헛소리를 하다니! 하지만 각하께서는 아실 겁니다. 제가 학식이 있는 사람이고, 문학을 이해한다는 것을 말입니다. 웃으시는군요, 각하! 기쁩니다. 각하의 웃음을 자아내게 했으니, 기쁩니다. 오, 각하께서 웃고 계시니, 제가 얼마나 기쁜지 모르겠습니다."

"세상에! 정말 우스운 사람이네요!" 깔깔 웃으며 소리쳤다.

"그러게, 우스운 사람이군, 게다가 먼지까지 덮어 썼는데," 아내의 웃는 모습에 기뻐하며 노인이 말했다. "여보, 도둑 같지는 않구려. 그런데 어떻게 들어왔을까?"

"정말 이상한 일입니다. 정말 이상한 일이에요, 각하, 소설 같은 이야기지요! 어떻게요? 깜깜한 한밤중, 대도시의 한가운데에서 남자가 침대 밑에 누워 있다니 말입니다! 얼마나 우습고 이상한 일인가요! 어떤 면에서는 리날도 리날리니와 비슷한 감이 있는 것 같군요. 하지만 이건 문제가 아닙니다. 이 모든 건 문제가 안 됩니다, 각하. 모두 말씀드리겠습니다……. 각하께는 새 삽살개를 가져다 드리겠습니다. 매우 놀랄 만한 삽살개를요! 털은 길고 다리는 짧아서 두 발자국도 갈 수 없는 개입니다. 뛰다가도 자기의 긴 털에 걸려 넘어지기도 하지요. 그 놈은 설탕만 먹고살지요. 각하, 갖다 드리겠습니다. 꼭 데려 오겠습니다."

"호— 호— 호— 호— 호! 세상에, 히스테리를 일으키겠어요! 어유, 정말 우습군요!" 부인은 우스워서 소파 위를 이리저리 굴렀다.

"그래, 그렇군! 하— 하— 하! 콜록— 콜록— 콜록! 정말 우습군, 먼지까지 뒤집어 썼으니, 콜록— 콜록— 콜록!"

"각하, 각하, 이제 저는 행복합니다! 악수를 청하고 싶지만 감히 그러지는 못하겠습니다, 각하. 제가 잘못 생각했다는 느낌이 듭니다. 이제는 분명해졌습니다. 저는 제 아내가 순수하고 순결하다는 것을 믿습니다. 저는 쓸데없이 아내를 의심했습니다."

"아내, 그의 아내!" 부인은 우스운 나머지 눈물을 글썽이며 외쳤다.

"기혼자라니! 정말이요? 전혀 생각을 못했구려!" 노인은 부인의 말을 받았다.

"각하, 아내가 있습니다. 모든 잘못은 그녀에게, 아니 제게 잘못이 있습니다. 전 그녀를 의심했고, 이곳에서 밀회가 있다는 사실을 알게 되었던 겁니다. 여기, 위층에서요. 제가 편지를 가로챘거든요. 그런데 층을 헷갈린 겁니다. 그래서 침대 밑으로 들어가게 된 거구요……."

"호— 호— 호— 호!"

"하— 하— 하— 하!"

"하— 하— 하— 하!" 마침내 이반 안드레예비치도 웃고 말았다. "오, 얼마나 행복한지 모르겠습니다. 우리 모두가 이렇게 받아들이고 행복해하니 감동적입니다! 제 아내는 순결합니다. 저는 거의 확신합니다. 틀림없이 그렇지 않겠습니까, 각하?"

"하— 하— 하! 콜록— 콜록! 여보, 당신은 그 여자가 누구인지 알겠소?" 노인은 마침내 웃음을 멈추며 말했다.

"누구요? 호— 호— 호! 누군데요?"

"묘한 눈빛을 보내던 바로 그 미인이지. 말쑥하게 몸치장을 한 멋쟁이와 늘 함께 있던 그 여자 말이야. 바로 그 여자지! 장담하건대 그녀가 바로 이 양반의 아내야!"

"아닙니다, 각하. 그녀가 아닙니다. 확신합니다.

"세상에! 이러고 계실 시간이 없어요. 위층으로 올라가 보세요. 어쩌면 현장을 포착하실 수 있을는지도 모르는데……."

"서둘러 올라가 봐야겠습니다, 각하. 하지만 아무도 만나지 못할 겁니다. 그녀가 아니니까요. 확신합니다. 그녀는 지금 집에 있습니다. 제가 질투에 눈이 먼 것일 뿐이에요……. 제가 정말 그들을 만나게 될 거라고 생각하시나요, 각하?"

"호— 호— 호—"

"히— 히— 히! 콜록— 콜록— 콜록!"

"서두르세요, 어서요! 그리고 돌아가실 때 들러서 얘기해 주세요.

아니, 차라리 내일 아침에 아내를 데리고 오세요. 인사를 나누고 싶군요." 부인이 소리쳤다.

"안녕히 계십시오, 각하, 안녕히 계십시오! 꼭 데려오겠습니다. 뵙게 돼서 반가웠습니다. 모든 것이 뜻밖에도 이렇게 잘 풀려서 행복할 뿐입니다."

"그리고 삽살개요! 삽살개 먼저 데려오는 거 잊지 마세요!"

"데려오겠습니다, 각하. 꼭 데려오겠습니다." 이미 인사를 마치고 방을 나갔기 때문에 다시 방으로 뛰어 들어오며 그녀의 말에 대답했다. "꼭 데려오겠습니다. 매우 좋은 녀석입니다. 사탕으로 만든 것처럼 달콤한 놈입니다. 제 털에 걸려 넘어지는 놈 말입니다. 제가 아내에게 '여보, 왜 이래? 이놈은 계속 넘어지잖아.' 하면, 아내는 '그래요, 얼마나 귀여운지 몰라요!' 하는 겁니다. 설탕으로 만든 것처럼 말입니다, 각하. 안녕히 계십시오, 각하. 대단히, 대단히 반가웠습니다."

이반 안드레예비치는 꾸벅 인사를 하고 나갔다.

"이보구려! 잠깐만요! 다시 돌아와 주겠소!" 나가는 이반 안드레예비치에게 노인은 소리쳤다.

이반 안드레예비치는 세 번째로 다시 돌아왔다.

"바시까란 놈을 찾을 수가 없구려. 혹시 침대 밑에서 보지 못했소?"

"아니오, 보지 못했습니다. 하지만 뵙게 돼서 반가웠습니다. 그리고 큰 영광입니다……."

"지금 그 녀석은 감기가 들어 계속 재채기를 하는데! 온 종일 재채기를 하니! 매를 들어야겠어!"

"그렇습니다, 각하. 가축의 버릇을 바로잡기 위해선 체벌을 하셔야 합니다."

"뭐라고?"

"제 말은 버릇을 바로잡기 위한 적당한 체벌은 가축에게 복종심을 심어주기 위해 필요하다는 것입니다, 각하."

"아……! 알겠소, 알겠어, 그냥 그렇다는 거지."

거리로 나온 이반 안드레예비치는 마치 어떤 충격이라도 기다리고 있는 사람처럼 한참 동안 그런 상태로 서 있었다. 그는 모자를 벗고 이마의 식은땀을 닦은 다음 실눈을 뜨고 무언가 생각하더니 집으로 향했다.

집에 도착한 이반 안드레예비치는 놀라지 않을 수 없었다. 글라피라 뻬뜨로브나는 이미 오래 전에 극장에서 돌아와 있었다. 그녀는 이가 아파서, 이미 오래 전에 의사를 부르고, 거머리를 가져 오라고 시킨 다음, 지금은 침대에 누워 이반 안드레예비치를 기다리고 있었던 것이다.

이반 안드레예비치는 먼저 자기의 이마를 탁 쳤다. 그리고 씻을 물을 준비시키고, 깨끗이 씻은 다음 아내의 침실로 들어갔다.

"당신 어디에 있었던 거예요? 얼굴 좀 보세요, 엉망이잖아요! 어디에 있었던 거예요? 미안하지만, 아내는 죽어 가는데 온 도시를 뒤져도 남편은 온데간데없으니. 어디에 있었어요? 나를 잡으러 다녔던 거예요? 누구와 약속을 했는지 당사자인 나도 모르는 밀회의 현장을 망쳐 놓기 위해서요? 부끄러운 줄 아세요, 당신 남편 맞아요? 사람들이 곧 손가락질 할 거예요!"

"여보!" 이반 안드레예비치가 대답했다.

여기서 그는 매우 혼란스러웠다. 그래서 손수건을 꺼내려고 주머니에 손을 넣은 그는 아무런 말도, 아무런 생각도 할 수 없었으며, 아무런 기운도 차릴 수 없었다······. 손수건과 함께 주머니에서 죽은 아미쉬까의 시체가 떨어진 것이 아닌가? 놀라움, 두려움, 공포가 한꺼번에 밀려왔다. 이반 안드레예비치는 침대 밑에서 나와야만 했던 그 절망적인 순간에 공포에 휩싸여, 자기가 저지른 범죄의 증거를 숨기고 마땅히 받아야 할 처벌을 피하려는 막연한 희망에서 아미쉬까를 주머니에 넣고 만 것이다.

"이게 뭐예요? 죽은 개 아니에요!" 아내가 소리쳤다. "하느님 맙소사! 어디서 가져온 거예요······? 대체 무슨 짓을 한 거예요······? 어디에 있었어요? 지금 당장 말해요, 어디에 있었던 거예요?"

"여보!" 죽은 아미쉬까보다 더 창백해진 이반 안드레예비치는 대답했다. "여보……."

그러나 여기서 다음 기회가 올 때까지 우리의 주인공을 내버려 두기로 하자. 왜냐하면 여기서 매우 특별한 새로운 사건이 전개되기 때문이다. 우리는 언젠가 운명적인 재난과 압박에 대해 상세히 말하게 될 것이다. 하지만 독자들도 아시다시피 질투라는 것은 용서할 수 없는 열정이다. 더욱이 불행하기까지 한 감정인 것이다……!

첫사랑

당시 나는 열한 살을 얼마 남겨 놓지 않고 있었다. 7월에 모스크바 근교의 시골에 사는 T씨라는 친척집에 머물게 되었다. 그때 세어 보지 않아 정확히 기억할 수는 없지만 50명 정도인지 아니면 그 이상일지도 모르는 손님들이 각지에서 몰려와 있었다. 마치 영원히 끝날 것 같지 않은 축제처럼 분위기가 떠들썩하고 밝았다. 집 주인은 가능한 빨리 막대한 재산을 탕진해야겠다고 다짐한 사람처럼 그렇게 재산을 낭비했고 얼마 안 가 실제로 그렇게 되었다. 다시 말하면 불쏘시개 하나 남기지 않고 깨끗이 탕진해 버린 것이다. 새로운 손님들이 쉴 새 없이 도착했다. 모스크바는 넘어지면 코 닿을 곳에 있었기 때문에 한 무리의 사람들이 떠나면 곧 새로운 사람들이 그 자리를 메웠다. 그렇게 축제는 계속 진행되었다. 여러 종류의 오락거리가 번갈아가며 이어져 향락의 끝은 보이지 않았다. 많은 사람들이 무리지어 부근 마을을 말을 타고 다니거나 또는 숲이나 강을 따라 산책했다. 또한 들에서 점심식사를 즐겼고 때론 밤공기를 그 향기로 물들이는 세 줄로 늘어선 진기한 꽃에 둘러싸여 있는 저택의 큰 테라스에서 만찬을 벌였다. 눈부신 조명 아래 그렇지 않아도 아름다운 부인네들이 더욱 매력적으로 보였다. 낮의 감동을 그대로 담고 있는 표정과 반짝이는 눈동자들, 방울소리 같은 낭랑한 웃음이 어우러진 장난기어린 논쟁, 춤, 음악, 노래. 흐린 날엔 살아 있는 그림놀이(배경을 적당히 꾸며 그 배경 속에 사람이 들어가서 배경 속의 사람처럼 보이게 하는 놀이의 일종_역주), 글자 맞추기 놀이, 속담놀이를 하였다. 작은 실내연극도 만들었다. 요설가, 이야기꾼, 만담가들도 등장했다. 몇몇이 관심의 대상으로 강하게 떠올랐다. 당연히 악담과 유언비어가 나돌았다. 왜냐하면 이 세상은 그런 것 없이는 가치가 없을 뿐만 아니라 수백만의 사람들은 지루한 나머지 파리처럼 죽어 버렸을 것이다. 그러나 당시 나는 열한 살이었기 때문에 그런 사람들을 인식하지 못했고 더욱이 내 마음은 전혀 다른 곳에 가 있었다. 인식했다 하더라도 확실하지는 않다. 시간이 지난 후에야 무엇인가를 기억해냈다. 단지 눈부신 한 장면만이 나의 어린 눈에 들어왔다. 전엔 한 번도 보지도 듣지도 못한 열정, 광채, 소음, 이 모든 것은 내게 심한 충격을 주었다. 그래서 처음 며칠 동안은 얼떨떨해서 내 작은 머리가 빙빙 돌 지경이었다.

   나는 내가 열한 살 때의 이야기를 계속하고 있지만, 물론 나는 어린

아이 그 이상은 아니었다. 그 곳에 모인 많은 귀부인들은 나를 귀여워하면서도 내 나이를 염두에 두고 나를 대할 생각은 전혀 하지 않았다. 그런데 이상한 일이다! 내 자신도 이해할 수 없는 어떤 감정이 나를 사로잡았다. 이제까지 느껴보지 못했던 무엇이 마음속에서 속살거렸다. 그로 인해 때때로 놀란 것처럼 감정이 타오르고 가슴이 뛰는가 하면 갑작스레 얼굴을 붉히곤 했다. 또한 아이로서 내게 주어진 여러 특권 때문에 때때로 부끄럽다 못해 화가 나곤 했다. 어느 땐 놀라움에 사로잡혀, 한숨 돌리고 무언가를 기억해 내려는 듯이 아무도 보지 못하는 곳으로 도망쳐 버리곤 했다. 이제까지 잘 기억하고 있던 어떤 것을 갑자기 잊어버렸는데 그것 없이는 어디서도 얼굴을 들고 살아갈 수 없을 것 같은 느낌이었다. 결국엔 모든 사람에게 뭔가 숨기고 있는 것처럼 스스로 느껴졌지만 결코 누구에게도 그것에 대해 말하진 않았다. 왜냐하면 어린 나는 눈물이 날 만큼 부끄러웠기 때문이다. 이윽고 내 주위를 둘러싼 회오리 속에서 나는 뭔지 모를 외로움을 느꼈다. 그곳에는 다른 아이들도 있었지만 그들은 나보다 나이가 훨씬 많거나 훨씬 어렸다. 그리고 나는 그들에게 신경 쓸 여유가 없었다. 물론 내가 특별한 입장에 있지 않았다 하더라도 별다른 일은 없었을 것이다. 이 모든 아름다운 부인들의 눈에 나는 때때로 애무할 수도 있고, 때론 작은 인형처럼 가지고 놀 수도 있는 단지 조그맣고 분명치 않은 존재였다. 특히 그 중에 그 후론 한 번도 만나보지 못한,

아니 영원히 보지 못할 화려하고 풍성한 금발 머리를 한 매혹적인 한 부인은 나를 가만히 놔두지 않기로 작정한 사람 같았다. 나는 당황스러웠다. 그런 나를 상대로 한 그녀의 어리석고 분별없는 행동은 주위 사람들의 그칠 줄 모르는 웃음을 자아내며 그녀를 즐겁게 만들었다. 이러한 행동은 분명히 그녀를 만족시키고 있었다. 기숙사에서도 그녀의 친구들은 그녀를 틀림없이 장난꾸러기 여학생이라고 불렀을 것이다. 그녀는 정말로 보기 드문 미인이었다. 그녀의 아름다움 속에는 무언가 있어서 그 어떤 매력이 첫눈에 두드러지게 나타났다. 물론 그녀는 솜털처럼 하얗다거나 또는 흰 쥐나 목사의 딸처럼 온화하고 수줍어하는 금발소녀는 아니었다. 키가 작고 몸매도 통통한 편이었지만 가늘고 부드러운 얼굴선은 잘 그려 놓은 그림 같았다. 얼굴엔 번개 같은 환한 빛이 감돌아 차라리 그녀는 빠르고 경쾌하게 훨훨 타오르는 불길 같았다. 그녀의 큰 눈에선 불꽃이 튀는 듯 싶었다. 그녀의 두 눈은 다이아몬드처럼 빛났다. 나는 그 불꽃 같은 푸른 눈동자를 비록 홍주석보다 더 검다 할지라도 그 어떤 검은 눈동자와도 바꾸지 않을 것이다. 한 유명한 시인은 자신의 탁월한 시에서 손가락 끝으로 아름다운 한 여인의 망토 자락만이라도 만질 수 있다면 뼈를 자를 준비가 되어 있다고 전 카스틀랴(에스파냐의 옛 왕국_역주)를 걸고 맹세하며 찬미했었는데 나의 금발 여인은 그 시에 나오는 유명한 검은 머리의 여인과도 견줄 만했다. 더욱이 몇 마디 더한다면 나의 여인은

이 세상에 존재하고 있는 어느 미녀보다도 가장 명랑했고 가장 이상하게 잘 웃었으며 결혼한 지 5년이나 되었음에도 불구하고 어린애처럼 천진스러운 미인이었다. 아직 마르지 않은 찬 이슬을 머금고 아침 첫 햇살에 막 봉우리를 터뜨린 붉고 향기로운 신선한 아침 장미 같은 그녀의 싱그러운 입가엔 웃음이 가시지 않았다. 내가 도착한 둘째 날에 작은 실내연극 공연이 있었다. 홀은 초만원을 이루어 빈자리라곤 찾아 볼 수가 없었다. 무슨 일로 늦게 온 나는 서서 연극을 구경해야만 했는데 연극이 흥미를 더하자 연극의 재미에 이끌려 나도 모르게 제일 앞줄까지 빠져 나와서 한 부인이 앉아 있는 안락의자의 등받이에 팔꿈치를 괴고 섰다. 이 금발의 부인이 바로 나의 여인이었다. 그러나 우리는 아직 서로 아는 사이가 아니었다. 우연히 나는 사람의 마음을 유혹하는 듯한 우유거품처럼 희고 풍만하며 곱게 동그스름한 그녀의 어깨를 넋을 잃고 바라보았다. 나로선 여성의 우아한 어깨를 보든지 맨 앞줄에 앉아 있는 노부인의 백발을 감추고 있는 붉은 리본이 달린 모자를 보든지 마찬가지였는데도 말이다. 금발 여인의 옆에는 노처녀가 앉아 있었다. 나중에 알게 되었는데 그녀는 자기 주위에 있는 젊은이들을 쫓아내지 않는 여자들을 고르면서 어디에서든지 가능한 젊고 아름다운 여자들을 가까이 하려고 하는 여자들 중 하나였다. 그러나 그런 게 중요한 건 아니다. 단지 이 노처녀는 내가 열중해서 쳐다보고 있는 것을 알아차리곤 옆에 앉아 있는 금발의 여인에게로 몸을 숙여 히히덕거리며 무언가 그녀에게 귓속말을 했다. 금발의 여인은 갑자기 뒤를 돌아보았다. 그녀의 불길 같은 눈빛이 희미한 어둠 속에서 나를 향해 반짝거렸다. 마음의 준비가 없었던 나는 그녀의 시선에 화상 입은 사람처럼 화끈 달아올라 몸을 떨었던 기억이 난다. 그녀는 미소를 지었다.

"연극은 재밌나요?"

그녀는 능청맞고 비웃듯이 내 눈을 보며 물었다.

"네."

나는 무엇에 놀란 듯 계속 그녀를 보며 대답했다. 그러한 내 모습이 그녀의 마음에 들었던 모양이었다.

"그런데 왜 서 있지요? 그럼 피곤해질 텐데. 앉을 자리가 없나요?"

"네, 없어요."

이번엔 반짝이는 그녀의 눈빛에 신경이 쓰이기보다는 나를 걱정해 주는 그녀의 마음에 관심을 갖고 내 슬픔을 털어 놓을 수 있는 선한 사람을 찾았다고 기뻐하며 대답했다.

"이리저리 빈자리를 찾아봤지만 없어요."

빈 의자가 없는 것을 그녀에게 하소연이라도 하듯이 그렇게 덧붙였다. "이리오렴."

그녀는 발랄하게 말했다. 그 엉뚱한 머리에 무엇이든 갖가지 미치광이 같은 생각이 떠오를 때처럼 그녀는 모든 결단이 빨랐다.

"이리 오렴, 여기 내 무릎에 앉아라."

"무릎이요?"

나는 어리둥절해서 되물었다.

앞서 말했듯이 나는 어린애로서 내게 주어지는 특권 때문에 모욕감과 부끄러움을 느끼기 시작하고 있었다. 그러한 특권은 나를 비웃기라도 하듯 지나치게 도를 넘곤 했다. 더욱이 그렇잖아도 겁 많고 부끄러움 잘 타는 나는 이젠 부인네들 앞에서 정말로 소심해졌고 이러한 상황은 나를 더욱 끔찍이 혼란스럽게 했다.

"그래, 무릎에 말이야. 왜 내 무릎에 앉지 않으려는 거니?"

그녀는 점점 더 크게 웃으며 무릎에 앉으라고 강요하다가 왜 그랬는지 하느님만 아시겠지만 자기의 생각이 재미있었던 건지 아니면 내가 혼란스러워하는 모습이 즐거웠던 것인지 결국 그녀는 웃음보를 터트린 것이다. 그녀가 원하던 바였다. 얼굴이 빨갛게 달아올라 어디 도망칠 곳이 없나 하고 사방을 살폈다. 그러나 그녀는 이미 나를 앞질러 내가 도망가지 못하도록 내 손을 잡아 자기 앞으로 당기곤 정말 놀랍게도 별안간 장난스럽고도 따뜻한 자기의 손가락으로 내 손가락을 아프게 누르며 비틀기 시작했다. 어찌나 아픈지, 나는 온 힘을 다해 소리 지르지 않으려고 애를 썼기 때문에 그만 우스꽝스러운 표정을 짓고 말았다. 게다가 아이에게 실없는 소리를 할 뿐만 아니라 왠지는 모르겠지만 사람들 앞에서 손가락을 아프게 비트는 그런 심술

굿고 악의적인 부인이 있다는 것에 대해 의구심과 끔찍한 놀라움 그리고 경악을 금치 못했다. 분명히 내 불쌍한 얼굴엔 이유를 알 수 없는 그녀의 행동에 대한 의구심이 나타났을 것이다. 그래서 장난꾸러기 이 부인은 내 눈을 보며 미친 사람처럼 깔깔거리고 웃더니 내 불쌍한 손가락을 점점 더 세게 비틀어 꺾었다. 그녀는 가엾은 소년에게 장난쳐서 당황하게 만들고, 속인 것이 재미있어 어쩔 줄 몰랐다. 내 처지는 절망적이었다. 무엇보다도 나는 부끄러워 얼굴이 달아올랐다. 왜냐하면 주위의 모든 사람들이 무슨 일인지 영문을 몰라서든지 아니면 이 아름다운 부인이 뭔가 장난치고 있음을 금방 눈치채곤 웃으며 우리 쪽으로 얼굴을 돌렸기 때문이다. 게다가 그녀는 내가 소리지르지 않는 것에 대한 어떤 잔인함으로 내 손을 꺾었기 때문에 정말 소리지르고 싶었다. 그러나 소리를 지르면 소동이 일어날 것이고 그 후엔 내가 어찌될지 걱정되어 나는 스파르타 인처럼 고통을 참기로 했다. 완전한 절망 속에서 나는 마침내 손을 빼려고 온 힘을 다해 잡아당겼지만 나의 폭군은 나보다 힘이 훨씬 강했다. 결국 나는 더 이상 참지 못하고 소릴질렀다. 그녀가 기다리던 바가 아니던가! 순간 그녀는 내 손을 놓고 돌아서 버렸다. 마치 아무 일도 없었다는 듯이, 그녀가 장난친 것이 아닌, 어떤 다른 학생이 선생님이 돌아서자마자 옆에 앉아 있는 작고 연약한 학생에게 장난을 걸어 창피를 주고 꼬집고 발길질하고 팔꿈치로 치다가 재빨리 자세를 책 쪽으로 바로 하고 수업에 열중함으로써 시끄러운 소리에 솔개같이 화가 나서 달려온 선생님을 놀릴 때처럼 말이다. 그러나 다행히도 그 순간 모든 사람들의 주의는 어떤 스끄리보프의 희극에서 주연으로 연기한 집 주인의 능숙한 연기에 집중되었다. 모두 박수갈채를 보냈다. 그 소란을 틈타 나는 앞줄을 미끄러지듯 빠져 나온 다음 홀의 맨 끝 반대편 모퉁이로 도망가서 기둥 뒤에 숨어 그 간악한 미녀가 앉아 있는 쪽을 공포에 질려 지켜 보았다. 그녀는 손수건으로 입을 가리고 계속 웃고 있었다. 그리고 한참 동안 뒤돌아보며 구석구석 내가 있는지를 살폈다. 아마도 우리의 미치광이 같은 장난이 너무나 빨리 끝나 버린 것이 못내 아쉬워 어떤 다른 장난거리가 없을까 하고 생각하고 있는 것이 분명했다. 이렇게 우리는 서로 알게 되었다. 이날 저녁부터 그녀는 나의 곁을 한 발짝도 떨어지지 않았다. 그녀는 양심도 염치도 없이 내 뒤를 쫓아다니는 나의 박해자이자 폭군이 되어 버렸다. 그녀가 나를 상대로 하는 모든 장난 가운데 가장 우스운 것은 나에게 홀딱 반했다고 하면서 모든 사람 앞에서 내게 망신을 주는 것이다. 물론 소심한 나에겐 이 모든 것이 눈물이 날 만큼 괴롭고 가슴 아픈 일이었다. 때문에 몇 번이나 심각한 위기에 직면하여 간악한 나의 숭배자와 싸우려 한 적도 있었다. 나의 순진한 혼란스러움, 그리고 절망적인 근심은 나를 끝까지 괴롭히도록 그녀에게 용기를 주는 듯했다. 그녀에겐 추호의 동정심도 보이지 않았고 나는 그녀로부터 어떻게 숨어야 할지 몰랐다. 그녀가 유도해 내는 주변의 웃음소리는 그녀에게 새로운 장난에 대한 열망을 부추길 뿐이었다. 그러나 마침내 사람들은 그녀의 장난이 조금 지나치다고 생각하게 되었다. 사실 지금 생각해 보면 그녀는 나 같은 어린아이에게 지나치게 행동했다. 그러나 그녀는 그런 성격의 소유자였고 모든 면에서 볼 때 그녀는 말괄량이였다. 나중에 들었지만 그녀의 응석을 받아 준 사람은 바로 그녀의 남편이었다. 그는 대단한 뚱보에 무척 키가 작고 얼굴이 매우 붉은 대단한 부자이며 사업가였던 모양인데 단 두 시간도 한자리에 머물러 있질 못하고 이리저리 분주히 돌아다니는 사람이었다. 그는 우리들이 있는 시골에서 모스크바로 매일, 때때로 두 번씩 왔다 갔다 했는데 본인의 말에 의하면 사업차였다. 이 우스꽝스럽고 항상 점잖게 보이는 사람보다 더 유쾌하고 더 선량한 사람을 찾기란 쉽지 않을 것이다. 그는 측은한 생각이 들 정도로 아내를 사랑했다. 뿐만 아니라 우상처럼 그녀를 숭배했으며 어떤 일에서도 그녀를 구속하지 않았다. 그녀 주위엔 성별의 구별 없이 많은 친구들이 있었다. 첫째로 그녀를 싫어하는 사람은 거의 없었다. 둘째로 비록 그녀의 성격 바탕에는 지금까지 내가 말한 것으로 예상할 수 있는 것보다는 한결 진지한 점도 있었지만 이 경박한 부인은 사람을 고르는 데 그다지 까다롭지 않았다. 그러나 여자 친구들 중에 우리 모임에 나오는 그녀의 먼 친척뻘 되는 한 젊은 부인을 그녀는 가장 좋아하고 각별히 생각했다. 두 사람 사이에는 어떤 부드럽고 우아한 관계가 형성되어 있었다. 그 관계는 완전히 상반되는 두 성격이 결합될 때 나타나는 그런 것이었다. 그들 중 한쪽이 다른 쪽에 비해 좀 더 엄숙하고 내면도 깊고, 순수하다면, 다른 쪽은 상대의 우월성을 인정하고 자기 평가에 대한 극도의 겸손함과 고결함으로 기꺼이 상대에게 복종하는 것이었는데 그때 그의 마음속에서는 상대의 우정이 행복처럼 남게 되면서 비로소 이들 관계 속에서 부드럽고 고상한 세련미가 싹트기 시작하는 것이다. 한 쪽은 사랑과 관용의 마음을, 다른 쪽은 사랑과 존경심을 갖게 되는데 이때의 존경이란 어떤 열정에 이르고 자기가 너무도 소중히 여기는 상대의 눈에 자신이 어떻게 비칠지에 대한 두려운 경지에 이르며 매순간 삶에서 상대의 마음에 점점 더 가까이 다가서려고 하는 간절한 소망에까지 이르는 것이다. 이 두 사람은 동갑이었지만 미모뿐만 아니라 모든 면에서 엄청난 차이가 있었다. M부인도 역시 상당한 미인이었지만 그녀의 아름다움에는 어여쁜 부인네들과 확실히 구별되는 어떤 특별함이 있었다. 바로 사람들의 호감을 끌어내는 거역할 수 없는 무엇이었다. 아니 그보다 오히려 그녀를 만나는 사람에게 고결하고 고상한 호감을 불러일으키는 무엇이 있었다고 말하는 편이 더 나을 것이다. 세상에는 행복을 주는 그런 얼굴들이 있다. 그녀 옆에 있는 사람은 누구든 왠지 기분이 좋아지고 좀 더 자유스럽고, 포근해졌지만 정작 불꽃과 열정을 담은 그녀의 커다랗고 슬픈 눈은 마치 어떤 적대적이고 위협적인 순간의 두려움 속에서 소심하고 불안하게 응시하고 있었다. 이 야릇한 소심함은 때때로 무어라 형언할 수 없는 우울함으로 이탈리아 마돈나의 환한 얼굴을 연상케 하는 그녀의 온유하고 조용한 외모를 감쌌다. 그래서 그녀를 보는 사람은 마치 자기 자신의 슬픔인 양 똑같은 슬픔에 휩싸이는 것이었다. 그녀의 얼굴은 창백하고 여윈 듯했다. 그 안에 숨어 있는 무엇 하나 흠 잡을 데 없이 깨끗하고 균형 잡힌 윤곽의 아름다움과 마음속 깊이 희미하게 감춰진 우수에 잠긴 냉정함 사이로 사람을 쉽게 믿고, 어쩌면 천진한 행복을 누리던 어린 시절의 모습이 여전히 비쳤다. 이 모든 것은 사람들로 하여금 그녀에 대한 무의식적인 동정을 불러일으켰는데 모든 사람의 마음에 자기도 모르게 미묘하고도 뜨거운 염려가 전염되곤 했다. 이러한 염려는 먼 곳에 있어도 그녀에 대해 좋은 말을 하고 더욱이 그녀와는 남이지만 친척처럼 가까이 느껴지게 하는 그런 것이었다. 비록 누군가 동정을 필요로 할 땐 그녀만큼 애정을 쏟고 신중한 사람도 없었지만 이 미인은 이상하리만큼 말수가 적고 뭔가 비밀을 간직한 사람 같았다. 세상에는 간호사처럼 사랑을 베푸는 여성들도 있다. 그들 앞에서는 아무것도 감출 필요가 없다. 적어도 마음의 상처나 마음의 아픔을 감출 필요가 없는 것이다. 고통받는 사람은 희망을 안고 용감하게 그들에게로 가라. 부담을 주지나 않을까 걱정할 필요는 없다. 인내하는 사랑, 연민, 용서가 몇몇 여성의 마음속에서 얼마나 영원할 수 있는지 우리들 가운데 아는 사람은 거의 없을 것이다. 동정과 위안 그리고 희망이라는 모든 보물들은 이같이 순결하지만 또한 빈번히 상처받는 마음속에 간직되어 있다. 왜냐하면 사랑이 많은 마음은 슬픔도 많기 때문이다. 그러나 이러한 상처받은 곳은 호기심어린 눈초리로부터 조심스럽게 감춰진다. 왜냐하면 깊디깊은 슬픔은 점점 더 침묵하고 숨어 버리기 때문이다. 그 어떤 깊은 상처도 상처의 고름이나 악취도 그들을 놀라게 하지는 못한다. 그들에게 다가서는 사람은 이미 그들의 애정을 받을 가치가 있는 것이다. 그들은 마치 위업 때문에 태어난 것처럼 보인다. M부인은 키가 크고 유연하며 날씬했지만 약간 야윈 편이었다. 그녀의 동작은 왠지 불안정했는데 때론 사뿐 사뿐 춤추듯 느려서 거만해 보이기까지 했고 때론 어린아이같이 빨랐다. 동시에 그녀의 움직임에는 어떤 수줍어하는 온순함이 엿보였는데, 의지할 데 없어 두려워하는 듯했지만 결코 남에게 보호를 구한다든지 애원하는 빛은 아니었다.

　간교한 금발 부인의 칭찬받을 수 없는 장난이 나를 괴롭고 부끄럽게 만들었음을 앞서 이야기한 바 있다. 그러나 거기엔 내가 숨겨온 비밀스럽고 이상한 바보 같은 이유가 있다. 그녀에 대한 한 가지 생각 속에서 엉클어진 상념들을 하나하나 떠올리며 어떤 푸른 눈동자의 교활한 부인의 심문하는 듯한 조소의 눈초리가 닿지 않는 비밀스럽고 어두운 구석에서 이 문제에 대한 한 가지 생각으로 나는 부끄러움과 두려움 그리고 혼란스러움에 숨이 멎을 것 같았다. 한마디로 말해 나는 사랑에 빠진 것이다. 내가 말도 안 되는 소릴했다고 치자. 그런 일은 있을 수 없다고 하자. 그런데 왜 나를 둘러싼 그 많은 얼굴들 가운데 단 하나의 얼굴만이 내 주의를 끌었던 것인가? 무엇 때문에 내 시선은 그녀만을 따라다녔던 것일까? 당시 나는 부인네들을 살피고 그들과 사귈 수 있는 나이가 아니었잖은가? 날씨가 좋지 않아 모두가 집에 틀어박혀 있는 저녁이면 이러한 기분은 더 심했다. 나는 홀의 어느 한구석에 홀로 몸을 숨기고는 무슨 일을 해야 할지 찾지 못하고 멍하니 사방을 두리번거리곤 했다. 나를 놀리는 부인네들을 제외하고 나에게 말을 거는 사람은 거의 없었기 때문에 그런 밤은 지루해서 죽을 지경이었다. 나는 주위 사람들의 얼굴을 유심히 바라보며 그들의 대화에 귀를 기울이곤 했는데 무슨 말인지 한마디로 이해할 수 없는 부분이 많았다. 바로 이때 M부인의 조용한 시선, 부드러운 미소, 아름다운 얼굴은, 하느님만 아시겠지만, 웬일인지 마법에 걸린 내 마음을 송두리째 빼앗아 버리곤 했다. 이 이해할 수 없고 설명할 수 없는 이상하고 달콤한 느낌은 사라지지 않았다. 자주 나는 그녀의 모습에서 눈을 떼지 못하고 몇 시간이고 멍하니 있곤 했다. 그녀의 몸짓 하나, 움직임 하나를 모두 외워버렸고, 굵고 명랑하지만 조금은 억눌린 듯한 그녀의 목소리를 주의 깊게 들었다. 이상한 일이다! 나의 이 같은 모든 관찰은 겁 많고 달콤한 느낌과 함께 어떤 이해할 수 없는 호기심을 가져왔다. 그것은 마치 내가 어떤 비밀을 알아내려는 것처럼 느껴졌다.

  내가 가장 괴로웠던 점은 M부인 앞에서 조롱당하는 것이었다. 이런 조롱과 우스운 장난은 어린 내가 생각해도 나를 모욕하는 것이었다. 나를 대상으로 한 장난으로 사람들의 웃음이 터져 나올 때에 가끔 M부인마저 무의식적으로 웃을 때가 있었는데 그럴 때면 나는 너무도 슬퍼 절망에 빠져선 제정신이 아닌 상태로 나의 폭군들의 손을 뿌리치고 이층으로 도망쳐서 다시 홀에 얼굴을 내밀 용기도 못 내고 그날의 나머지 시간을 보냈다. 그러나 나는 그 때까지 어떤 자신의 부끄러움이나 흥분도 스스로 이해하지 못하고 있었다. 이 모든 과정은 내 안에서 무의식적으로 체험된 것이었다. M부인에겐 두 마디 말도 건네지 못했고 또 그럴 용기도 없었다. 그러던 어느 날 저녁 나로선 참으로 견디기 힘든 오후를 보낸 후 산책하는 사람들로부터 떨어져 몹시 피곤한 몸을 이끌고 정원을 지나 집으로 돌아오고 있었다. 그런데 외진 오솔길의 한 벤치에서 M부인을 본 것이다. 그녀는 머리를 푹 숙이고 기계적으로 손수건을 만지작거리며 마치 일부러 이런 외진 곳을 택한 듯 외로이 앉아 있었다. 그녀는 어떤 깊은 생각에 빠져 내가 옆에 다가서도 듣지 못했다.

  내가 있음을 눈치챈 그녀는 벤치에서 서둘러 일어나 돌아서선 손수건으로 재빨리 눈물을 닦았다. 그녀는 울고 있었다. 그녀는 눈물을 닦은 후 내게 미소지어 보였다. 우리는 함께 집으로 걸어갔다. 그때 무슨 이야기를 나누었는지 지금은 기억나지 않는다. 그러나 그녀는 때론 꽃을 꺾어 달라고, 때론 옆의 오솔길에 말 타고 가는 사람이 누군지 보라며 여러 가지 구실을 내세워 계속 내게 심부름을 시켰다. 그리고 내가 곁을 떠나면 곧 손수건을 눈가로 가져가 소리 없이 흐르는 멈출 것 같지 않은 눈물을 닦았다. 그녀의 가슴에 끝없이 샘솟는 눈물로 가엾은 눈에선 하염없이 눈물이 흘렀다. 나는 계속되는 그녀의 심부름으로 내가 부인에게 방해되고 있음을 눈치챘다. 그리고 부인도 내가 모든 사실을 알아차렸다는 것을 이미 알고 있었지만 스스로도 억누르지 못하는 것 같았다. 그 때문에 나는 더욱 가슴이 찢어지는 듯했다. 그 순간 나는 내 자신에게 절망적으로 화가 치밀었다. 그리고 재치 없고 슬기롭지 못한 자신을 저주했다. 그러나 나는 그녀의 슬픔을 눈치채지 못한 것처럼 재치 있게 자리를 물러날 방법을 몰랐다. 나는 슬픈 경탄에 잠겨, 아니 경악에 가까운 기분으로 우리의 빈곤해진 대화를 유지하기 위한 어떤 말도 찾아내지 못하고 몸둘 바를 몰라 하며 그냥 부인 곁에서 나란히 걸었다.

 이 만남은 나에게 커다란 충격을 주었으므로 나는 온 저녁을 탐욕스런 호기심으로 M부인을 조용히 주시하며 그녀에게서 한시도 눈을 떼지 않았다. 그러나 내가 관찰하는 동안 그녀는 두 번이나 나와 눈이 마주쳤는데 두 번째는 나를 알아보고 빙그레 웃었다. 이 미소는 그날 저녁 그녀가 보인 유일한 미소였다. 창백한 그녀의 얼굴엔 슬픔이 떠나지 않았다. 그녀는 계속 어느 한 중년 부인과 조용히 이야기하고 있었다. 그 부인은 심술궂고 잔소리가 많은 늙은이로 남의 일을 캐내고 험담하는 것을 좋아하여 아무도 그녀를 좋아하지는 않았지만 사람들은 그녀를 두려워했다. 그래서 마음이 있건 없건 간에 모두들 그녀의 비위를 맞춰야 했다. 열 시경 쯤 M부인의 남편이 왔다. 그때까지 나는 부인의 슬픔에 가득 찬 얼굴에서 눈을 떼지 않고 집요하게 관찰하고 있었다. 지금 남편의 뜻밖의 출현에 부인이 얼마나 온몸을 떨고 있는지 나는 보았다. 그렇잖아도 창백한 그녀의 얼굴은 갑자기 손수건보다 더 하얗게 질렸다. 그것은 너무나 눈에 띄어서 다른 사람들도 눈치챌 정도였다. 나는 옆 사람의 단편적인 이야기를 듣고 가엾은 M부인이 그다지 행복하지 못함을 어림짐작할 수 있었다. 사람들의 말에 따르면 그녀의 남편은 흑인처럼 질투심이 많다는 것이다. 그것도 사랑이 아닌 자존심 때문이라고 한다. 무엇보다도 이 남자는 유럽인이었다. 새로운 이념의 전형이고 자신의 생각에 대해서는 자만심이 강한 현대인이었다. 그는 검은 머리의 키가 크고 특히 뚱뚱한 신사였는데 독선적인 붉은 얼굴엔 서구풍의 콧수염과 설탕처럼 하얀 치아가 있었고 흠잡을 데 없이 신사적인 위엄을 갖춘 그를 사람들은 '영리한 사람'이라고 불렀다. 어떤 집단에서는 타인의 희생으로 자기 배를 살찌운 특별한 어떤 종족을 그렇게 부르는데 그들은 아무 일도 하지 않고 아무 일도 하고 싶어하지 않으며 영원한 게으름 때문에 고깃덩어리가 그들의 심장을 대신한다. 그런 친구들은 '자신들의 천재성을 지치게 하고', 그로 인해 '쳐다보기 우울해지는' 혼란스럽고 적대시되는 사정 때문에 아무런 할 일이 없다고 끊임없이 말한다. 이것은 이미 그들이 습관적으로 사용하는 미사여구이다. 이런 말들과 구호는 우리의 뚱보 신사들이 아무데서나 끊임없이 지껄여대는 악명 높은 타르튀프(몰리에르 희극에 나오는 위선자_역주)의 빈말처럼 이미 오래 전부터 지겨워지고 있었다. 이 재미있는 사람들 가운데 몇몇은 그들이 무엇을 해야 할지를 결코 찾아내지 못한다. 어쩌면 그들은 찾으려고 노력한 적도 없다. 다시 말하면 그들은 사람들이 자신들에게 심장대신 고깃덩어리가 있다고 생각하는 대신 반대로 어떤 '대단히 심오한 것'이 있다고 생각하길 바라지만 대체 구체적으로 무엇인가하는 것에 대해서는 물론 예의로 그러겠지만 아마 일류 외과의사도 아무 말도 하지 않을 것이다. 이런 자들은 남을 잔혹하게 멸시하고 극히 근시안적인 비난, 헤아릴 수 없는 거만함에 자신의 모든 본능을 집중시키며 세상을 살아간다. 왜냐하면 그들에게는 타인의 실수나 약점을 들춰내서 그것을 강조하는 일 외에 달리 하는 일이 없고, 선한 감정이라곤 조금도 없기 때문에 그러한 예방적인 수단을 갖고 사람들과 극히 조심스럽게 살아가는 것은 그다지 어려운 일이 아니다. 그들은 이에 대해 과도하게 자랑스럽게 생각한다. 예를 들면,

전 세계가 자기들에게 세금을 바쳐야만 한다고 거의 확신하고 있다. 그들에게 있어서 세금은 저장해 놓는 조갯살과 같다. 자기들을 제외한 나머지 모든 사람들은 멍청이며 즙이 필요할 땐 언제든지 짜낼 수 있는 오렌지나 해면 같은 존재나 다름없는 것이다. 그들은 모든 것의 주인이며 이 모든 칭찬받을 만한 규칙이 존재하는 것은 다른 사람이 아닌 바로 저희들이 똑똑하고 남다르기 때문이라고 여긴다. 이런 터무니없는 거만 때문에 그들은 자신의 어떤 결점도 인정하지 않는다. 이런 자들은 늘 사기를 치며 살아왔기 때문에 결국 사기 치며 사는 것이 당연한 것처럼 스스로 믿어버린 타르튀프나 폴스타프(셰익스피어 희극의 한 인물로 뚱뚱하고 쾌활한 허풍선이_역주)와 같은 존재라고 할 수 있다. 그리고 그들은 스스로 정직한 인간임을 사람들에게 주장하다가 결국엔 자기가 정말 정직한 인간이라고 확신하면서 자신들의 사기행각이 나름대로 정당하다고 스스로 믿게 된다. 이들에게 양심적인 내면의 비판이나 고귀한 자아성찰은 결코 없을 것이다. 다른 것을 생각하기에 그들은 너무도 살쪄 있다. 이들에게 모든 면에서 가장 중요한 것은 그들 자신과 그들의 몰로흐(페니키아의 신으로 사람의 희생을 요구하는 것의 상징_역주), 바알(고대 셈족의 최고신. 태양신_역주)신 그리고 '위대한 나'인 것이다. 그들에게 있어 모든 자연과 세계는 우리의 작은 우상이 자아도취에 빠져 끊임없이 자신을 비추어 보느라 자기 외엔 누구도 아무것도 보지 못하는 하나의 위대한 거울에 불과할 뿐이다. 그러므로 그들이 이 세상의 모든 것을 그 같이 추한 모습으로 보고 있는 것은 당연한 일이다. 그들은 모든 것에 대비하여 미리 준비된 문구를 마련해 두는데 그들의 입장에서 보면 교활함의 극치이며 이것은 가장 유행하는 문구인 것이다. 뿐만 아니라 그들은 성공을 예감하는 생각을 근거 없이 사방으로 퍼트리면서 이러한 유행을 가속화시킨다. 그들에겐 바로 이러한 유행어를 다른 사람보다 먼저 냄새 맡고 터득할 수 있는 감각이 있다는 것이다. 그래서 이런 유행어는 마치 그들로부터 시작된 것처럼 여겨진다. 특히 그들은 인류에 대한 자기의 깊은 동정을 표시하거나 가장 올바르고 이성적으로 정당화된 박애란 무엇인가에 대한 정의를 내리고, 결국엔 낭만주의, 즉 때때로 아름답고 진실된 것의 끊임없는 징벌을 위해 그런 유행어를 준비해 놓는다. 그러나 아름답고 진실된 것의 아무리 작은 원자라도 모든 달팽이 같은 족속 전체를 합한 것보다 더 귀중한 것이다. 그들은 멍청하게도 과도적이고 미완성적인 형태 속에 있는 진리는 알지 못하고 미성숙하고 불안정하며 발효 중인 모든 것을 밀어낸다. 살이 쪄 통통한 인간은 모든 것이 준비된 상태에서 평생을 즐겁게 살아왔기 때문에 세상의 모든 일이 얼마나 어렵게 이루어지는지 알지 못하고 그 자신조차 아무것도 한 일이 없다. 때문에 어떤 곤란한 문제로 그들의 기름진 감정을 건드리는 것은 큰일인 것이다. 절대로 용서하지 않을 것이며 항상 기억해 두었다가 복수의

쾌락을 맛보는 것이다. 결론을 말하자면 나의 주인공은 온갖 종류의 격언, 유행문구로 가득 찬 부풀 만큼 부푼 자루처럼 뚱뚱했다.

그렇지만 M씨는 독특한 면이 있는 주목할 만한 사람이었다. 그는 풍자가, 수다쟁이, 이야기꾼으로 어느 방에 가든지 그의 주위에는 항상 사람들이 모여들었다. 그날 밤 그는 사람들에게 좋은 인상을 심어 주는 데 성공했다. 그는 대화를 주도해 나갔다. 그는 신바람이 나서 어떤 기쁜 일이라도 있는 사람처럼 명랑하게 사람들의 시선을 자기에게로 집중 시켰다. 그러나 M부인은 시종 병자처럼 창백했다. 그녀의 얼굴이 얼마나 슬퍼보였는지 그녀의 긴 속눈썹에서 전과 같은 눈물이 금방이라도 쏟아질 것처럼 느껴졌다. 전에도 이야기했듯이, 이 모든 것은 나에게 커다란 충격과 놀라움을 주었다. 나는 어떤 이상한 호기심을 안고 그 자리를 떠났다. 그때까지만 해도 끔직한 꿈을 꾸는 일이 거의 없었는데 그날은 밤새도록 M씨의 꿈을 꾸었다. 다음날 아침 일찍 나는 살아 있는 그림놀이의 연습에 불리어 갔다. 나에게도 한 역할이 있었다. 살아 있는 그림놀이, 연극 그리고 무도회, 이 모든 것은 하룻밤을 위한 것으로 날짜는 닷새 후로 정해졌다. 집 주인의 막내딸의 생일을 위해 마련된 집안 축제였다. 거의 즉흥적으로 열리는 이 축제에 모스크바와 모스크바 근교의 별장에서 백 명 가량의 손님이 초청되었기 때문에 그 성가심, 그 소란, 그 혼란이란 이루 말할 수 없었다. 예행연습, 더 정확히 말하자면 의상 검열은 불편한 시간

대인 아침으로 정해졌는데 집 주인의 친구이자 손님이며, 또 유명한 화가인 우리의 감독 R씨가 주인과의 우의를 생각해서 작품, 상연과 함께 우리들의 연습까지 떠맡고, 지금은 소도구를 마련하기 위해, 말하자면 연극의 막바지 준비를 위해 시내로 서둘러 떠나지 않으면 안 되었기 때문에 우리들은 한시도 헛되이 보낼 수 없었다. 나는 M부인과 둘이서 한 살아 있는 그림놀이에 참여했다. 그것은 중세기 생활 중의 장면으로 '성주城主의 부인과 그녀의 시동侍童'이라는 제목이었다.

 M부인과 함께 연습하면서 나는 설명할 수 없는 혼란스러움을 느꼈다. 어제부터 나의 머릿속에 생겨난 나의 모든 생각과 의혹, 추측을 내 눈을 통해 읽는 것 같은 기분이 들었던 것이다. 게다가 어제 부인이 울고 있는 걸 보고 그녀의 슬픔을 방해했기 때문에 나는 어쩐지 부인에게 죄지은 것 같은 생각이 들었다. 그래서 부인은 나를 반갑지 않은 목격자로 생각하고 또 그녀의 비밀에 대해 청하지 않은 개입자로 생각하며 나를 곱지 않은 눈으로 보게 될 것이라 여겼다. 그러나 다행히도 커다란 걱정 없이 지나갔다. 그녀는 나라는 존재를 인식조차 하지 못했다. 부인에겐 나나 연극연습에 신경 쓸 여유가 없는 듯했다. 그녀는 산만했고 슬프고 어두운 표정으로 생각에 잠겨 있었다. 무슨 커다란 걱정거리가 있어 괴로워하는 것 같아 보였다. 나는 내 역할연습을 마치고 급히 옷을 갈아 입으러 갔다. 10분 후 정원으로

향한 테라스로 나왔다. 그와 거의 동시에 다른 문에서 M부인이 나왔다. 바로 그때 우리 앞에 자기만족에 찬 그녀의 남편 M씨가 나타났다. 그는 방금 여인네 부대를 정원으로 안내하여 그들을 어떤 한가한 카발리에 세르방(cavalier servant 사교계에서 친절하게 보살피며 여자의 비위를 맞추는 사람을 일컬음_역주)에게 인계하고 그곳에서 돌아오는 길이었다. 확실히 이 남편과 아내의 만남은 뜻밖의 일이었다. 왠지는 몰라도 M부인은 갑자기 당황했고 그녀의 초조한 몸짓에는 가벼운 노여움이 엿보였다. 태평하게 아리아를 휘파람불며 돌아오는 길 내내 깊은 생각에 잠겨 자기의 구레나룻을 정리하던 그녀의 남편은 이제 부인을 만나자 얼굴을 찌푸리며, 지금 생각해 보면, 마치 종교재판관 같은 눈빛으로 그녀를 쳐다보았다.

"당신, 정원에 가는 거요?"

아내의 손에 들린 파라솔과 책을 보며 그가 물었다.

"아니요, 숲에 가는 거예요."

그녀가 약간 얼굴을 붉히며 대답했다.

"혼자서 가는 거요?"

"이 아이랑 함께요."

M부인은 나를 가리키며 말했다.

"아침마다 저는 혼자 산책해요."

그녀는 생전 처음으로 거짓말을 할 때의 그런 불안정하고 불분명한 목소리로 덧붙였다.

"음, 난 방금 그곳으로 일행을 바래다주고 오는 참이오. 모두들 N을 배웅하기 위해 꽃 정자에 모여 있더군. 당신은 N이 떠나는 걸 알고 있소? 오데사에서 무슨 나쁜 일이 일어난 모양이오. 당신 사촌 자매(그는 금발 미인에 대해서 말하고 있음)는 한참 웃더니 또 금방 울음을 터트릴 것 같더군. 쉽게 이해할 수 없는 사람이오. 참, 당신이 어떤 일 때문에 N에게 몹시 화가 나 있어서 그를 배웅하러 오지 않았다고 그녀가 말하더군. 물론 허튼 소리겠지?"

"그녀가 장난하는 거예요."

M부인은 테라스의 계단을 내려가면서 대답했다.

"응, 이 아이가 당신과 매일 함께 다니는 카발리에 세르방 인가?"

M씨는 입을 비죽거리곤 손잡이가 달린 안경을 내 쪽으로 돌리면서 말했다.

"시동이에요!"

나는 그의 손잡이 달린 안경과 조소가 섞인 어조에 화가 나서 똑바로 그의 얼굴을 향해 하하 크게 웃은 뒤 테라스의 세 계단을 단숨에 뛰어내렸다.

"잘 가시오!"

M씨는 중얼거리곤 가던 길을 가 버렸다.

M부인이 남편에게 나를 손가락으로 가리키자마자 나는 바로 부인

옆으로 다가섰다. 그리고 마치 그녀가 한 시간 전부터 같이 산보하자고 청해 놓은 것처럼, 마치 이미 한 달 내내 아침마다 그녀와 함께 산책이라도 해온 것처럼 바라보았다. 그러나 나는 이해할 수가 없었다. 부인은 왜 그렇게 당혹스러워했으며 또 사소한 거짓말을 할 때 도대체 그녀의 머리엔 무엇이 있었을까? 왜 그녀는 혼자 산보하러 간다고 말하지 못했을까? 이제 나는 어떻게 그녀의 얼굴을 바라보아야 할지 몰랐다. 하지만 놀라움에 경악하고 있는 나는 순진하게 그녀의 얼굴을 힐끔 힐끔 훔쳐보기 시작했다. 그러나 한 시간 전 연습 때처럼 그녀는 나의 눈길도 나의 소리 없는 질문도 알아차리지 못했다. 여전히 고통스러운 그러나 전보다 더욱 선명하고 깊은 근심이 그녀의 얼굴에도 걸음걸이에도 나타났다. 부인은 점점 더 걸음을 재촉하며 어디론가 서둘렀다. 정원 쪽을 돌아보면서 불안한 모습으로 오솔길마다, 숲 속의 빈터마다 두리번거렸다. 나 역시 어떤 것을 기대하고 있었다. 갑자기 우리 뒤에서 말발굽소리가 들려 왔다. 그것은 뜻하지 않게 우리 사교계를 떠나게 된 N을 전송하기 위해 무리지어 가는 남녀 기마행렬이었다. 부인네들 가운데 M씨가 언급한 눈물의 주인공인 나의 금발 부인도 있었다. 그녀는 원래의 성격대로 어린아이처럼 깔깔거리며 훌륭한 밤색 말을 기운차게 몰고 있었다. 우리 옆을 지날 때 N은 모자를 벗어 들어 보였을 뿐 말을 멈추지도, M부인에게 한 마디의 말도 건네지 않았다. 이 모든 무리는 곧 시야에서 사라졌다. 그리고 M부인 쪽을 바라보았을 때 나는 놀란 나머지 하마터면 소리를 지를 뻔했다. 그녀는 백지장처럼 창백한 얼굴이 되어 굵은 눈물을 뚝뚝 흘리며 서 있는 것이었다. 우리들의 시선이 우연히 부딪쳤다. M부인은 갑자기 얼굴을 붉히고 순간 얼굴을 돌렸다. 불안과 노여움의 빛이 선명하게 그녀의 얼굴에 아른거렸다. 나는 어제보다 한층 더 그녀에게 불필요한 존재였다. 그것은 낮의 밝음보다 더 명백한 사실이다. 그런데 어디로 피한단 말인가? M부인은 마치 내 마음을 읽기라도 한 듯 손에 든 책을 펼쳤다. 그리곤 얼굴이 빨게 지면서 분명히 나를 쳐다보지 않으려고 애쓰면서 금방 생각이 떠올랐다는 듯이 말했다.

"아이 참, 이건 제2권이네. 잘못 가져 왔나봐. 내게 제1권을 갖다 주지 않을래."

어떻게 눈치채지 못하겠는가! 내가 맡은 역할은 끝난 것이다. 이보다 더 확실히 나를 쫓아낼 수는 없었을 것이다. 나는 책을 갖고 뛰어가선 되돌아오지 않았다. 제1권은 이날 아침 내내 책상에 얌전히 놓여 있었다. 그러나 나는 마음을 잡을 수가 없었다. 내 심장은 계속되는 공포에 사로잡힌 듯 마구 뛰었다. 나는 M부인을 만나지 않으려고 안간힘을 쓰고 있었다. 그 대신 조잡한 호기심으로 마치 이젠 특별한 무엇인가 M씨에게 반듯이 있기라도 한 듯 자아만족에 빠져 있는 그를 살피기 시작했다. 나의 이런 우스꽝스러운 호기심에 어떤 의미가 있었던 것인지 정말 이해할 수 없다. 지금은 이날 아침에 내가 보게 된 모든 것 때문에 어떤 기이한 놀라움을 경험했다는 것만 기억난다. 그러나 나의 날은 막 시작되고 있을 뿐이었다. 그날은 나를 위해 여러 가지 사건들로 가득 찼다. 우리는 일찍 점심식사를 마쳤다. 저녁 무렵 우리 모두를 위해 향토 축제가 열린 이웃 마을로 유쾌한 나들이가 예정되어 있었기 때문에 준비할 시간이 필요했다. 나는 벌써 사흘 전부터 커다란 즐거움을 기대하면서 이날이 오기를 무척 기다렸다. 커피를 마시기 위해 거의 모두가 테라스에 모였다. 나는 조심스레 다른 사람들의 뒤를 따라서 안락의자의 세 번째 줄에 몸을 숨겼다. 호기심이 나를 사로잡았지만 M부인의 눈에는 결코 띄고 싶지 않았다. 그러나 우연히 나는 바로 그 심술궂은 금발 부인 가까이에 앉게 되었다. 이날 거의 기적과도 같은 불가능한 일이 그녀에게 일어났다. 그녀는 곱절이나 더 아름다웠다. 무슨 일로 그렇게 변했는지는 모르겠지만 여자들에게 일어나는 그런 기적은 그다지 드문 현상이 아니다. 그때 우리들 사이에 새로운 손님이 나타났다. 그는 키가 훤칠하고 창백한 얼굴을 한 젊은 청년으로 우리 금발 부인의 이름난 숭배자였는데 우리의 아름다운 금발 부인에게 홀딱 반했다는 소문이 돌았던 N이 떠난 자리를 대신이라도 하듯 방금 모스크바에서 도착했다. 이 새로운 손님과 그녀는 이미 오래 전부터 셰익스피어의 희극 '헛소동'에 등장하는 베아트리체에 대한 베네딕트의 관계와 흡사한 관계를 맺고 있었다. 간단하게 말하자면, 이날 우리의 금발 미인은 대단한 성공을 거두고 있었다. 그녀의 농담과 수다는 우아했고, 신뢰할 수 있을 만큼 순수했고, 조심성 없이 거침없는 듯했지만 애교로 봐줄 만한 것이었다. 그녀는 우아한 자만심으로 자기가 모든 이의 숭배의 대상이 되고 있음을 확신했다. 그녀의 주위엔 그녀의 매력에 정신을 빼앗긴 놀란 청중들이 빽빽이 모여 있었다. 그녀 역시 이만큼 매혹적인 적도 예전엔 없었다. 그녀의 한 마디 한 마디가 놀랍고 유혹적이었으며, 사람들은 그녀의 말을 귀담아 두었다가 입으로 옮겼다. 그녀의 어떤 농담도, 그녀의 어떤 상식에 어긋난 언행도 헛되이 사라지는 것은 없었다. 그 어떤 사람도 그녀로부터 그 같은 훌륭한 멋과 재치와 기지를 기대하지 않았을 것이다. 그녀의 모든 장점은 제멋대로의 광적인 행동 속에, 우스꽝스러움을 겨우 면한 고집스러운 여학생다운 행동에 매일같이 가려져 있었던 것이다. 그러한 그녀의 장점을 알아챈 사람은 극히 드물었고 알아차렸다 해도 믿으려고 하지 않았을 터였다. 그래서 그녀의 대단한 성공은 모든 사람들의 열렬한 감탄의 속삭임으로 돌아왔다.

그런데 이러한 성공엔 M부인의 남편이 맡은 역할로 판단 할 수 있는 어떤 특별하고도 매우 민감한 상황이 작용했었다. 이 장난꾸러기 부인은 몇 마디를 더 보탠다면 모두의 즐거움을 위해, 특히 젊은이들의 즐거움을 위해 그를 맹렬히 공격하기로 마음먹었던 것이다. 이러한 공격엔 많은 이유가 있었지만 그녀에게 매우 중요한 이유인 것만은 틀림없었다. 그녀는 M씨와 함께 가장 반박하기 어렵고 믿을 수 없으며 가장 교활하고 유창한 익살과 조소, 풍자의 설전을 벌였다. 그것은 정곡을 찌르는 것으로 어느 쪽에서도 반격의 여지가 없으며 광란에 이르고 희극적인 절망에 빠지는 희생을 초래하는 것이다.

확실치는 않으나 금발 부인의 이 모든 당돌한 언행은 즉흥적인 것이 아니라 미리 계획된 것인 듯 싶었다. 이 필사적인 결투는 이미 식사 때 시작되었던 것이다. 내가 '필사적'이라고 말한 것은 M씨가 쉽사리 항복하려 하지 않았기 때문이다. 그는 비참하게 패배하지 않기 위해 또 결정적인 수치를 면하기 위해 모든 용기와 기지와 특별한 재치를 발휘해야만 했다. 이 격전은 당사자와 목격자의 끊임없는 포복절도 속에서 진행되었다. 적어도 M씨에게 오늘은 어제와 같지 않았다. M부인이 조심성 없는 자기 친구를 여러 번 만류하는 것이 눈에 띄었다. 금발 부인은 이번 기회에 질투심이 강한 M부인의 남편에게 가장 우스꽝스러운 광대 옷을 입히고 싶었던 것이다. 그 옷이란 상상해 보면, 내 기억으로 판단해 보건대 그리고 내가 이 싸움에서 맡았던 역할로 보아도 분명 '푸른 수염'(프랑스 동화 속의 주인공, 푸른 수염을 가진 인물로 6명의 아내를 살해함_역주)의 의상이 틀림없을 것이다. 이것은 갑자기 우습기 짝이 없는 방식으로 우연히 일어났다. 그때 나는 의도적인 것처럼 앞으로 다가올 어떤 불행도 의심하지 않고 조금 전의 경계심도 잊은 채 남의 눈에 잘 띄는 곳에 서 있었다. 그런데 갑자기 M씨의 저주스런 적으로, 진짜 경쟁자로, 그녀의 입방아에 내가 오른 것이다. 내가 M부인을 사랑하고 있다는 말까지 나오고, 나의 폭군은 증거가 있다면서 이를테면, 오늘 숲에서 보았는데…… 하며 말하는 것이었다.

  그러나 그녀는 미처 말을 끝맺지 못했다. 나는 나에게 가장 절망적인 순간에 그녀의 말을 가로막았다. 이 순간은 부도덕하게 미리 계산되어진 것이었고 최후를 위해 그리고 익살맞은 결말을 위해 배신에 가득 차서 준비된 것이었으며, 또한 뭐라고 말할 수 없이 이상하고 우습게 설정되었던 것이다. 그래서 그녀의 마지막 말에 도저히 참을 수 없다는 듯이 주변에서 웃음이 터져 나왔다. 그때 가장 비참한 역을 맡은 사람은 내가 아니라는 것을 알 수 있었지만 너무도 어이가 없고 화가 나고 놀라서, 눈물과 슬픔과 절망 속에서 부끄러움에 숨을 씩씩거리며 두 줄의 안락의자를 헤치고 앞으로 나갔다. 그리고 눈물과 분노로 말을 잇지 못하고 띄엄띄엄 나의 폭군을 향해 외쳤다.

  "부끄럽지 않으세요? 모든 부인들이…… 있는 앞에서 그렇게 심술궂은 거짓말을 하다니! 부인은 어린아이같이…… 모든 남자들 앞에서…… 모두들 뭐라고 말하겠어요? 부인은 어른이고…… 결혼도 했는데……!"

  그러나 내가 말을 채 맺기도 전에 귀가 터질 듯한 박수 소리가 울렸다. 나의 언행은 대단한 소동을 불러일으켰다. 나의 순진한 몸짓, 나의 눈물, 무엇보다 마치 내가 M씨의 변호를 자청한 격이 되었는데 이 모든 것이 끔찍한 폭소를 자아냈다. 지금 생각해 보아도 그 생각만 하면 저절로 웃음이 터져 나온다. 나는 망연하고 두려워서 거의 정신을 잃었다. 얼굴은 화약처럼 달아올랐다. 나는 두 손으로 얼굴을 가리고 그곳에서 뛰쳐 나오다 쟁반을 들고 문으로 들어오던 하인의 손을 쳐서 쟁반을 떨어뜨렸다. 그리곤 쏜살같이 이층의 내 방으로 뛰어 올라갔다. 그리고 문 밖에 걸려 있던 열쇠를 낚아챈 다음 안으로 문을 잠가 버렸다. 이것은 참 잘한 일이었다. 수많은 사람들이 내 뒤를 쫓아왔기 때문이다. 몇 분도 지나지 않아 우리 부인들 가운데 가장 어여쁜 부인들이 내 방문을 에워쌌다. 명랑한 웃음소리, 소곤거리는 소리, 들썩거리는 소리가 들려 왔다. 마치 제비처럼 모두 한꺼번에 떠들어 대고 있었다. 부인들은 모두 잠시라도 좋으니 문을 열어 달라고 애원했다. 문을 열더라도 절대 나쁜 일은 없을 것이고 단지 위로의 키스만을 끝없이 할 것이라고 맹세했다. 그렇지만 이 새로운 위협보다 더 무서운 것이 어디 있을까? 나는 부끄러움에 온몸이 달아올랐다. 얼굴을 베개에 묻고 문을 열지도 그들을 상대하지도 않았다. 모두가 오랫동안 문을 두들기며 애원했지만 나는 열한 살짜리 소년답게 귀먹은 듯 무정하게 있었다.

    이제 어떻게 한단 말인가? 모든 것이 밝혀졌다. 내가 그다지도 예민하게 간직했던 모든 것이 폭로되고야 말았다. 영원한 수치와 치욕

이 영원히 따라다니게 되었으니……! 사실 내가 무엇을 그렇게 두려워했는지, 무엇을 숨기려고 했던 것인지 나 자신도 모르겠다. 그러나 무엇인가를 두려워하고, 그 무엇인가 폭로될까봐 나뭇잎처럼 이제까지 떨지 않았던가? 나는 단지 그것이 무엇인지 그 순간까지 몰랐다. 자랑스러운 것인지 아닌지, 명예로운 것인지 치욕스러운 것인지, 칭찬받을 만한 것인지 아닌지. 지금 괴로움과 거부할 수 없는 슬픔 속에서 생각해 보면, 그것은 '우습고 수치스러운' 것일 뿐이었다. 당시 나는 본능적으로 그러한 판결이 거짓되고 비인간적이며 어리석은 것이라는 것을 느꼈지만 나는 이미 깨지고 파괴되어 의식의 흐름이 멈춘 듯 내면의 모든 것이 뒤죽박죽 엉켜 버린 상태였다. 이 판결에 대해 대항할 수도, 꼼꼼히 판단할 수도 없이 나는 그저 멍해져 있었다. 수치심도 모를 정도로 무자비하게 상처받은 내 마음에 무력한 눈물이 하염없이 흘렀다. 화가 치밀었다. 생애 처음으로 뼈저린 슬픔과 모욕, 분노를 느낀 내 안에서 이제까지 알지 못했던 불쾌감과 증오심이 고개를 들었다. 이것은 조금의 과장도 없는 진실이었다. 내 안에, 어린 소년의 마음에 미성숙하고, 아직 형태를 갖추지 못한 감정이 거칠게 다가왔다. 첫 향기를 뿜어내는 동정童貞의 수줍음이 너무도 빨리 벗겨지고 모욕당했으며 어쩌면 매우 심각한 미학적인 첫 감동이 조롱당했던 것이다. 물론 나를 조롱한 사람들도 나의 괴로움을 예견하지는 못했을 것이다. 거기에는 내 스스로 해명할 여유도 없었지만 왠지 그때까지 이해하는 것이 두려웠던 은밀한 사정도 반쯤 있었다. 슬픔과 절망에 쌓인 채 얼굴을 베개에 묻고 나는 계속 침대에 누워 있었다. 열과 오한이 번갈아 엄습했다. 두 가지 의문이 나를 괴롭히기 시작했다. 하나는, 무엇을 보았을까? 저 잔혹한 금발 부인이 도대체 오늘 숲 속에서 나와 M부인 사이에서 무엇을 보았을까 하는 것이었고, 또 하나는, 수치와 절망 때문에 그 순간 그 자리에서 죽어 버리지 않으려면 무슨 낯으로, 어떤 방법으로 이제 그녀를 대하면 좋을까 하는 점이었다.

　밖에서 들려 오는 이상한 소음이 반의식 상태에 있던 나를 깨웠다. 나는 일어나 창가로 다가갔다. 마당엔 마차들, 말들 그리고 이리저리 분주히 돌아다니는 하인들로 난리법석이었다. 모두가 떠날 채비를 하는 것 같았다. 몇몇 기수들은 벌써 말에 올라 타 있었고 다른 손님들은 각자 마차에 자리를 잡고 있었다. 순간 나는 예정되어 있던 나들이를 떠올렸다. 그러자 불안한 생각이 조금씩 마음속으로 파고들기 시작했다. 나는 나의 독일산 말이 어디에 있는지 마당을 뚫어지게 살펴 보았다. 나의 말은 없었다. 모두들 나에 대해선 잊은 듯했다. 나는 참지 못하고 불쾌한 해후나 조금 전에 겪은 망신에 대해선 생각할 겨를도 없이 황급히 아래로 뛰어 내려갔다. 위협적인 소식이 나를 기다리고 있었다. 나에겐 말뿐만 아니라 마차에 빈자리도 남아 있지 않았다. 다른 사람들이 이미 모든 자리를 차지하고 있어서 나는 자리를 양보하는 수밖에 없었다.

새로운 불행에 깊은 타격을 받은 나는 현관 계단에 서서 나를 위한 하찮은 구석자리도 비어 있지 않은 사륜마차, 1인용마차, 그리고 포장마차의 긴 행렬과 재간을 부리며 조바심 내는 말들 위에 올라탄 화려한 여 기수들을 슬프게 바라보고 있었다.

기수 중 한 사람이 무슨 일인지 우물쭈물하고 있었기 때문에 일행은 출발하기 위해 이 사람만을 기다리고 있었다. 현관 앞에 서 있는 그의 말은 재갈이 물려 말발굽으로 땅을 파헤치다 무엇에 놀란 듯 뒷발로 서서 몸을 부르르 떨었다. 두 마부가 조심스레 재갈을 잡고 있었고 사람들은 말에서 떨어져 거리를 두고 서 있었다. 사실 나는 실망스러운 상황 때문에 이들과 함께 갈 수 없게 되었다. 더욱이 새 손님들이 몰려와 마차의 빈 좌석과 말을 모조리 차지한데다 말 두 필이 병이 난 것이다. 그 중 하나가 내 말이었다. 그러나 이러한 상황 때문에 곤란을 겪는 건 나만이 아니었다. 알고 보니 내가 앞서 이야기한 새 손님, 얼굴이 창백한 청년도 역시 말이 없었다. 이 유쾌하지 못한 상황을 벗어나기 위해서 우리의 주인은 최후의 수단을 강구해야 했다. 그는 광폭해서 한 번도 타지 않은 자기 소유의 종마를 권했던 것이다. 그리고 주인은 나중에 후회하지 않기 위해 이 말은 도저히 탈 수 없으며, 이미 오래 전부터 그 난폭한 성격 때문에 마땅한 임자만 나타나면 팔아 치울 계획이었다고 덧붙였다. 그러나 이러한 경고를 들었음에도 손님은 자기는 말을 상당히 잘 타니 일행과 갈 수만 있다면 무엇이든 타고 갈 준비가 되어 있다고 장담했다. 그러자 주인은 더 이상 말을 하지 않았지만 그의 입가엔 이중적인 교활한 미소가 감돌았던 것 같았다. 자신의 승마술을 자랑하던 손님이 말타기를 기다리는 동안 주인도 자신의 말에 오르지 않고 초조하게 두 손을 비비며 계속 문 쪽을 바라보았다. 그와 비슷한 기분이 말을 잡고 있는 두 마부에게도 전해졌다. 이 마부들은 사람을 손쉽게 죽일 수도 있는 사나운 말을 잡고 모든 사람 앞에 서 있는 자신을 보며 자랑스러워 숨이 막힐 지경이었다. 타지에서 온 용감한 손님이 나타나야 할 문 쪽을 열심히 뚫어져라 바라보고 있는 그들의 눈에선 그들 주인의 교활한 미소와 닮은 어떤 것이 빛나고 있었다. 말마저도 자기 주인과 마부들과 미리 약속이라도 한 것처럼 행동했다. 호기심에 가득 찬 수십의 눈이 자기를 관찰하고 있음을 느끼기라도 하듯, 부끄럽게 여겨야 할 자기의 평판을 모든 사람 앞에서 자랑이라도 하듯 말은 오만불손한 태도를 보였는데 그것은 구제불능의 부랑배가 자기의 버릇없는 행위를 자랑삼는 바로 그런 태도였다. 말은 자기의 자유를 구속하려는 용감한 사나이를 마치 불러내는 듯했다.

 드디어 용감한 청년이 나타났다. 기다리게 해서 미안하다는 듯 서둘러 장갑을 끼면서 앞도 보지 않고 현관의 계단을 내려왔다. 그리고 오랫동안 기다리던 말의 갈기를 잡으려고 손을 뻗으며 고개를 들었다. 그때 별안간 말이 미친 듯이 뛰며 뒷발로 서는 것이었다. 주변 사람들이 놀라 경고하며 소릴질렀고 청년은 당황하여 한발 물러섰다. 그는 이해할 수 없다는 듯이 길들여지지 않은 종마를 쳐다보았다. 나뭇잎처럼 부르르 몸을 떨면서 노여움에 콧김을 씩씩 내뿜고 있는 말은 충혈된 눈으로 이리저리 사방을 둘러보며 마치 두 명의 마부를 매달고 질주라도 하려는 듯 끊임없이 뒷발을 굽히고 앞발을 치켜 올렸다. 청년은 몹시 당황하여 잠시 그 자리에 서 있었다. 그리곤 곤혹감에 얼굴을 붉히곤 사방을 둘러보더니 겁에 질려 어쩔 줄 몰라 하는 부인들을 쳐다보았다.

"참 훌륭한 말이군요!"

그는 혼잣말을 하듯 중얼거렸다.

"제 판단으론, 저 말을 타고 질주하면 매우 유쾌할 것 같습니다. 그러나 저…… 저는 타지 않겠습니다."

선량하고 지혜로운 얼굴로 환하게 번진 사람 좋은 웃음을 보이며 그는 집 주인을 향해 말했다.

"그래도 당신은 훌륭한 기수라고 생각해요, 정말입니다."

손댈 수조차 없는 말의 주인은 기뻐하며 대답했다. 심지어 감사의 마음을 표시하며 손님과 악수까지 교환했다.

"왜냐하면 당신은 첫눈에 이놈이 얼마나 사나운 말인가를 알아보았잖아요."

만족스런 태도로 그는 덧붙였다.

"믿으실지 모르겠지만 23년 간이나 기병대에서 잔뼈가 굵은 내가 요놈 덕에 벌써 세 번이나 땅에 떨어지는 기쁨을 맛보아야 했습니다. 말하자면, 세 번 타서 세 번 다 이…… 무위도식자로부터 떨어진 셈이죠. 딴끄레드, 이놈아, 이곳엔 너를 상대할 사람이 없나보다. 너의 기수는 카라차로프 마을에 꼼짝 않고 앉아서 네놈의 이빨이 빠지기만을 기다리고 있는 어떤 일리야 무로메츠(러시아 고대설화에 나오는 영웅으로서 마비가 되어 움직이지 못하다가 천사의 도움으로 힘을 얻어 러시아를 수호한 장수임_역주)가 분명해. 자아, 이놈을 데리고 가게나! 그만큼 사람들을 혼냈으면 됐어! 괜히 데리고 왔군."

그는 만족스러운 듯 두 손을 비비며 말을 맺었다.

여기서 한 가지 지적해 둘 것은 딴끄레드는 주인한테 조그마한 이득도 주지 않고 마냥 밥만 축내고 있었다는 것이다. 뿐만 아니라 멋진 외모를 제외하곤 아무짝에도 쓸데없는 이 무위도식하는 말에게 늙은 기병은 황당무계한 돈을 지불했지만 이놈은 고작 예전의 마필 징발관의 명예만 실추시켰을 뿐이었다. 그럼에도 불구하고 딴끄레드가 자기의 위엄을 떨어뜨리지 않고 또 한 사람의 기수를 얼씬도 못하게 해서 무의미한 새 월계관을 획득한 것에 대해서 주인은 매우 기뻐했다.

"왜요, 당신은 안 가실 건가요?"

자기 옆에서 자기를 호위하는 기사가 꼭 필요했던 금발 부인이 소리쳤다.

"정말 겁나신 거예요?"

"네, 그래요!"

청년이 대답했다.

"진심으로 하는 말인가요?"

"그럼, 당신은 내 목이 부러지기라도 했으면 좋겠어요?"

"어서 제 말을 타세요. 제 말은 온순하니까 겁내지 않아도 돼요. 우리 우물쭈물하지 말아요. 빨리 안장을 바꿔요! 제가 당신 말을 타 볼게요. 딴끄레드도 항상 사납지는 않겠죠."

그녀의 말은 곧 실행되었다. 장난꾸러기 부인은 안장에서 사뿐히 내려 우리 앞에 멈춰서며 마지막 말을 마쳤다.

"당신은 딴끄레드를 잘 모르시는군요. 그놈이 당신의 변변찮은 안장을 등에 얹도록 가만 있을 거라 생각하오? 그리고 나로서도 당신 목이 부러지도록 내버려 둘 순 없어요. 그래선 안 되는 일이죠!"

주인은 내심 만족스러워하며 늘 그렇듯이 자신의 조잡하고 신랄한 말투를 더욱 강조하며 허세를 부렸다. 그의 의견을 따르자면, 그렇게 하는 것이 사람 좋은 노군인이라는 인상을 다른 사람에게 심어줄 수 있고 특히 부인네들이 좋아한다는 것이다. 이것은 그의 야무진 꿈 중에 하나였고 우리 모두가 잘 알고 있는 그의 십팔 번이었다.

"자, 울보, 네가 한 번 타보지 않을래? 함께 가고 싶어했잖아."

용감한 여 기수는 내가 있음을 알아보곤 고갯짓으로 딴끄레드를 가리키며 놀리듯 말했다. 그것은 무의미하게 말에서 내린 것이 싫었기 때문이었고, 내게 뭔가 한 마디 할 기회를 놓치지 않기 위해서였다. 어쨌든 내가 멍청하게 눈에 띄는 곳에 서 있었던 게 잘못이었다.

"넌, 정말, 누구와 같지는 않겠지. 너로 말하자면, 알려진 영웅이니까 두려워한다면 몹시 부끄러울 게야. 특히 사람들이 지켜 보고 있는 데서는 말이야, 훌륭한 시동 나리."

그녀는 M부인 쪽을 흘끗 쳐다보고는 이렇게 덧붙였다. M부인의 마차는 현관계단 가장 가까이 있었다.

이 아름다운 여전사가 딴끄레드를 타려고 우리들 쪽으로 다가오자 내 마음속에선 증오와 복수의 감정이 끓어오르기 시작했다. 그러나 이 여학생과도 같은 부인의 예기치 못한 도전장에 내가 어떤 감정을 느꼈는지 지금 설명할 수는 없다. 그녀의 눈길이 M부인에게 쏠리자 나는 눈앞이 깜깜했다. 순간 내 머릿속에 하나의 생각이 떠올랐다. 그것은 마치 화약 폭발처럼 너무도 짧은 순간이었다. 인내에 한계를 느꼈던 것인지 갑자기 내 마음은 되살아난 분노의 감정으로 격앙되어 나의 모든 적을 단칼에 베어 버리고 모든 사람들 앞에서 일체의 복수를 하여 내가 어떠한 사람인가 보여주고 싶었다. 그리고 마침내 이 순간 누군가 어떤 기적을 가지고 이제까지 전혀 몰랐던 중세사를 나에게 가르쳐 주는 것이었다. 빙빙 도는 내 머릿속엔 전차경주, 용사, 영웅, 아름다운 귀부인들, 영예와 승리자들이 스쳐 지나고 전령의 나팔 소리, 군화 소리, 군중의 함성과 박수소리가 들려 왔다. 그 함성 속에는 승리나 명예보다 더 달콤하게 거만한 영혼을 만져주는 한 놀란 자의 겁먹은 외침이 있었다. 이 모든 부질없는 생각이 그때 내 머릿속에 떠올랐던 것인지 아니면, 좀 더 정확히 말해서, 장래에 일어날 이 필연적인 어이없는 일에 대한 예감이 있었던 것인지 알 수는 없지만 아무튼 내게 운명의 시간이 다가오고 있음을 직감했다. 나의 심장이 거칠게 뛰었다. 내가 어떻게 현관계단을 단숨에 뛰어 내려가서 딴끄레드 옆에 서 있게 되었는지 기억이 나질 않는다.

"내가 겁내고 있는 줄 아세요?"

격분한 나머지 정신이 몽롱하고 흥분으로 숨을 몰아쉬면서 날카롭고 당당한 목소리로 나는 소리를 질렀다. 얼굴은 빨갛게 달아올랐고 눈물이 뺨을 태우는 듯했다.

"자, 보세요!"

나는 딴끄레드의 목 갈기를 잡고 사람들이 나를 저지할 겨를도 없이 한쪽 발을 등자에 올려 놓았다. 순간 딴끄레드는 뒷발로 서서 머리를 치켜 올리고 엄청난 힘을 실은 한 번의 도약으로 아연실색한 마부들의 손을 뿌리치곤 질풍처럼 달려 나갔다. 사람들은 앗 하고 소릴 질렀을 뿐이었다.

사나운 말이 질주하는 동안 내가 어떻게 나머지 한쪽 발을 등자에 걸 수 있었는지는 하느님만이 아시는 일이다. 또 어떻게 말고삐를 놓치지 않았는지도 역시 이해할 수 없다. 딴끄레드는 나를 태우고 격자무늬 대문을 빠져 나가선 오른쪽으로 급회전을 한 뒤 길을 찾지 못한 채 목적을 잃고 울타리 옆을 달리기 시작했다. 그때서야 비로소 50여 명의 외침소리를 내 등 뒤에서 들을 수 있었다. 그 외침소리는 마비된 내 마음속에 어떤 만족과 자랑의 감정으로 울려 퍼졌다. 나는 소년 시절의 이 미친 듯한 순간을 결코 잊지 못할 것이다. 온몸의 피가 머리로 몰려 정신을 몽롱하게 만들면서 나의 공포를 억눌렀다. 나는 제정신이 아니었다. 정말 지금 생각해 보아도, 이 행동은 모든 면에서 실제로 어떤 기사도적인 데가 있었던 듯하다.

그러나 나의 기사도적인 행동은 겨우 한순간에 시작되고 동시에 끝나 버렸다. 그렇지 않았다면 기사는 큰 곤혹을 치렀을 것이다. 어떻게 내가 생명을 건졌는지는 알 길이 없다. 말 타는 것은 배웠기 때문에 탈 줄은 알았다. 그러나 내 말은 승마용 말이라기보다는 오히려 양에 가까웠다. 물론 딴끄레드에게 나를 내동댕이칠 시간만 있었더라면 아마 나는 말에서 떨어졌을 것이다. 그런데 약 50보쯤 달렸을 때 말이 길가에 있던 큰 바윗돌에 놀라 뒤로 물러섰다. 그리곤 급하게 방향을 바꾸더니 질주하는 것이었다. 지금까지도 내가 어떻게 공처럼 3싸젠(미터법 사용 이전의 길이 단위, 약 2,134미터_역주) 정도 안장에서 튕겨져 나갔음에도 불구하고 산산조각이 나지 않았는지 그리고 어떻게 딴끄레드가 엄청난 급회전을 했음에도 불구하고 다리를 부러뜨리지 않았는지 의문으로 남아 있다. 말은 광폭하게 머리를 흔들고 마치 미친 사람이 주정하듯이 이리저리 몸을 뒤뚱거리며 대문 쪽으로 다시 되돌아가기 시작했다. 말은 공중으로 발을 들어 허우적거리며 마치 호랑이가 이빨과 발톱으로 자기를 물어뜯기라도 하듯 도약할 때마다 등 위에 있는 나를 떨쳐내려고 애를 썼다. 조금만 더 계속 되었더라면 나는 떨어지고 말았을 것이다. 이미 떨어지고 있었다. 그때 말을 탄 사람들이 나를 구하러 달려왔다. 그 중 두 사람은 들판을 가로질러 달려왔고 또 다른 두 사람은 가까이 접근하며 달려왔는데 자기들 말의 옆구리로 양쪽에서 딴끄레드를 죄어올 때 하마터면 내 발을 짓누를 뻔했다. 두 사람은 빨리 말고삐를 낚아챘고 그리고 잠시 후 우리는 현관 앞에 와 있었다.

사람들은 하얗게 질려 숨이 넘어갈 듯한 나를 말에서 끌어내렸다. 나는 바람에 흔들리는 풀잎 줄기처럼 부르르 떨고 있었다. 딴끄레드도 역시 마치 아이의 무례함에 대해 처벌하지 않은 것에 대한 분노와 증오감에 몸이 마비된 것처럼 붉은 콧구멍에서 불 같은 숨을 내쉬며 땅에 발을 묻고 꼼짝 않고 나뭇잎처럼 떨며 몸을 뒤로 기울인 채 서 있었다. 주위에선 당황, 경탄, 그리고 경악의 소리가 울려 퍼졌다.

그 순간 방황하던 나의 시선이 걱정으로 창백해진 M부인의 시선과 마주쳤다. 나는 결코 이 순간을 잊을 수 없다. 순식간에 나의 얼굴은 홍조로 물들었고 불처럼 화끈 달아올랐다. 나로서도 어찌된 영문인지 모르겠지만 자기 자신이 느낀 감정 때문에 당황하고 겁이 난 나는 시선을 아래로 떨어뜨렸다. 그러나 이런 나의 눈길을 사람들은 눈치채고 포착하고 훔쳐갔다. 모든 사람의 시선이 일제히 M부인에게로 쏠렸다. 갑자기 사람들의 시선공세를 받은 부인은 어쩔 수 없는 순진한 감정으로 아이처럼 얼굴을 붉혔다. 그리고 어색하게, 자기의 홍조를 웃음으로 감추려 애썼다.

  이 모든 것을 옆에서 지켜 본다면, 물론 매우 우스꽝스런 광경이었을 것이다. 그러나 이 순간 뜻하지 않은 순진한 행동으로 이 모든 모험에 특별한 색채를 더하며 나는 웃음거리에서 빠져 나올 수 있었다. 이 모든 소동의 화근이자 지금까지 도저히 화해할 수 없었던 나의 원수인 아름다운 나의 폭군이 별안간 내게 달려들어 나를 껴안고 입을 맞췄던 것이다. 금발 부인은 자기가 내게 던진 장갑을 내가 집어 들며(결투 신청에 응한다는 뜻임_역주) M부인을 힐끗 쳐다본 다음 그녀의 도전을 대담하게 받아들였을 때 자기 눈을 의심하며 나를 쳐다보았었다. 내가 딴끄레드를 타고 정신없이 질주했을 때 그녀는 무서움과 양심의 가책으로 죽을 지경이었다. 이제 모든 것이 끝나 버린 지금, 특히 그녀가 다른 사람들과 함께 M부인에게 던진 나의 시선과 당황하여 갑자기 붉어진 나의 얼굴을 눈치챈 지금, 그리고 자기의 경솔한 낭만적인 분위기로 이 순간에 뭔지 모를 새롭고 비밀스러운 이야기를 남겨둔 듯한 의미를 부여한 지금, 그녀는 나의 '기사도 정신'에 감동한 나머지 내게로 달려와 나를 자랑스럽게 여기며 기쁜 마음으로 나를 끌어안았다. 그리고 얼마 후 우리를 둘러싼 사람들을 향해 작은 수정 같은 두 방울의 눈물이 맺혀 빛나는 가장 순진하고 엄숙한 얼굴을 들고 한 번도 들어본 적이 없는 그런 진지하고도 엄숙한 목소리로 나를 가리키며 '이것은 대단히 심각한 일입니다. 여러분, 웃지 마세요!' 라고 말했다. 그녀는 모두가 자기 앞에서 마치 최면에 걸린 사람처럼 자신의 해맑은 감동을 정신없이 바라보고 있는 것조차 깨닫지 못하고 있었다. 그녀의 이런 돌발적인 행동, 진지한 얼굴, 단순하고 순진함, 항상 웃고 있는 눈에 흐르는 의심의 여지없는 이제까지의 진실된 눈물은 너무도 뜻밖의 일이었으므로 사람들은 마치 그녀의 눈빛, 불 같은 말과 행동에 감전된 사람처럼 그녀 앞에 서 있을 뿐이었다. 그녀의 감동적인 얼굴에 나타난 이런 보기 드문 순간을 놓칠 수 없다는 듯이 사람들은 어느 누구도 그녀에게서 눈을 떼지 못하고 있었다. 집주인마저 얼굴이 붉어져 마치 튤립 같았다. 사람들은 그가, '부끄러운 일이지만', 이 어여쁜 여자 손님에게 반할 뻔했었다고 고백한 것을 들은 적이 있다는 것이다. 물론 이런 일이 있은 다음부터 나는 기사이고 영웅이었다.

"젤로르쥬! 또겐부르그!"

소리가 사방에서 들려 왔다. 손뼉치는 소리도 요란스러웠다.

"오, 우리의 미래여!"

주인도 한마디했다.

"어쨌든 이 아이는 갈 거예요. 우리와 꼭 함께 가야 해요!"

나의 금발 미인은 호소했다.

"이 아이를 위해 자리를 마련해야만 해요. 제 옆에 앉히겠어요. 무릎에요. 아니, 아니, 또 실수했군요."

그녀는 웃으며 정정했다. 우리 두 사람이 처음 알게 된 당시의 일을 생각하니 웃음을 억누를 수 없었던 것이다. 그러나 호호 웃어대면서도 내 손을 부드럽게 어루만지며 내가 화나지 않도록 온 힘을 다해 달래려고 했다.

"당연하지요! 그럼요, 당연하고 말고요!"

몇몇 사람의 목소리가 그녀의 말을 받았다.

"그 아이는 꼭 가야 합니다. 당당히 싸워 스스로 자리를 획득했으니까요."

문제는 금방 해결되었다. 금발 미인에게 날 소개한 바로 그 노처녀에게 모든 젊은이가 다가가 자리를 아이에게 양보하고 집에 남으라고 집요하게 부탁했으므로 노처녀는 아주 불만스러운 듯, 그리고 적의에 찬 낮은 소리로 씩씩거렸지만, 결국 웃으며 승낙하지 않을 수 없었다. 노처녀는 금발미인을 자기의 보호자로 여기고 그녀의 주위를 서성였는데, 과거엔 원수였지만 지금은 친구가 되어 버린 금발 미인은 벌써 민첩한 자기 말을 타고 내달리며 노처녀가 부럽다면서 금세 비가 퍼부어 물에 빠진 생쥐처럼 흠뻑 젖을 게 분명하기 때문에 자기도 그녀와 함께 집에 남고 싶다고 아이처럼 웃으며 노처녀에게 외쳤다.

그녀의 예견은 정확히 들어맞았다. 한 시간이 지났을 때 장대비가 쏟아져서 결국 나들이는 실패로 돌아가고 말았다. 꼬박 몇 시간을 농가에 갇혀 지내다가 밤 열 시경 비온 뒤의 습한 공기를 가르며 집으로 돌아와야만 했다. 나는 미열이 나기 시작했다. 우리가 마차를 타고 막 출발하려는데 M부인이 내 곁에 다가왔다. 그리고 달랑 짧은 재킷 하나를 걸치고 목을 드러내 놓고 있는 나를 보고 깜짝 놀랐다. 나는 망토를 가져올 사이가 없었다고 대답했다. 부인은 핀을 꺼내서 내 셔츠의 주름 잡힌 깃 위쪽에 그것을 꽂아주고 목감기에 걸리지 않도록 자기 목에서 빨간 비단 스카프를 풀어 내 목에 감아 주었다. 그녀가 너무 서둘렀기 때문에 나는 미처 감사의 말도 하지 못했다.

그러나 집에 돌아왔을 때 나는 좁은 응접실에서 그녀를 발견했다. 그곳엔 금발 부인과 딴끄레드에 타기를 두려워함으로써 명성을 얻게 된 창백한 얼굴의 젊은이도 함께 있었다. 나는 감사의 말을 전하고 머플러를 돌려 주기 위해 가까이 다가갔다. 그러나 이 모든 모험을 겪은 지금, 왠지 모르게 부끄러웠다. 그래서 나는 서둘러 이층으로 올라가서 여유 있게 꼼꼼히 생각하고 판단해 보고 싶었다. 그녀에게 머플러를 돌려 주면서 나는 언제나처럼 귀까지 빨개져 버렸다.

"내기해도 좋아요. 분명 이 아이는 부인의 머플러를 갖고 싶은 거예요. 부인의 머플러와 헤어지기 싫다고 눈에 써 있잖아요."

젊은이가 웃으면서 말했다.

"그래요, 바로 그렇군요!"

금발 부인은 말을 받았다.

"어쩜, 정말……!"

눈에 띌 정도의 유감스런 표정으로 그녀는 머리를 내저으며 말했다. 그러나 심한 농담을 피하고 싶어하는 M부인의 진지한 시선과 마주치자 그녀는 하던 말을 멈추었다. 나는 서둘러 자리를 떴다.

"아니, 너도 참!"

장난꾸러기 부인은 다른 방까지 쫓아와 다정하게 내 두 손을 붙잡고 말했다.

"네가 스카프를 그렇게 갖고 싶었으면 돌려 주지 않으면 그만인걸. 어디에 두었는지 잊어버렸다고 말하면 되는데. 너도 참! 그만한 일도 못하니! 정말 재밌는 아이네!"

그때 그녀는 내가 양귀비꽃처럼 빨개진 걸 보곤 웃음을 참지 못해 손가락으로 가볍게 내 턱을 건드렸다.

"이제 난 너의 친구인걸. 그렇지? 우리들의 싸움은 이젠 끝난 거지? 그렇지?"

나는 말 없이 웃으며 그녀의 손가락을 쥐어 악수했다.

"애야! 그런데 너 왜 이렇게 얼굴이 창백하니? 떨고 있니?"

"네, 몸이 좋지 않아요."

"아이, 가엾어라! 너무 강한 감동을 받았구나! 그럼 말이야, 저녁식사 때까지 기다리지 말고 가서 자는 게 좋겠다. 하룻밤 지나면 나아질 거야. 가자."

그녀는 나를 위층으로 데려다 주었다. 그녀의 간호는 거기서 끝나지 않았다. 옷을 갈아입으라고 나를 혼자 남겨 두고 뛰어 내려가서는 나를 위해 직접 차를 준비해 왔고, 내가 침대에 눕자 따뜻한 모포까지 가져다 주었다. 이러한 간호와 배려는 나를 깊이 감동시켰고 놀라게했다. 아니면 오늘 하루 동안의 여행과 흥분 때문에 내가 그런 기분이 되었던 것인지도 모르겠다. 그러나 나는 그녀와 헤어지면서 가장 부드럽고, 가장 친한 친구처럼 강하고 따듯하게 그녀를 껴안았다. 그러자 모든 감동이 일시에 나의 약해진 마음으로 밀려들어와 나는 그녀의 가슴에 안겨 하마터면 울음을 터뜨릴 뻔했다. 나의 장난꾸러기도 그런 나의 예민한 감성을 느꼈는지 약간 감동받은 듯했다.

"넌 참 착한 아이야. 제발 나한테 화내지 마라, 응? 안 그럴 거지?"

그녀는 조용한 눈길로 나를 바라보며 속삭였다.

한 마디로 말하면 우리는 가장 온화하고 가장 충실한 친구가 된 것이다. 내가 눈을 떴을 땐 상당히 이른 새벽이었다. 그러나 이미 온 방 안으로 눈부신 햇살이 스며들고 있었다. 나는 어제의 열병이 언제 있었냐는 듯이 건강하고 거뜬하게 자리를 털고 일어났다. 어제의 열병 대신 설명할 수 없는 기쁨을 느꼈다. 나는 어제의 일을 생각했다. 그리고 만약 어제처럼 이 순간 나의 새로운 친구인 금발 부인과 포옹할 수만 있다면 모든 행복을 포기할 수 있을 것만 같았다. 아직 꽤 이른 아침이었으므로 모두들 자고 있었다. 나는 서둘러 옷을 갈아입고 정원으로 내려간 다음 거기서 숲으로 갔다. 나는 가능한 녹음이 우거지고 송진내가 그윽한 곳으로 걸었다. 안개가 자욱한 무성한 잎사귀 사이를 밝게 스며드는 태양광선을 즐거운 마음으로 바라보았다. 참으로 아름다운 아침이었다.

남의 눈에 띄지 않게 멀리 멀리 숲을 헤쳐 나가니 마침내 모스크바 강 쪽으로 향하는 반대편 숲의 끝자락에 다다르게 되었다. 강은 약 2백 보 가량 떨어진 산 밑에서 흐르고 있었다. 맞은편 강변에선 한창 풀을 베고 있었다. 나는 몇 줄로 정렬된 예리한 큰 낫들이 풀을 벨 때마다 햇살을 받아 사이좋게 반짝이다가 갑자기 마치 몸을 숨기듯 번쩍이는 뱀처럼 사라지는 것을 넋을 잃고 바라보았다. 뿌리가 잘린 무성하고 비옥한 풀 다발은 옆으로 날아가선 길고 곧은 밭고랑에 켜켜이 쌓였다. 얼마 동안 멍하니 이 광경을 지켜 보고 있었는지 기억할 수는 없지만 내가 서 있는 곳으로부터 20보 가량 떨어진 곳에 위치한 주인집으로 향하는 숲 속 길에서 발굽으로 땅을 파헤치는 조급한 말 발굽 소리와 말의 콧바람소리를 듣고 나는 정신을 차렸다. 기수가 가까이 와서 멈춘 바로 그 순간 말이 오는 소리를 내가 들었던 것인지 아니면 이미 이 소리가 오래 전부터 들려 왔는데 나의 공상을 깨지 못하고 헛되이 내 귀만 간질였을 뿐이었는지 알 수 없다. 나는 호기심에 이끌려 숲 속으로 들어갔다. 몇 걸음을 옮기자 누군가의 성급하고 조용한 목소리가 들려 왔다. 나는 좀 더 가까이 다가가서 숲길을 둘러싼 관목의 마지막 나뭇가지를 조심스럽게 밀어 젖혔다. 그 순간 나는 놀라서 뒤로 물러섰다. 낯익은 긴 흰 원피스가 내 눈에 어른거리면서 조용한 여자의 목소리가 음악처럼 내 마음으로 전해 왔다. 그것은 M부인이었다. 부인은 기수 옆에 서 있었는데 그는 말 위에서 그녀에게 쫓기는 듯 서둘러 말하고 있었다. 놀랍게도 그는 M씨가 그처럼 마음을 쓰던 어제아침 떠나 버린 N청년이었다. 당시 사람들의 말에 따르면 N은 어딘가 상당히 먼 러시아의 남쪽지방으로 떠난다고 했었다. 그러던 그가 이렇게 이른 아침에 부인과 단둘이 있는 걸 보았을 때 나는 놀라지 않을 수가 없었다.

  그녀는 예전에 내가 보지 못했던 그런 고무된 감정과 흥분 상태에 있었다. 그녀의 뺨에서 눈물이 빛나고 있었다. 젊은이는 부인의 손을 잡고 안장 위에서 몸을 아래로 숙여 키스했다. 나는 이별의 순간을 목격한 것이었다. 그들은 몹시 서두르는 것 같았다. 이윽고 젊은이는 주머니에서 봉인된 편지를 꺼내서 M부인에게 건네주곤 여전히 말에서 내리지 않은 채 한 팔로 부인을 껴안고 오랫동안 열렬한 키스를 했다. 그리고 순간 말에 채찍을 가하더니 쏜살같이 내 옆을 달려나갔다. M부인은 잠시 동안 눈으로 그를 배웅하곤 깊은 사색에 잠긴 듯 침울한 표정으로 집 쪽으로 향했다. 그녀는 길을 따라 몇 걸음 옮기더니 갑자기 정신이 든 사람처럼 성급히 관목을 헤치며 숲 속으로 들어갔다.

방금 목격한 광경에 당황하고 놀란 나는 그녀의 뒤를 따랐다. 내 심장은 놀라움에 고동쳤고 나는 감각을 잃은 듯 몽롱했다. 나의 생각은 산산이 조각나고 흩어져 버렸다. 하지만 웬일인지 너무나 슬펐었다는 것만은 기억난다. 가끔 녹음이 우거진 나무 사이로 그녀의 흰 원피스가 눈앞에서 아른거렸다. 그녀가 눈치챌까봐 염려하면서도 시야에서 놓치지 않기 위해 기계처럼 그녀의 뒤를 따라갔다. 이윽고 부인은 정원으로 연결된 좁은 길로 나왔다. 나도 조금 기다린 후 길로 나왔다. 그때 얼마나 놀랐는지, 갑자기 길가의 붉은 모래 위에서 10분 전 M부인이 받았던 바로 그 봉인된 편지를 발견한 것이었다. 나는 그것을 집어들었다. 양면에 아무것도 적혀 있지 않은 하얀 종이였다. 봉투는 보기에 크지 않았지만 그 속엔 편지지가 석 장 이상 든 것처럼 단단하고 묵직했다. 이 종이 뭉치가 의미하는 것은 무엇일까? 의심의 여지없이 이것으로 모든 비밀이 설명될 것만 같았다. 어쩌면 서둘러야했던 짧은 만남 때문에 N이 다 하지 못했던 말이 적혀 있을는지도 몰랐다. N은 말에서 내리지도 않았었다……. 몹시 조급했던 것인지, 아니면 이별의 시간을 바꾸는 것이 두려웠던 것인지 하느님만이 아실 일이다.

  나는 길로 들어서지 않고 멈춰 섰다. 그리고 M부인이 잃어버린 물건을 눈치채고 찾으러 오기를 기대하면서 눈에 가장 잘 띄는 곳에 봉투를 던져 놓고 거기서 눈을 떼지 않았다. 그러나 4분 정도를 기다리다가 더 이상 참지 못하고 편지를 집어들어 다시 주머니에 넣고 M부인의 뒤를 쫓아갔다. 나는 이미 정원의 큰 길에 있는 그녀를 따라잡았다. 그녀는 깊은 생각에 잠긴 듯 시선을 아래로 내리고 곧장 집으로 서둘러 가고 있었다. 나는 어떻게 해야 할지 몰랐다. 쫓아가서 그냥 줄까? 그렇게 하면 그것은 내가 모든 것을 보았고, 모든 것을 알고 있다는 것을 의미하는 것이다. 그러면 첫 마디부터 내 의도를 벗어나는 것이 된다. 나는 어떻게 부인의 얼굴을 쳐다볼 수 있을까? 또 그녀는 어떻게 나를 볼 것인가?…… 나는 그녀가 잃어버린 것을 알아차리고 오던 길을 되돌아오길 기대할 뿐이었다. 그러면 나는 눈치 못 채게 봉투를 길에다 던져 놓으면 그녀가 발견할 것이었다. 그러나 일은 뜻대로 되지 않았다. 우리는 이미 집 가까이 다가갔으며 그녀도 남들의 눈에 띄었던 것이다…….

  이날 아침 마치 약속이라도 한 것처럼 모두들 일찍 일어났는데 그것은 실패로 끝난 나들이를 대신하여 어젯밤 내가 모르고 있던 새로운 나들이 계획이 있었기 때문이었다. 모두들 출발 준비를 하며 테라스에서 아침 식사를 하고 있었다. 나는 사람들에게 부인과 함께 있는 모습을 보이기 싫어서 10분 가량 기다렸다. 그리고 정원을 우회하여 부인보다 훨씬 늦게 반대편 쪽에서 집으로 다가왔다. 그녀는 팔짱을 낀 채 창백하고 불안한 얼굴로 테라스를 이리저리 걷고 있었다. 그녀는 눈에도, 걸음걸이에도, 그리고 모든 움직임에도 배어 있듯 자신의 괴롭고 절망적인 슬픔을 힘겹게 억누르며 견뎌내고 있는 것이 분명했다. 때때로 계단을 내려가 화단 사이 정원 쪽으로 몇 걸음 걷기도 했다. 그녀의 눈은 조바심치며 갈망하는 듯 길가의 모래에서, 테라스 바닥에서 조심성 없이 무언가 찾고 있었다. 의심할 여지가 없었다. 그녀는 봉투를 잃어버렸음을 알고 어딘가 이 근처, 집 가까이에 떨어뜨렸다고 생각하는 것 같았다. 그렇다, 그녀는 그렇게 믿고 있다!

 하 나 둘 사람들이 그녀의 안색이 창백하고 그녀가 안절부절 못하는 것을 느꼈다. 건강을 걱정하는 탄식섞인 질문이 사방에서 한꺼번에 쏟아졌다. 그녀는 유쾌하게 보이기 위해 농담을 하고 웃음을 지어야만 했다. 가끔 그녀는 테라스 끝에 서서 두 명의 부인과 이야기하고 있는 남편을 쳐다보았다. 그녀의 남편이 도착하던 첫날밤처럼 오한과 당혹감이 불쌍한 부인을 사로잡았다. 나는 손을 주머니에 넣어 봉투를 꽉 쥐고 M부인이 나를 알아봐주길 기도하며 사람들로부터 좀 떨어진 곳에 서 있었다. 나는 눈짓으로라도 부인을 위로하고 안정시켜 주고 싶었다. 그저 한마디 슬쩍 건네고 싶었다. 그러나 정작 그녀가 우연히 나를 봤을 때 그만 나는 전율을 느끼며 시선을 아래로 내렸다.

나는 분명히 그녀의 고통을 보았다. 나는 내 자신이 보고, 지금 말한 것 외에는 지금까지 그 비밀에 대해 모르고 있다. 그들의 관계는 처음 본 대로 추정할 수 있는 그런 관계가 아닐지도 모른다. 어쩌면 그 키스는 이별의 키스였을 수도 있고, 아니면 부인의 안정과 명예에 바쳐질 희생을 위한 가련한 마지막 포상이었는지도 모른다. N은 떠났다. 그녀를 영원히 남겨 놓고 떠났는지도 모른다. 내가 손에 쥐고 있는 이 편지조차도 무엇을 담고 있는지 아무도 모른다. 어떻게 판단하고 누가 비난한단 말인가? 그러나 갑작스런 비밀의 폭로가 그녀의 삶에서 가장 끔찍하고 위협적인 타격이었을 것임은 의심의 여지없는 사실이었다. 나는 그 순간 내가 보았던 그녀의 표정을 아직 기억하고 있다. 더 이상 고통스러울 수 없는 그런 얼굴이었다. 15분 후에 어쩌면 1분 후에 누군가에 의해 봉투가 발견되어지고, 모든 것이 폭로될 수도 있다는 것을 느끼고, 확신하며, 형벌을 기다리는 것 같은 그런 표정이었다. 봉투에는 아무것도 적혀 있지 않으므로 누군가 개봉할 것이 틀림없었다. 그러면…… 그렇게 되면 어떻게 되는 것인가? 그녀를 기다리고 있는 형벌보다 더 끔찍한 형벌이 존재할까? 그녀는 앞으로 자기를 비난할 사람들 사이를 걸어다니고 있었다. 이제 잠시 후엔 웃음짓고 아양을 부리던 그들의 얼굴이 완고하고 무서운 표정으로 돌변할 것이다. 그녀는 이들의 얼굴에서 조소와 증오 그리고 냉정한 경멸을 읽게 될 것이고, 그녀의 삶엔 끝없는 어둠이 닥쳐올 것이다. 당시 나는 지금 생각하고 있는 것처럼 모든 것을 정확히 이해하지 못했다. 단지 추측하고, 예감하고, 완전히 인식하지 못한 그녀의 위험에 대해 마음 아파할 뿐이었다. 그러나 그녀의 비밀이 무엇이었든간에, 내가 목격자가 되었고, 결코 잊을 수 없을 저 슬픈 순간들은 대가를 치러야 할 일이었다면, 많은 대가를 치렀을 것이다.

이윽고 여행의 출발을 알리는 즐거운 소리가 들려 왔다. 모두들 즐겁게 이리저리 돌아다녔다. 사방에서 발랄한 말소리와 웃음소리가 들려 왔다. 잠시 후 테라스는 텅 비었다. M부인은 몸이 불편하다고 말하곤 함께 떠나지 않았다. 다행히 모두들 서둘러 출발했기 때문에 유감을 표현하거나 이리저리 안부를 묻고, 조언하며 귀찮게 할 시간이 없었다. 몇 사람은 집에 남았다. 그녀의 남편은 그녀에게 몇 마디 건넸다. 그녀는 남편을 걱정시키지 않기 위해 오늘 중으로 나아질 것이라 말하곤 자리에 누울 정도는 아니라서 혼자서…… 아니 나를 데리고 정원으로 산책 갈 것이라 대답했다. 그때 부인은 나를 살며시 쳐다보았다. 이보다 더한 행복이 있겠는가! 나는 기쁨으로 얼굴이 빨개졌다. 얼마 후 우리는 길을 걷고 있었다.

그녀는 본능적으로 조금 전에 오던 길을 기억해 내면서, 숲에서 돌아오던 바로 그 오솔길, 도로를 따라서 걸었다. 땅에서 눈을 떼지 않고 앞만 보고 봉투를 찾으며 걷는 그녀는 내가 말을 건네도 대답하지 않았다. 내가 함께 걷고 있다는 사실조차 잊은 듯했다.

그러나 내가 편지를 주웠던 도로가 끝나는 곳에 다다랐을 때, 부인은 갑자기 멈춰 서선 슬픔으로 죽어가는 듯한 가냘픈 목소리로 기분이 좋지 않아 집으로 돌아가겠다고 말했다. 그리곤 정원의 울타리까지 다가왔을 때 그녀는 다시 멈춰 서서 잠시 생각에 잠겼다. 그녀의 입가에 절망의 미소가 나타났다. 괴로움에 기진맥진한 그녀는 모든 것을 체념하고 결심이 선 듯 나에게 예고하는 것조차 잊고 다시 오던 길로 되돌아섰다. 나는 어떻게 할 바를 몰랐고 가슴이 찢어질 것만 같았다. 우리는 걸었다. 아니, 내가 그녀를 한 시간 전에 말발굽 소리와 두 사람의 이야기 소리를 들었던 장소로 안내했다는 것이 더 정확할 것이다. 그곳 무성한 느릅나무 옆에 커다란 돌을 깎아서 만든 벤치가 있었는데 돌 주위를 담쟁이덩굴이 휘감고 있었고 들장미와 재스민도 자라고 있었다.―이 작은 숲에는 여기저기 조그마한 다리, 정자, 동굴 같은 놀라운 것들로 가득했다―M부인은 눈앞에 전개된 신비한 풍경을 무심히 바라보며 벤치에 앉았다. 그리고 얼마 후 책을 펼치더니, 페이지를 넘기지도 읽지도 않고, 지금 무엇을 하고 있는지조차 거의 의식하지 못한 채 책에 시선을 고정시키고 앉아 있었다.

벌써 아홉 시 반이었다. 태양은 머리 위 푸르고 드높은 하늘로 떠올라 자신의 화염 속에서 우아하게 춤추고 있었다. 풀 베던 사람들은 이미 멀리 사라져 우리가 있는 강 쪽에선 어렴풋이 보일 뿐이었다. 그들 뒤로 베어진 풀 더미가 끝없이 즐비하게 쌓여 있었다. 이따금 산들바람이 불어 그 향기로운 냄새를 우리 쪽으로 실어 날랐다. 사방에서 '씨를 뿌리지도 거둬들이지도 않은' 새들의 끊임없는 콘서트가 이어졌고, 새들은 경쾌한 날갯짓을 하며 공기처럼 자유롭게 날았다. 이 순간 꽃 한 송이, 풀 한 포기마저 자신의 향기를 제단으로 태우며 자기를 창조한 조물주에게 '오, 하느님! 나는 하느님의 축복받은 자이며 행복합니다……' 라고 말하는 것 같았다.

나는 삶의 즐거움으로 충만한 이 순간에 혼자만이 죽은 자처럼 외로워하는 가엾은 M부인을 바라보았다. 사무치는 마음의 고통으로 분출된 두 개의 커다란 눈물방울이 움직임 없이 속눈썹에 맺혀 있었다. 가련히 죽어가는 심장을 소생시키고 행복하게 할 수 있는 힘은 내게 있었지만 나는 어떻게 첫발을 내디뎌야 할지 몰랐다. 괴로웠다. 백 번도 넘게 그녀에게 다가가려 했지만 그때마다 수많은 감정들이 나를 옭아매었고 나의 얼굴은 불처럼 달아올랐다.

갑자기 어떤 반짝이는 생각이 떠올랐다. 방법을 찾아낸 것이다. 나는 되살아났다.

"제가 꽃다발을 만들어 드릴게요!"

내가 경쾌한 목소리로 말을 했으므로 M부인은 갑자기 고개를 들고 나를 뚫어지게 쳐다보았다.

"그렇게 하렴."

마침내 부인은 힘없는 목소리로 대답한 다음 가볍게 미소를 띄우곤 금방 다시 책으로 눈을 돌렸다.

"여긴 풀을 베는 곳이라서 꽃은 없을 거예요!"

나는 명랑하게 꽃을 꺾으러 가면서 소리쳤다.

잠시 후 나는 소박하고 볼품없는 꽃다발을 만들었다. 그것은 방에 가져다 놓기에도 창피할 정도였다. 그러나 꽃을 모아서 묶는 동안 나의 심장은 얼마나 뛰었던가! 들장미와 재스민은 벤치 근처에서 꺾었다. 나는 멀지 않은 곳에 무르익은 호밀밭이 있다는 것을 알고 있었으므로 거기로 수레국화를 꺾으러 뛰어갔다. 그리고 누렇게 잘 익은 보리의 긴 이삭을 골라서 수레국화와 섞었다. 또 멀지 않은 곳에서 물망초를 무더기로 발견한 것이다. 나의 꽃다발은 제법 큼직하게 모양을 내기 시작했다. 들에서 푸른 방울꽃과 패랭이꽃을 발견하였고 노란 수련을 꺾기 위해 강변까지 뛰어갔다 왔다. 마침내 되돌아가는 길에 선녹색 개구리 손바닥 모양을 한 단풍잎 몇 개를 주워서 꽃다발을 감싸기 위해 잠시 숲 속에 들렀는데 우연히 오랑캐꽃 한 무더기를 문득 발견한 것이다. 그리고 운이 좋게도 오랑캐꽃 가까이 향기로운 제비꽃 향기를 따라가니 아직도 이슬을 머금고 있는 반짝이는 한 송이 꽃이 습기찬 빽빽한 풀 속에 숨어 있었다. 꽃다발은 준비되었다. 나는 길고 가는 풀을 그물처럼 엮어서 꽃다발을 묶었다. 그리고 그 속에 조심스럽게 편지를 넣고 꽃으로 덮었다. 조금이라도 꽃다발에 주의를 기울인다면 금세 알아볼 수 있게 해 놓았다.

  나는 그것을 M부인에게로 가져갔다.

  가는 도중 편지가 너무 눈에 띄는 듯 싶어 좀 더 깊숙이 감췄다. 그리고 점점 더 가까이 가면서 꽃 속에 더욱 밀어 넣었고, 이윽고 장소에 거의 도착했을 땐 밖에서는 전혀 눈치채지 못하도록 꽃다발 속에 완전히 밀어 넣었다. 나의 두 뺨은 불같이 달아올랐다. 두 손으로 얼굴을 가리고 도망치고 싶었다. 그러나 그녀는 내가 꽃다발을 만들러 간 사실조차 잊은 사람처럼 꽃다발을 바라보았다. 그녀는 보는 둥 마는 둥 기계적으로 손을 내밀어 내 선물을 받고는 대체 왜 이런 것을 자기에게 주는지 모르겠다는 듯이 곧장 벤치 위에 내려 놓았다. 그리고 다시 책으로 시선을 돌렸다. 아무런 생각이 없는 듯했다. 나는 이 실패 때문에 울고 싶었다. '그렇지만 내 꽃다발이 그녀의 곁에 있기만 하다면', '그녀가 그것이 옆에 있는 것을 잊어버리지만 않는다면!' 하고 나는 생각했다. 나는 가까운 풀밭에 오른팔을 베고 누웠다. 그리고 졸린 듯 눈을 감았다. 그러나 부인에게서 눈을 떼지는 않고 기다렸다.

  약 10분 가량 지났다. 내 눈엔 부인의 얼굴이 점점 더 창백해지는 것만 같았다. 그때 갑자기 행운의 여신이 내게 미소를 보냈다. 고마운 바람이 불더니 한 마리의 커다란 황금색 벌이 내게로 날아온 것이었다. 처음엔 내 머리 위를 맴돌다가 이윽고 M부인에게로 날아갔다. 부인은 한두 번 손을 흔들어 벌을 쫓으려했지만 벌은 작정이라도 한 듯 더 성가시게 달려들었다. 마침내 M부인은 꽃다발을 집어들고 눈앞에서 그것을 이리저리 흔들어댔다. 그러자 순간 꽃다발 속에서 편지가 빠져 나와 바로 펼쳐 놓은 책 위로 떨어져 버렸다. 나는 전율을 느꼈다. 한동안 부인은 놀란 나머지 말을 잃은 채 편지와 자기 손에 든 꽃다발을 번갈아 보고 있었다. 마치 자신과 자신의 눈을 의심하는 것 같았다. 그리곤 별안간 얼굴을 붉히더니 나를 쳐다보았다. 나는 이미 그녀의 시선을 포착하곤 자는 채했다. 정말로 나는 그녀의 얼굴을 정면으로 바라볼 수 없을 것 같았다. 심장은 마비가 되어 마치 고수머리 시골 아이에게 잡힌 작은 새처럼 뛰고 있었다. 그렇게 얼마 동안 눈을 감은 채 누워 있었는지 기억할 수 없다. 어쩌면 2분, 3분 정도 지났을 것이다. 나는 용기를 내어 눈을 떴다. M부인은 굶주린 듯 편지를 읽고 있었다. 타오르는 뺨, 눈물에 빛나는 시선, 그리고 그 밝은 표정을 따라서 신경 하나하나가 기쁨에 찬 감동으로 떨고 있었다. 편지의 내용은 그녀에게 행복을 가져다 주는 것임이 분명했다. 그녀의 모든 슬픔이 연기처럼 사라진 것이다. 고통스러울 만큼 달콤한 감정이 내 마음속으로 파고들어 가장하는 것이 힘겨웠다.

나는 이 순간을 영원토록 잊을 수 없다!

갑자기 멀리서 사람들의 목소리가 들려 왔다.

"마담M, 나탈리! 나탈리!"

부인은 대답하지는 않았지만 서둘러 벤치에서 일어나 내 곁에 와서 몸을 굽혔다. 나는 부인이 내 얼굴을 똑바로 주시하고 있는 것이 느껴졌다. 내 속눈썹이 떨렸지만 눈을 뜨지 않으려고 참고 있었다. 나는 고르고 안정된 호흡을 하려고 애썼지만 심장이 고동쳐 숨이 막힐 지경이었다. 그녀의 뜨거운 숨결이 내 뺨에 느껴졌다. 마치 부인은 입김을 실험해 보려는 듯이 점점 가까이 내 얼굴을 향해 몸을 굽혔다. 순간 키스와 눈물이 가슴 위에 얹혀 있는 내 손위로 떨어졌다. 그녀는 두 번씩이나 내 손에 입을 맞췄다.

"나탈리! 나탈리! 어디 있소?"

소리가 가까운 곳에서 다시 들려 왔다.

"네, 지금 가요!"

M부인은 낮고 명랑하지만 눈물 때문에 나만이 겨우 들릴 정도의 억눌리고 떨리는 목소리로 대답했다.

이 순간 나의 심장은 결국 나를 배반하고 말았다. 온몸의 피가 얼굴로 모여든 것 같았다. 그 짧은 순간 빠르고 뜨거운 키스가 내 입술을 태웠던 것이다. 내가 낮게 소리를 지르며 눈을 떴을 땐 마치 햇볕을 막아주고 싶었던 것처럼 어제의 비단 스카프가 얼굴 위로 떨어졌다. 그리고 일순간 부인은 그 자리에 없었다. 다만 서둘러 멀어져 가는 발자국 소리만 들려올 뿐이었다. 나는 혼자 남았다.

  나는 그녀의 스카프를 쥐고 환희에 가득 차 정신없이 입을 맞췄다. 한동안 미친 사람 같았다. 겨우 한숨을 돌린 후 풀 위에 팔꿈치를 괴고 누워 아무런 생각 없이 묵묵히 앞의 경치를 바라보았다. 알록달록한 밭으로 뒤덮인 언덕, 새로운 언덕과 마을 사이로 마치 점처럼 저 멀리 빛을 가득 싣고 굽이굽이 흐르는 강, 그리고 저 멀리 뜨겁게 달아오른 하늘 끝에 안개 낀 것처럼 보일 듯 말 듯 한 숲을 바라보았다. 이 풍경의 장엄한 고요함이 가져다 준 어떤 감미로운 평온은 조금씩 들끓던 내 마음을 가라앉혀 주었다. 기분도 많이 좋아졌고 호흡도 자유스러워졌다. 그러나 나의 공허한 마음은 어떤 투시력으로, 또는 어떤 예감으로 감미롭게 일렁거리고 있었다. 어떤 기대 때문에 가늘게 떨고 있는 나의 놀란 마음은 두려운 듯, 그러나 기꺼이 무엇인가 알아차리고 있었다. 그러자 별안간 가슴은 뾰족한 것에 뚫린 듯 고통스럽기 시작했다. 그리고 눈물이, 달콤한 눈물이 하염없이 흘러내렸다. 나는 온몸을 풀잎처럼 떨면서 두 손으로 얼굴을 가렸다. 그리고 나의 최초의 자각, 내면의 발견, 내 본성의 아직 분명치 않은 통찰에 자유롭게 몸을 맡겼다. 나의 첫 유년기는 이 순간과 더불어 종말을 고했다.

두 시간 가량 지난 후 집으로 돌아왔을 땐 이미 M부인은 없었다. 어떤 다급한 일이 생겨 남편과 함께 모스크바로 돌아간 뒤였다. 나는 그 후론 다시 부인을 만나지 못했다.

작가와 작품 해설

도스또예프스끼의 생애와 작품 세계

도스또예프스끼는 1821년 10월 30일 모스끄바 마린스끼 자선병원의 의사였던 미하일 안드레에비치 도스또예프스끼의 둘째 아들로 태어났다. 1838년 뻬쩨르부르그 육군공병학교에 입학했고 공병학교 졸업 후 육군공병국 제도과에서 근무했으며 1844년 제대와 동시에 문학 활동을 시작했다.

1846년 첫 번째 중편 『가난한 사람들』과 『분신』을 발표하고 1847년에는 《동시대인》지에 『아홉 통의 편지로 된 소설』을 발표했다. 1848년 『남의 아내』, 『약한 마음』, 『정직한 도둑』, 『크리스마스와 결혼식』, 『백야』, 『질투하는 남편』을 《조국수기》지에 발표했다.

1849년에는 뻬뜨라셰프스끼의 집에서 열린 '금요일의 모임'에서 고골에게 보낸 벨린스끼의 편지를 낭독해서 4월 뻬뜨라셰프스끼 다른 회원들과 함께 체포, 사형을 선고받았으나 형을 집행하기 직전 황제의 특사로 형집행이 중단되고 4년 간의 유형으로 감형되었다. 1850년 시베리아 옴스크에서 유형생활을 시작하고 1854년 유형생활을 마친 후 시베리아 전선 세미팔라친스끄 국경수비연대에서 복무한다.

1855년에는 『죽음의 집의 기록』을 쓰기 시작했고 1856년 황제에게 사면을 위한 탄원서를 낸다. 1857년 남편과 사별한 마리아 드미뜨리예브나 이사예바와 결혼해 세습귀족 신분을 회복하고 《조국수기》지에 『작은 영웅』을 발표한다.

1859년 병역을 마친 뒤 뜨베리로 가서 11월 상뜨 뻬쩨르부르그 거주 허가를 받고 12월 뻬쩨르부르그로 돌아와 문학 활동을 재개한 도스또예프스끼는 『아저씨의 꿈』, 『스쩨빤치꼬보 마을』을 발표하고, 1861년에는 『상처받은 사람들』을 단행본으로 출간한다.

1864년에 마리아 드미뜨리예브나가 건강 악화로 사망하고 빠블로프스끄에서 형 미하일이 사망했으며 그해 《세기》지에 『지하 생활의 수기』를 발표했다.

1866년 장편소설 『죄와 벌』을 《러시아 통보》지에 연재 발표하고 1867년에는 안나 그리고리예브나 스니뜨끼나와 재혼, 『백치』를 쓰기 시작했으며 『죄와 벌』을 단행본으로 출간하기도 한다.

1868년 2월 22일 딸 소피아가 태어났으나 5월에 폐렴으로 사망하고 《러시아 통보》지에 『백치』를 게재한다. 1869년 9월 14일 둘째 딸

류보프가 출생하고 『영원한 남편』을 쓰기 시작했다.

1870년 《오로라》지에 『영원한 남편』을 연재하고 『악령』을 쓰기 시작했으며 『죄와 벌』을 제4권으로 출간한다. 1871년에는 《러시아 통보》지에 『악령』을 연재하기 시작하고 7월 16일 뻬쩨르부르그에서 아들 표도르가 태어났으며 『영원한 남편』을 단행본으로 출간한다.

1873년 《시민》지의 편집장직을 맡고 『작가 일기』를 《시민》지에 연재했으며 『악령』을 세 권의 단행본으로 출간한다. 1874년 『백치』가 두 권의 단행본으로 나오고 《시민》지의 편집장직을 사퇴했으나 기고는 계속한다.

1875년 폐질환을 치료하기 위해 엠스를 방문하고 《조국 수기》지에 『미성년』을 발표했으며 8월 둘째 아들 알렉세이가 태어났다. 그리고 『죽음의 집의 기록』 제4판이 두 권의 책으로 발간되기도 했다. 1876년 『미성년』이 단행본으로 출간, 1877년 《작가 일기》지에 『우스운 자의 꿈』을 발표한다.

1878년 5월에 둘째 아들 알렉세이 도스또예프스끼가 갑작스런 간질 발작으로 사망하고 『까라마조프 가의 형제들』을 쓰기 시작한다. 1879년 '문학기금'을 위한 연회에서 도스또예프스끼는 『까라마조프 가의 형제들』의 일부분을 낭독했으며 『상처받은 사람들』 제5판이 나왔다.

1880년 6월 8일에는 모스끄바에서 열린 뿌쉬낀 동상 제막식에서 연설하고 『까라마조프 가의 형제들』을 《러시아 통보》지에 연재한다. 1881년 1월 28일 오후 8시 30분 도스또예프스끼는 폐질환이 악화되어 뻬쩨르부르그에서 사망, 1월 31일 알렉산드르 네프스끼 대사원 묘지에 묻히고 『까라마조프 가의 형제들』은 단행본으로 출간된다.

작품 줄거리 및 해설

"인간은 신비하다. 우리는 이런 신비함을 깨달아야 한다.
그리고 혹여 이 깨달음을 위해 평생을 바친다 해도,
시간을 낭비했다고 말하지 말라.
나는 이 비밀을 알기 위해 노력하고 있다.
왜냐하면 나는 인간이고 싶기 때문이다."

표도르 미하일로비치 도스또예프스끼

표도르 미하일로비치 도스또예프스끼는 '인간은 창작하는 능력을 가지고 태어나며 살아 있는 동안 창작을 거듭하며 자신을 표현할 것'이라고 했다. 그는 러시아 문학 속에서 불멸의 작품들을 창작하며 그

작품 속에 나타나는 중요한 주제인 인간을 탐구하는 데 평생을 바쳤다. 그는 살면서 부딪칠 수 있는 인간의 갈등을 다양하게 보여주었다. 도스또예프스끼 앞에는 인간을 구분 짓는 주된 원천으로서 교만을 극복해야 하는 문제가 항상 놓여 있었다. 그리고 그의 모든 소설 속에선 이 문제를 풀려고 노력한다. 『악령』, 『까라마조프가의 형제들』과 『죄와 벌』에서 이 교만은 매우 선명하게 나타난다. 기독교적인 가치관에 따르면 최고의 악은 교만이다. 교만은 탁월한 힘과 풍성한 지적 재능을 소유한 자에게서 나타난다. 이러한 악으로부터의 해방은 다른 형태의 악을 극복한 후에야 이루어지는 가장 어려운 문제이다. 이런 점에서 왜 도스또예프스끼가 자신의 작품 속에서 교만에 의해 생길 수 있는 왜곡과 또한 다양한 교만이 존재한다는 것에 많은 관심을 기울였는지 분명히 알 수 있을 것이다. 그의 주요 작품에 대해 깊은 관심을 갖지 않는다 해도 작가의 이러한 문제의식은 확연히 드러난다. '스따브로긴', '라스꼴니꼬프', '이반 까라마조프' — 이 모든 인물들은 작품 속에서 교만한 성격을 대표한다. 도스또예프스끼 작품 속에 등장하는 인물들의 이미지는 어딘가 서로 닮아 있다. 하지만 도스또예프스끼는 새로 시작하는 작품 속에서 우리에게 이미 알려진 이러한 이미지에 새로운 이미지를 덧붙인다.

  어느 시대를 막론하고 행동의 규범과 법칙을 정한 틀이 존재하게 마련이다. 그리고 우리는 이러한 규범과 법칙이 존재하는 사회에서 적응하며 살아간다. 그러나 도스또예프스끼는 이러한 기존의 법칙에 승복하지 않고 그것을 거부하며 모든 사람들을 위한, 또는 자기 자신을 위한 새로운 법칙을 만들어내려고 했다. 사회 윤리적 문제 그리고 사회와 인간 사이의 문제는 러시아 문학 작품 속에서 항상 관심의 중심에 서 있었다. 도스또예프스끼는 이러한 문제들을 자신의 작품에서 다루며 독자들에게 평생 풀어야 할 문제를 남겨 놓는다. 이러한 문제는 인간 각자가 가지고 있는 사고와 행동에 대해 책임져야 하는 문제이고, 다른 사람의 삶에 대한 가치를 인정해 주는 문제이며, 또한 모든 인간이 정신적 완성을 향해 다가서는 문제이기도 하다. 뿐만 아니라 인간 사회에 대한 작가의 문제의식은 그의 모든 작품 속에서 중요한 화두가 되고 있다.

역자 후기

　일반적으로 번역하는 일에는 인내심과 함께 번역 대상에 대한 풍부한 지식이 필요하다. 언어가 다른 또는 시대가 다른 문화권에서 살았거나 살고 있는 작가의 의도를 사전적인 의미로 단순 번역한 작품을 왜곡 없이 제대로 이해한다는 것은 쉬운 일이 아니기 때문이다. 작가에 대한 일반적인 지식뿐만 아니라 작품 속에 나오는 문화적 시대적 배경에 대한 연구가 선행되지 않는다면 독자에게 공감을 줄 수 있는 좋은 번역 작품을 기대하긴 어려울 것이다.
　이런 점에서 이번 도스또예프스끼의 작품 번역은 내게 어려운 숙제와도 같았다. 여름방학 내내 도스또예프스끼의 작품과 씨름하면서 문장과 문장 사이에 숨어 있는 작가의 의도를 알아내기 위해 더욱 무더운 여름을 보내야만 했다. 도스또예프스끼의 어렵고 복잡한 작품 세계는 19세기 작가들 사이에서도 독특하다고 할 수 있을 것이다.

작품 속에 숨어 있는 작가의 의도는 언어가 갖는 다양한 의미와 결합하여 사전적 의미로는 해석할 수 없는 또 다른 의미들을 만들어 냈다. 이러한 문제는 때때로 러시아어를 모국어로 사용하고 있는 동료들 사이에서도 논쟁의 대상이 되곤 했다.

 왜 그의 작품은 어렵게 느껴지는 것일까? 그에 대한 대답은 도스또예프스끼의 실제 삶에서 찾을 수 있을 것이다. 도스또예프스끼는 자신이 걸어왔던 가난, 병, 사형 직전의 감형, 유형생활과 같은 힘겨운 삶의 흔적을 자신의 작품 속에 남겨 놓지 않을 수 없었다. 그러한 그의 삶은 남녀 간의 사랑에서조차 기쁨을 허락하지 않는다. 그의 작품 속의 사랑은 늘 고독하고 소외되어 있으며 대립과 갈등을 겪는다. 그리고 작가는 결국 이러한 대립과 갈등을 인간에 대한 애정과 연민으로 풀어나간다. 도스또예프스끼 작품 속에 등장하는 인물들의 고독과 사랑은 인위적으로 만들어진 화려한 대도시 뻬쩨르부르그의 여름 밤을 은은히 비추는 희미한 불빛만큼이나 쓸쓸하고 우울하다.

인간은 신비하다.
우리는 이런 신비함을 깨달아야 한다.

표도르 미하일로비치 도스또예프스끼